寒颤

［英］罗斯·麦唐诺◎著

王欣欣◎译

台海出版社

北京市版权局著作合同登记号：图字01-2021-5617

图书在版编目（CIP）数据

寒颤 /（英）罗斯·麦唐诺著；王欣欣译. —— 北京：
台海出版社, 2022.4
　书名原文：THE CHILL
　ISBN 978-7-5168-3194-6

　Ⅰ.①寒… Ⅱ.①罗…②王… Ⅲ.①侦探小说 – 英
国 – 现代 Ⅳ.①I561.45

中国版本图书馆CIP数据核字(2022)第016771号

寒颤

著　者：〔英〕罗斯·麦唐诺	译　者：王欣欣	

出 版 人：蔡　旭　　　　　　　　　　封面设计：斯盛文化
责任编辑：戴　晨　　　　　　　　　　策划编辑：杨诗文

出版发行：台海出版社
地　　址：北京市东城区景山东街20号　　邮政编码：100009
电　　话：010-64041652（发行，邮购）
传　　真：010-84045799（总编室）
网　　址：www.taimeng.org.cn/thcbs/default.htm
E-m a i l：thcbs@126.com

经　　销：全国各地新华书店
印　　刷：长沙鸿发印务实业有限公司
本书如有破损、缺页、装订错误，请与本社联系调换

开　　本：880毫米×1230毫米　　　　1/32
字　　数：221千字　　　　　　　　　印　　张：10.5
版　　次：2022年4月第1版　　　　　印　　次：2022年4月第1次印刷
书　　号：ISBN 978-7-5168-3194-6

定　　价：45.00元

献　给

R. W. Lid

书中人物与情节纯属虚构，和真实的人物与情节并无关联。

R.M.（罗斯·麦唐诺）

1

法庭里，带有红色图案的厚重窗帘拉得不够严实，漏进了黄色日光，使得高高嵌在天花板上的灯泡相形黯淡。阳光随机照亮了屋内：陪审团对面的墙边放着玻璃饮水器，书记官擦了洋红色指甲油的手指头弹奏着打字机，裴来恩太太的眼睛隔着证人席望着我。

时间近午，这是她受审的第二天，也是最后一天。我是辩方最后一个证人。她的律师问完，检察官挥手放弃交叉质询，有几位陪审团成员皱起眉头看他，不明所以。接着法官就说我可以离席了。

从证人席往下看，我注意到旁听席前排座位坐了一个年轻男子，与一般旁听审判的人不同。通常来看法庭案子的，都是家庭主妇和退了休的人，早上闲着也是闲着，便拿别人的麻烦事来消磨时间。但这个人看起来自己就有麻烦。他烦恼忧愁的视线停留在我脸上，让人很不自在，有一种他想找我分担麻烦的预感。

"亚彻先生，能不能和您说句话？"我走下证人席，他就起身在门边拦住了我。

"好。"

"出去说，两位，法庭还在审案子。"法警打开门作势催促。

到了走廊上，年轻人对那自动关上的门露出不悦之色。

"我不喜欢受人家摆布。"

"那不算受人家摆布啦。这位朋友，什么让你烦心？"

我不该问的，应该要潇洒出门，开车回洛杉矶，就没事了。但他理得干干净净的典型美式小平头，和眼中那抹痛苦的神色，让我忍不住多问了一句。

"我刚从警长办公室让人撵出来，在那之前其他两处公安机关也对我不理不睬。我可不习惯受这样的待遇。"

"他们不是故意针对你啦。"

"你是很有经验的侦探吧？刚听你在证人席上说话就知道了。你帮了裴来恩太太一个大忙，陪审团一定会判她无罪。"

"这也难说。陪审团会怎么判，谁都说不准。"他的赞美不怎么可信，很可能是因为有求于我才这么说的。刚刚那件案子是场拖棚歹戏，我出庭作证算是画下了句点，现在一心想上玻利维亚的拉巴斯钓鱼，"你想说的就是这些？"

"我想说的可多了，当然，也得您肯听才行。是我太太的问题，她离开了我。"

"你想离婚？我通常不接受离婚的案子。"

"离婚？"他做出大笑的样子，却没有发出声音，"我结婚才不久。所有人，包括我爸爸，全都说我应该宣告这婚姻无效，可我不想婚姻无效，也不想离婚，我要她回来。"

"你太太哪儿去了？"

"我不知道。"

他点起香烟，手不太稳。

"我们前一天才结婚，蜜月度到一半，桃莉就离开了，有可能出事了。"

"也有可能是改变心意，后悔结婚了。这是常有的事。"

"警方也说，这是常有的事。难道这样说会让我比较好过吗？无论如何，我知道这次不是那种情况，桃莉当时爱我，我当时……我现在还是爱她。"

他说得十分热切，情溢乎情。我不了解他的个性，但看得出他的敏感，而且感情充沛，充沛到自己处理不来。

"还没说你叫什么名字。"

"抱歉，我姓金凯德，艾力克斯·金凯德。"

"做什么工作？"

"最近没做什么，因为桃莉……因为发生了这件事。理论上我在海峡石油公司上班，我爸掌管公司的长堤办公室，他叫费德瑞克·金凯德，你也许听说过？"

没听过。法警打开法庭的门，扶住它让人通过，休庭午餐的时间到了，陪审团鱼贯而出，举止庄重，这是审判程序的一部分。艾力克斯·金凯德望着陪审团的样子，就好像要出来审他的。

"不能在这里嚷，"他说，"我请你吃午饭吧。"

"一起吃午饭可以各付各的。"听完整个故事之前，我不想欠他任何东西。

对街就有家餐厅，用餐区烟雾弥漫，人声鼎沸。铺着红格子的桌子全被法院出来的人占了，有的是律师，有的是警察，有的是缓刑官，虽然我平常活动的范围离太平洋角有五十里之远，还是认得出其中十几个人。

我和艾力克斯走进餐厅里的酒吧，在阴暗角落找到两把凳子。他点了几份威士忌加冰块，我也一样。他喝酒跟喝药一样，喝完立即想再来一杯。

"喝太快了吧，慢一点。"

"你想管我？"他明显表达了不悦。

"我想听你讲故事，不希望你喝到没办法讲。"

"你当我是酒鬼？"

"我只是觉得你现在太焦虑。焦虑浇上酒，借酒消愁愁更愁。我提出建议的时候，你别太敏感，联想到过去的不痛快。老拿这种态度对待别人，迟早会挨揍的。态度好一点，别自找麻烦。"

他低着头坐了一会儿，脸色白得几乎要发出荧光，身躯抖得微微发出声音。

"我承认我失常了，我从来不知道世上会有这种事。"

"到底发生了什么事，说给我听听，就从头说起吧。"

"从她离开旅馆开始？"

"好啊，就从旅馆讲起。"

"我们住在浪花旅馆，"他说，"就在太平洋角那边。对我来说有点太贵，可是桃莉没住过，想住住看。我想住周末应该不至于破产，就住下了。我的年假已经用完，刚好周末是劳动节，我们周六结婚，所以至少可以度三天蜜月。"

"在哪儿结的婚？"

"长堤市，法官证婚。"

"听起来像是一时心血来潮。"

"要这么说也没错，我们认识没多久。是桃莉想要立刻结婚的，真的。但别以为我不想，我也很想，不过我爸妈认为该等一等，先找房子，然后装修一下什么的。他们想要我在教堂举行婚礼，可是桃莉想请法官证婚。"

"她爸妈怎么说？"

"她父母过世了，也没有别的亲人。"他缓缓转过头来迎向我的目光。"她是这么说的。"

"你也怀疑？"

"也不是，原本我想见他们，这是很自然的事，她却当是试探，一问到爸妈她就难过。最后她说她全家都死光了，全死于一场车祸。"

"车祸是在哪里发生的？"

"我不知道。说到底，我对我太太了解不多，就只知道她是一个好得不得了的女孩子。"基于忠诚，以及威士忌的影响，他急急补上了一句，"她聪明美丽，人很好，而且我知道她爱我。"说得像吟诵经文，仿佛想靠念力和魔法让身旁的一切恢复正常。

"她结婚前叫什么？"

"桃莉·麦基。正式的说法是桃乐丝。她在大学图书馆工作，我在那里上企业管理的暑期课程……"

"这个夏天才认识的？"

"没错。"他咽下唾沫，喉咙动了下，像卡在喉间的悲伤猛然作痛，"我们才认识六周……六周半就结婚了，但是那六周半里天天见面。"

"在一起的时候都做些什么？"

"有关系吗？"

"说不定很重要。"我想了解她有什么习惯。

"她没有坏习惯。在一起的时候，她从不许我喝酒，也不常上咖啡店、电影院。她是……她是个很严谨的女孩子，我们在一起的时候多半都在聊天……一边散步一边聊天，整个西洛杉矶几乎都走遍了。"

"聊些什么？"

"人生的意义。"他说得一副理所当然的样子，"我们努力提出生活的计划，提出婚姻生活和教育小孩的准则。桃莉最重视的就是小孩，她想把小孩教育成堂堂正正的人，她认为这比拥有财产更重要。听我说这些是不是很无聊？"

"不无聊。她说的是真心话？"

"没人比她更真了，真的，她想要我辞掉工作，回去把硕士读完，还认为我不该跟家里要钱。她打算继续工作，供我念书。但是后来我们改变了主意，决定先结婚。"

"结婚不是迫不得已？"

他板起脸看我。

"我们之间不是那样的，我们根本没有……我连新婚之夜都没碰她。虽然是她提出要来的，可是浪花旅馆和太平洋角好像让她很紧张，所以我们决定将身体上的结合延后，现在很多夫妻都这样。"

"桃莉对性的看法如何？"

"好，咱就挑明了说吧，如果你是因为她是怕这个才离开我的，那就大错特错。她是个温暖的人。"

"那她为什么离开你，艾力克斯？"

他眼中有痛苦的阴霾，从刚才到现在始终如此。

"我怎么想都想不通，我确定我和桃莉之间根本没有问题。这事和那个大胡子男人一定脱不了干系。"

"怎么又跑出这么个人来？"

"他是那天下午来旅馆的……就是她离开那天。我去海边游泳，然后在阳光下睡了几小时，回来就发现她不见了，她的行李也不见了。柜台说她离开之前有人来找过，是个留灰色胡子的男人，大约在里面待了一小时。"

"不知道姓名？"

"他没提姓名。"

"你太太跟他一起走的？"

"柜台说不是。那男的先离开，后来桃莉才搭计程车去巴士站。但我查过了，她不但没买巴士票，也没买火车票，自己又没有车，所以应该还在太平洋角。她不可能步行上高速公路。"

"可以搭便车呀。"

"桃莉不会做那种事。"

"婚前她住哪里？"

"威斯特一间带家具的出租公寓。上周六，就在举行婚礼之前，她带着打字机搬出那里，搬进了我的公寓。"

"你想，她会不会原本就打算嫁给你再离开？"

"不，不会的，这样做有何意义？"

"我想得出好几种可能，举个例子来说，你有没有保险？"

"有，保险金还挺高的，我出生的时候爸爸帮我买的，现在受益人还是他。"

"你们家有钱吗？"

"没那么有钱，我爸赚很多，但那是工作赚的。总之，你搞错方向了啦，桃莉是正派的好人，根本就不在乎钱。"

"那她在乎什么？"

"我以为她在乎我。"他低着头说，"我现在依然相信她在乎我。她一定是出了什么事，可能一时失去理智之类的。"

"她精神是不是不太稳定？"

这问题他考虑了一下才回答。

"我不觉得。她的过去有某些阴影，但我想多数人都有。我随口说说的。"

"接下来也请继续放轻松，想到什么说什么，因为也许有些事很重要但你不知道。想必你已经找过了？"

"尽全力找过了，可是没有警方的协助实在是找不到。他们把我的话记在纸条上，收进抽屉里，然后露出一脸同情，好像以为桃莉在新婚初夜发现了我什么可耻的事。"

"这和事实接近吗？"

"不！我们疯狂爱着彼此。我今天早上努力想让警长了解这点，他却心照不宣地斜眼看着我，说除非出现了有人违法的迹象，否则无法采取行动。我问他，有个女人失踪算不算迹象。他说不算。她是个自由人，二十一岁，无人强押她离开，我在法律上也无法逼她回来。他劝我去申请婚姻无效。我回了句不好听的话，他就叫两个手下推我出去，后来在法庭上找到了检察官，正等着要申诉的时候，看见你在台上作证。"

"所以，没人介绍你来找我？"

"没有，可是不用担心，我爸……"

"你爸的立场已经说过了，他也认为你该申请婚姻无效。"

"爸爸认为我在浪费时间，浪费在一个不值得的女孩身上。"艾力克斯悲哀地点点头。

"他有可能是对的。"

"他大错特错。我这辈子就只爱桃莉一个，以后也不会爱别人。如果你不肯帮我，我总能找到肯帮忙的人！"

我喜欢他的坚持，说："我收的费用很高，一天100美元，开销另计。"

"我的钱起码够雇你一星期。"他掏出皮夹，用力扔在桌上，引来酒保的好奇眼光。

"要先付一些？"

"不急，"我说，"你有没有桃莉的照片？"

他从皮夹里抽出一张折好的报纸，有点迟疑地递给我，好像它比钱还宝贵。那是从报纸上裁下来的一张照片，看得出折起来又打开多次了。

照片一旁写着："加州长堤市的艾力克斯·金凯德夫妇在浪花旅馆欢度蜜月。"艾力克斯和他的新娘在昏暗的光线下对我微笑，她那张鹅蛋脸美得独具一格，眼中藏着慧黠，表情甜中带苦。

"什么时候拍的？"

"三周前的星期六，那时候我们刚住进浪花旅馆。所有房客他们都拍，拍完登在星期天的早报上。幸亏当时剪了下来，我就只有她这么一张照片。"

"可以多洗几张。"

"去哪儿洗？"

"找拍照的人。"

"我怎么没想到，好，我回旅馆去找那个摄影师。要洗几张？"

"两三打吧，只怕少，不嫌多。"

"那会花很多钱。"

"我知道。雇我也很花钱。"

"你想劝我别雇你？"

"我不需要这份工作，而且挺想休息的。"

"你去死啦。"

他伸手来抓捏着的那张照片，将照片从中撕成了两半。我们像仇家似的面对面，手中各握半张蜜月合照。

艾力克斯大哭了起来。

2

吃午饭的时候，我答应了。一来我答应要帮他找太太，二来酥皮鸡汤又很好吃，所以他终于平静下来，开始狼吞虎咽，上一次吃东西是什么时候他都不记得了。

我们各开各的车，前往浪花旅馆。旅馆在海边，位于镇上的好地段，是间普魏布勒式旅馆，西班牙风格的花园里坐落着一栋栋小屋，房价每栋一天100美元。主建筑廊下宽宽的绿色斜梯通往专属于这家旅馆的码头，码头旁停了许多游艇。太平洋角这个地名来自海岸的弧线，远方海面上灰色的雾像一道矮墙，点点白帆就像倚在墙上，身穿白色春藤学院风西装的柜台人员非常客气，但我想打听的那个周日他不在，当天值班的是暑假打工带班的大学生，已经回东岸的学校去了。至于他自己呢，说来遗憾，对于金凯德太太那个大胡子访客和她离开的事一无所知。

"我想找旅馆里负责拍照的聊聊，他今天在不在?"

"在，先生，我想他现在应该还在游泳池边。"

我们找到了摄影师。他是个精力旺盛的瘦子，沉重的相机挂在脖子上，像一份卸不掉的罪责，深色的游泳衣让他看起来像殡仪员。他在侧拍一个穿着比基尼的中年女子，她并不适合穿比基尼，肚脐就像缺了眼珠的眼眶瞪着相机。

完成这恐怖的工作之后，摄影师回头对艾力克斯一笑。

"嗨，你太太好吗？"

艾力克斯闷闷不乐地说："我最近没见到她。"

"你们不是两周前才来度蜜月？我还帮你们拍过照，不是吗？"

艾力克斯没答话，他环顾泳池四周闲逛的人，像鬼魂在努力追忆做人的时光。

"我们想多洗几张你拍的那张照片，金凯德太太失踪了，我是私家侦探，敝姓亚彻。"

"我叫法戈，西米·法戈。"他和我短短握了个手，看我的眼神严肃得就像相机在拍专家照，"是哪一种失踪？"

"不知道。她9月2日坐计程车离开这里，从那天起，金凯德先生就一直在找她。"

"那很难。"法戈说，"我想你们洗照片是要做传单吧，需要几张？"

"三打如何？"

他吹声口哨，一掌拍在皱着眉的额头上。"我这个周末会很忙，而且已经开始忙了，今天是星期五，我星期一可以交照片，但我想你们恨不得明天就拿到照片吧？"

"今天也行。"

"抱歉。"他耸耸肩，相机随着动作在胸前晃了一下。

"这可能很重要，法戈，要不我们就洗一打，两小时后交照片，好吗？"

"我很想帮忙，可是还有工作要做啊。"他有点不太情愿似的，转身缓缓对艾力克斯说，"不然这样吧，我叫我太太来洗，不过你们别说话不算话，像另一个人那样，让我白费力气。"

"另一个人是谁？"我问。

"留胡子的大个子。他也叫我洗这张照片，可是没来拿。如果你们想要，可以先拿我帮他洗的那些，现在就能给你。"

艾力克斯立刻从恍惚状态清醒过来，向后退。

"老实说，我觉得我好像也认识他，我敢说我帮他拍过照片，只是想不起来是谁，我拍过的脸实在太多了。"

"他有没有说他叫什么名字？"

"一定有，没名没姓的订单我不会接，我帮你找找看。"

我们跟着他走进旅馆，旅馆走廊像迷宫似的，好不容易才抵达他那乱七八糟、堆满东西又没有窗户的小办公室。他先打电话给太太，然后从桌上的纸堆里找出一个信封，抽出夹在两张瓦楞纸之间的照片，亮光相纸上印的正是那对新婚夫妻。信封上法戈用铅笔标着："查克·贝格利，酒窖。"

"我想起来了，他说他在酒窖工作，那是家卖酒的店，离这里不远，贝格利没来拿照片，我打电话过去，才知他已经离职了。"法戈看看我，又看看艾力克斯，"你们对这个人有印象吗？"

我们都说没有。

"法戈先生，能不能说说他长什么样子？"

"没刻海草的部分我是可以形容一下啦，我是说，露在胡子外头的部分。他的头发是灰色的，跟胡子一样，很多，眉毛眼睛都是灰色的，鼻子直直的，很正常，显得有点脱皮。以上了年纪的男人来说，他算好看的，只有牙齿不漂亮，大概早年挨过揍。我个人是不会想去招惹他啦，他块头很大，而且脾气也不太好。"

"他块头有多大？"

"比我高个快10厘米，也就是186、187厘米吧。他穿短袖运动衫，胳臂上有肌肉。"

"说话呢？"

"没什么特别的，没有哈佛腔，也不至于太低俗。"

"有没有说他为什么要这张照片？"

"他说是因为情感因素。在报纸上看见这张照片，就想起了某人。我那时候还心想，他肯定是一看到就立刻跑过来了，因为这张照片星期天一早才上报，他中午就来了。"

我对艾力克斯说："之后紧接着去找你太太。"又问法戈："报社为什么要登这张照片？"

"我送去一堆照片，报社挑了这张。我从前在那家报社工作，所以他们常用我拍的照片。至于为什么要挑这一张嘛，我就不知道了。"他拿起照片在日光灯下看了看，交给我，"确实拍得不错，而且金凯德先生和夫人是一对璧人。"

"真谢谢你啊。"艾力克斯话中带刺。

"我这是在称赞你呢。"

"那可不。"

我接过照片，在艾力克斯爆发之前将他带离那个小房间。阴暗的忧伤一直在他心中汹涌，接触到空气就转为愤怒。为的不仅是成婚一天的妻子，还有自己，他已经不知道自己还算不算个男人了。

有这种感觉不能怪他，但他这个样子会妨碍我做事。所以在几个街区外一条离海较远的旅馆街上找到了"酒窖"时，我叫他留在小红跑车上等我，让我一个人进去。

这是家酒类专卖店，里面很凉爽，除我之外没别的客人，店员从柜台后面跑出来迎接。

"先生，有什么可以为你服务的？"

说话的人身穿尼龙背心，口齿不清，双眼浑浊，脸色暗沉，看起来就是个不分昼夜喝酒的人。

"我找查克·贝格利先生。"

"之前派他去送货，有时候东西会准时到，有时候却不会。我们只好辞退他了。"他露出有点痛苦的表情，声音也带点抱怨的味道。

"两个星期，当时他在我这里工作也才两星期。我跟他讲过不止一次，他不是做这种工作的料，根本就是大材小用。你也知道，贝格利如果能振作起来，是个挺聪明的人。"

"我不知道。"

"我以为你们认识。"

我出示证件。

"贝格利是逃犯？"他嘴中一股薄荷味吹到我脸上。

“有可能，为什么这么问？”

“他刚来这里的时候我就觉得奇怪，像他那样的人，何必找送货的工作呢？他做了什么事？”

“我哪知道。能不能给我他家的地址？”

“应该可以。”他伸手摸摸自己的酒糟鼻，从指缝间看我，“但可别让贝格利知道是我说的，我不想惹麻烦。”

“好。”

“他常待在我某个客人的家里，可以说是个不付房租的房客。我当然不想给她找麻烦，可是呢，如果贝格利是逃犯，那我帮忙抓他也就等于帮她了，对吧？”

“我想是吧。她住哪儿？”

“海鸥滩，17号小屋。她叫麦姬·戈哈迪。上高速公路向南走，大约开个几里路就会看见海鸥交流道，不过千万别告诉他们是我说的，好吗？”

“好。”我走了，让他继续留在酒堆里。

3

我们把车停在路口，我劝艾力克斯留在车上，别让人看见。海鸥滩这一带房价很贵，却有点破烂，海滩上几十栋小屋鳞次栉比。海面反射出变幻莫测的蓝光，穿过屋与屋窄窄的间隙照过来。在那些屋子的尖顶后面，在海水上方，有只海鸥不断拍动翅膀，兜着圈子，寻觅鱼踪。

17号小屋该粉刷了，歪歪斜斜地倚着木桩，就像一个男人拄着拐杖。我敲敲那扇斑驳的灰门。脚步声缓缓从门后响起，听起来像尸体在地上拖行。开门的正是个留胡子的男人。

他年约五十，穿着黑色开领衫，衣服上方那颗头有如一块历经风吹雨打的石头，阳光映在眼中呈现云母石的色泽，抓着门旁的手指都啃秃了。他发觉我盯着他的手看，就握起了拳头。

"贝格利先生，我在找一名失踪的女孩子。"我决定直说，"她有可能出事了，如果真是这样，那么您就是最后一个见到她的人。"

他用拳头的指节摩擦脸颊，脸上有旧日纠结所留下的记号：眼睛周围依稀可见的疤痕有点像拼布；太阳穴上那条细疤像把小尺，针脚像尺上的刻度。看得出来，他不但过去惹过麻烦，未来麻烦也不会断。

"你疯啦，我一个女孩子都不认识。"

"你认识我啊。"他身后有个女人说。

她走到他身边，靠在他身上，等人附和这句往自己脸上贴金的话。这女人和贝格利年龄相仿，可能比他还大些，丰满的身体裹在短裤和绕颈背心里呼之欲出；头发经过反复漂染变得十分毛躁，全竖在头上，像顶黄色的冲冠假发；深蓝色眼影下的双眼带着琴酒的颜色。

她对我说："我看您一定是搞错了吧。"开口时用的是高雅的东岸腔，紧接着就露了馅，"我对天发誓，查克跟任何女孩都没有关系，光照顾我这个老小女人就够他忙的了。"她白白胖胖的手臂从后方搂住他脖子，"你说是不是呀，亲爱的？"

查克·贝格利卡在我和这女人之间进退两难，我把法戈给我的蜜月照片拿给他看。

"你认得这个女孩子，对吧？她的名字，她婚后的名字，叫作桃莉·金凯德。"

"这辈子听都没听过。"

"目击者可不是这么说的，他们说，你两个星期前的周日去浪花旅馆找她。你在报纸上看见这张照片，就去找浪花旅馆的摄影师加洗。"

那个女人搂紧他的脖子，不像情人，倒像摔跤对手。

"查克，她是谁？"

"我不知道。"他自言自语，"又来了。"

"什么东西又来了？"

我也想问同样的话，却让她给抢先了一步。

"我能不能单独和贝格利先生说几句话？"

"我和他之间没有秘密。"她得意地仰头看他，得意之中带着一点心虚的焦虑。"没错吧？亲爱的，我们就快结婚了不是吗，亲爱的？"

"能不能别再喊我亲爱的？ 5分钟也好，拜托。"

她退开了去，黯然欲泣。嘴角下垂的大红嘴唇太过做作，做出了一张小丑脸。

"请你进去，"他说，"让我跟他讲话。"

"这是我家，我有权知道在我地盘上发生的事。"

"那是当然，麦姬，但是我住在这里，也该有基本的权利吧。你进屋去，喝杯咖啡。"

"你惹麻烦了？"

"没有，当然没有。"他声音里有股无可奈何，"快走吧，乖。"

最后一个字发挥了安抚效果，她慢吞吞转过身，进屋去。贝格利关上门，倚门而立。

我说："现在可以跟我说实话了。"

"对啦，我是去旅馆见过她，那是一时冲动做的事，不能拿来说我是杀人凶手。"

"没说过那种话，除了你自己。"

"我自己说，帮你省点事。"他张开双臂，仿佛登时就要钉上十字架，"我想你是管区警察吧？"

"我和他们是合作关系。"希望他也能合作一点，"我叫亚彻。你还没说为什么要去见金凯德太太，你们有多熟？"

"完全不认识。"他放下原本平伸的双臂以加重语气，胡子掩盖着嘴巴周围细微的表情，灰色的眼睛也没透露半点线索，"我以为我认识她，结果是误会一场。"

"什么意思？"

"我以为她是我女儿，报纸上那张照片看起来很像，可是本人就没那么像了。我会搞错是很自然的事，毕竟太久没有见面。"

"令爱叫什么名字？"

他迟疑片刻。

"玛丽。玛丽·贝格利。我们超过十年没有联络。我一直都在国外，在世界另一头。"他说得好像那地方远在月球背面似的。

"你离开时女儿一定还很小吧？"

"对，十岁或者十一岁。"

"而且你一定很喜欢她，"我说，"才会一看到跟她很像的照片就去加洗。"

"我是很喜欢她没错。"

"那为什么不去拿照片呢？"

他沉默良久，我这才注意到这人有种特质，安静淡漠，像年迈的动物。

“我怕麦姬吃醋，”他说，“我现在靠麦姬过日子。”

我觉得他把话说成这样只是想掩饰谎言，但也可能还有更深层的原因。有些男人终日都在想方设法处罚自己，仿佛出生就是个罪过，而贝格利显然有自找麻烦的倾向。

他说：“你认为金凯德太太出了什么事？”他语气冷淡拘谨，一副对答案不感兴趣的样子。

“我原本还指望你能告诉我呢。她已经失踪将近三周了，我觉得不妙。女孩子失踪是常有的事，但在蜜月期间失踪就很奇怪，况且她爱她的丈夫。”

“她爱他吗？”

“他是这么认为啦。你见到她的时候她心情好吗？有没有忧愁的样子？”

“我觉得没有，见到我她很惊讶。”

“因为很久没见到你了？”

“别拿话套我，我说了，她不是我女儿。她根本不认识我。”胡须男对我冷笑。

“那你找什么话题跟她聊？”

“我们没聊。”他顿了一下又说，“也许我问了她几个问题。”

“例如？”

“她爸爸是谁，她妈妈是谁，她从哪儿来。她说她来自洛杉矶，婚前名叫桃莉什么的，我忘了那个姓。她父母双亡。就这样，没别的了。”

“你花了不少时间问这些事情。”

“才五到十分钟，顶多十五分钟吧。”

“柜台的人说有一个小时。”

“他弄错了。”

“也有可能是你弄错了，贝格利先生，有时候时间过得很快。”他抓住这个借口。

“也许我真的待得比我以为的久。我想起来了，她要我留下来见见她先生。”他刻意保持目光沉稳，但还是有那么一点闪烁，“等了又等，他一直没回来，我就走了。”

“没约下次再见？”

“没有，她对我的故事没多大兴趣。”

“你跟她说了你的过去？”

“我跟她说了我女儿的事，这是当然。我不也跟你说了吗？”

“我不明白。你说你过去十年都不在国内，那在哪里？”

“新喀里多尼亚，大半时间在开铬矿，去年春天矿场关闭，我们就被送了回来。”

“现在你要找女儿？”

“当然想找。”

“好让她能在你的婚礼上当伴娘？”我拿话刺他，想知道他能容忍的极限。

他默不作声忍了下来。

“你太太怎么了？”

“死了。”他的目光再沉稳不下去了。

“你非得问这么多不可吗？失去所爱已经够难受的了，还要旧事重提让我更痛苦？"

我看不出他这自怨自艾是真是假，自怨自艾总是有一点假。

"很遗憾你失去了家人，但出国十年，有这种结果也不意外吧？"

"我别无选择。我被人拐骗去了国外，回不来。"

"这就是你的故事？真叫人难以置信。"

"我的故事岂止如此，但是不提了。反正你也不会信，从来就没人相信。"

"说说看嘛。"

"说来话长，得讲上一整天，你有别的事要做，没这闲工夫。"

"我有什么事？"

"不是有个女孩失踪了？快去找她呀。"

"我来这里是希望你能帮上忙，我现在还是这么想，贝格利先生。"

"对于她，我所知道的全部都告诉你了。我根本不该去那家旅馆。好，我错了。但你不能因为一个人判断错误就判他死刑。"他低头看脚，脚上穿的是凉鞋。

"你刚提到杀人？现在又说死刑，我真的好奇为什么。"

"只是个说法而已。"但我的话在他身上戳出了小洞，自信从洞口渗了出来。他提高音调说，"你认为我杀了她？"

"不，我认为，你们之间发生了某些事，或是说了某些话，导致她匆匆离开。请你想一想，好吗？"

他慢慢地，有点不由自主地抬起头来仰望太阳，胡子下的脖子苍白瘦削，让人感觉他好像戴着古希腊演员那种面具，我完全看不见他的脸。

"没有，没说那种话。"

"你们之间有什么纠纷吗？"

"没有。"

"那她为什么让你进房间？"

"我猜大概是对我的故事有兴趣吧，我在旅馆用内线打给她，说她跟我女儿很像。一看见她，发现她不是，我就知道自己在做傻事了。"

"你有没有约她下次再见？"

"没有，如果能的话我当然想。"

"你有没有在旅馆外等她，或约好在车站碰面？"

"没有。你到底想挖什么坑给我跳？你想怎样？"

"只是想知道事实而已。你说的这些我并不满意。"

他突然暴怒说道："你知道的已经……"话还没说完就后悔了，活生生咽下后半句。

他转身背对我，走进屋去，用力把门甩上。我等了一下，决定放弃，循原路回到停车的地方。

那个金发女人麦姬·戈哈迪，就在艾力克斯的红色保时捷里，坐在他旁边。他抬起头来，两眼放光。

"戈哈迪太太见过她，见过桃莉。"

"跟贝格利一起见的？"

"不，没和他一起。"她打开门，跻身下了那辆小车，"是在一家专门修理进口车的车厂，我开我的 MG 车去加润滑油，那女孩子跟一个老女人一起，开一辆棕色的老劳斯莱斯离开。开车的是那个女孩子。"

"你确定是她？"我拿照片请她再看一次。

"我确定，除非她有双胞胎姊妹。她很漂亮，所以我多看了两眼。"她边看边点头。

"我不知道，可是修车厂的人应该知道。"她指引我们迷津之后就要走了，"我是偷溜出来的，最好赶快回家，否则查克会找不到我。"

4

修车师躺在板车上，从千斤顶架着的捷豹轿车下滑出来。他起身后我才看见他长什么样子，他是个胖嘟嘟的南欧人，工作服上写着"马里欧"字样。听我问起那辆老劳斯莱斯和老太太，他热心地猛点头。

"那是布莱萧太太，十二年来她那辆劳斯莱斯都是我保养的，打从买来以后一直都是。现在车还跟她买的时候一样好开。"他得意地看着自己那双沾满油污的手，就好像外科医生回忆一连串困难却成功的手术，"她找来那些开车的女孩子，有的实在不懂得怎样好好对待车子。"

"目前帮她开车的女孩你认得吗？"

"不晓得名字。布莱萧太太常换司机，大多都是从学校找来的，她儿子是学院院长，不让老太太自己开车，她有风湿，腿跛了，好像还撞过一次车。"

我打断马里欧复杂的说明，拿照片给他看。

"是不是这个女孩子？"

"对，上次就是她陪布莱萧太太来的，她是新人，我刚说了，布莱萧太太常换司机，她很有主见，而这些女大学生不太会听命行事。我个人是一直跟布莱萧太太处得很好啦……"

"她家在哪里？"

艾力克斯语气很急，马里欧听了有点不自在。

"你找她干什么？"

"我要找的不是她，是那个女孩子。那个女孩子是我太太。"

"你们夫妻有问题？"

"我不知道，我得跟她谈谈。"

马里欧抬头望着修车厂波浪状的铁丝屋顶说："我太太两年前跟我离婚，我就开始变胖，没动力保持身材了。"

"布莱萧太太家在哪里？"

"山麓街，离这里不远。第一个路口向右转，直走就到。电话簿里查得到门牌号码，电话簿就放在那边桌上，登记的是她儿子的名字，罗伊·布莱萧。"

我谢谢他。他又躺上车板，滑回捷豹轿车下。墙角有张破书桌，电话在桌上，电话簿在电话下面。我找到了地址："罗伊·布莱萧，山麓街311号。"

艾力克斯说："我们可以在这里打电话给他。"

"还是当面谈比较好。"

虽然大批房屋建筑和无烟工业在四周蓬勃发展，太平洋角仍保有自己的个性。山麓街绿树成行，旧时风格不变。早期就来此定居的人家，屋外仍有那耐震的榫接木墙，或是活得比几代园丁还长的树篱。高大的柏杨树将311号与路完全隔开，我把车开进敞开的铁门，艾力克斯也随后进来。经过一间绿门窗的白色小门房，随车道转了个弯，一栋殖民地风格的房子就出现在眼前。

有个女人跪在屋前花圃中，肩膀与花齐高，头上戴着宽边草帽，下巴系紧帽带，戴着手套，握着花剪。引擎声停歇后就听见剪花的声音。

她笨手笨脚站起身，一边把几缕灰发塞回帽子里去，一边朝我们走来。她只不过是个穿着脏网球鞋的老太太，蓝色罩衫下的身材如何看不出来，但姿势有种权威感，想必当年曾经美丽，有过风光的日子。她的脸已经让肉和岁月压垮了，一双黑眼睛却还机灵警醒，像你料想不到会出现在废墟里的动物。

"布莱萧太太？"

"对，我是布莱萧太太。两位绅士有何贵干？我很忙，你们应该看得出来。"她挥舞手中的花剪，"我的玫瑰从来不放心让别人剪，却还是会死，可怜的小东西。"遗憾在她的声音中窸窣作响。

"在我看来她们很美。"我向她示好，"其实我和金凯德先生很不想打扰您，可是他太太不见了，我们有理由认为她现在可能受雇于您。"

"受雇于我？我除了雇拉丁裔夫妇之外没雇别的人。我儿子……"她略显得意，"严格控制我的生活预算。"

"不是有个女孩子帮你开车？"

她笑了。

"我完全忘掉她了，她只是做兼职而已，叫什么来着？莫莉？

桃莉？我老是记不住那些女孩的名字。"

"桃莉。"我把照片拿给她看，"这人是不是桃莉？"

她脱下一只手套，接过照片，她的指节因关节炎而特别粗大。

"我想应该是。但她没提过结婚的事，我要是知道，绝对不会雇她。我坐车出门有一定的计量，不想搞得那么复杂。"

"她现在在哪里？"艾力克斯打断她的喋喋不休。

"我不确定。今天该做的工作已经做完了，她有可能走路去学校，也有可能在门房。我把门房给那些女孩子住。有时候她们会滥用这项特权，但目前为止这一个还不会。"她严厉地看了艾力克斯一眼，"希望你出现之后她不会开始乱来。"

"我不认为她以后还会继续……"

我不让他说完。

"去看看她在不在门房吧。"然后又问布莱萧太太，"她跟着您多久了？"

"大约两周吧，新学期是两周前开始的。"

"她在那所学院念书？"

"对，我雇的女孩子都是那儿来的，除非像去年夏天那样，我儿子出国，就得请人全职来陪。希望桃莉不会走，她算是个聪明伶俐的。不过就算她离开了，也总有别人代替。等你活到我这把年纪，就会明白，年轻的总会离开年老的……"

她转身面向玫瑰，红色黄色的花在阳光下亮得耀眼。她似乎想把思绪表达完整些，却找不到说法。

我说："她现在用哪个姓？"

"恐怕我记不得了。我叫她们都只叫名，不带姓。我儿子知道，问他好了。"

"他在家吗？"

"罗伊在学校。他是那所学校的院长。"

"学校远不远？"

"站在这里就看得见。"

她用那有关节炎的手抓着我手肘轻轻推我转身，我从树缝间看见一个小瞭望台的金属圆顶。老太太附在我耳边很八卦地问："你那个年轻朋友和他太太怎么了？"

"他们来这里度蜜月，她走掉了，他想搞清楚原因。"

"怎么会做这种怪事。"她说，"我蜜月的时候可不会这样，我多尊重丈夫啊。不过现在的女孩子和从前不一样了，是吧？忠诚和尊重对她们而言没有意义。年轻人，你结婚了没有？"

"结过。"

"这样啊。你是那孩子的父亲吗？"

"不是，我叫亚彻，是个私家侦探。"

"真的？这事你查出什么来了？"她拿花剪朝门房略微指了指。

"目前为止一无所获。她离开有可能是小女孩一时耍脾气，也可能有别的原因，也许有什么不好的事，都得问她才知道。对了，布莱萧太太，您有没有听她提过一个叫贝格利的人？"

"贝格利？"

"是个留胡子的大个子。她离开丈夫之前，这个人去浪花旅馆找过她，有可能是她父亲。"

她伸出紫色的舌头，舔了舔皱巴巴的嘴唇。

"她没跟我提过。我向来不鼓励这些女孩子跟我说心事，也许我错了。"

"很难说，她一直都同一个样子，很安静，脑子里想什么不会说出来。"

艾力克斯出现了。他快步从弯曲的车道过来，容光焕发。

"绝对是她没错。我在柜子里找到了她的东西。"

"你没得到授权，不能进那屋子。"布莱萧太太说。

"那是她的房子，不是吗？"

"那是我的房子。"

"但目前由她使用，不是吗？"

"我只借她用，没借你用。"

艾力克斯万万不该跟桃莉的雇主吵架，我向前一步隔开两人，把他的身体转个方向，再一次带他避开纠纷。

他上车之后，我说："避一避吧，你会妨碍我。"

"可是我非见她不可。"

"你会见到她的。先去水手休闲汽车旅馆帮咱俩订个房间，就在大街上，在这里和浪花旅馆之间……"

"我知道在哪里，但桃莉怎么办？"

"我去学校找她谈谈，如果她愿意，就带她回来。"

"我为什么不能去？"他像个惯坏了的孩子。

"因为我不要你去。桃莉现在有她自己的生活，你也许不乐意，可是无权跳进去搅乱。咱们汽车旅馆见。"

他气冲冲地开车离开。布莱萧太太还在整理玫瑰，我客客气气请她准我检查桃莉的物品，她说这要看桃莉准不准。

5

这座校园是9月棕色山麓下的一片绿洲，建筑物大多很新很现代，以打了孔洞的水泥板和亚热带植物作为装饰。有个男孩光脚坐在路旁棕榈树下看书，为了我暂时放下手中的塞林格，指出行政大楼所在的位置。

我把车停进大楼后方的停车场，旁边有几辆车贴着教职员识别证，多半是烂车旧车，只有一辆黑色雷鸟新车鹤立鸡群。周五下午快要过完，大学生的周末多半从这时候开始，大楼入口对面的询问窗口内空空如也，走廊也杳无人踪。

我没费什么事就找到院长室，候见区有丹麦风格的折叠家具和一名金发女秘书。女秘书坐在打字机前守着那扇紧闭的内门。她有张苍白的瘦脸；蓝眼睛在日光灯下工作过久，显得很疲累；讲话的时候，声音中怀有猜疑。

"先生，有何贵干？"

"我想见院长。"

"布莱萧院长恐怕很忙，有什么我可以帮您的？"

"我想联络一位女学生，她的名字叫桃莉·麦姬，或桃莉·金凯德。"

"到底是哪一个？"秘书有点不耐烦。

"她婚前姓麦姬，婚后姓金凯德。我不知道现在用的是哪一个。"

"你是家长？"她谨慎地问。

"不，我不是她父亲，但我有很好的理由见她。"

"按照我们学校的规定，除了家长之外，不得向其他人透露学生的资讯。"她看我的眼神像看人贩子。

"那丈夫呢？"

"你是她丈夫？"

"我代表她丈夫来找她。我想你还是让我跟院长谈吧。"

"办不到哦。"她一副没商量的样子，"布莱萧院长正在和各系主任开会，你找麦姬小姐有什么事？"

"私事。"

"这样啊。"

协商陷入僵局。我想逗笑她，便说："我们也有规定，不得透露资讯。"

她似乎把这当成了羞辱，走回打字机前。我站在原处等待，听见门内谈话的声音时起时落，最常出现的字眼是"预算"。

过了一会儿，秘书说："你不如去找萨瑟兰院长试试，她是主管女生的院长，办公室就在走廊对面。"

院长室敞开着，这位院长是那种干干净净、看不出年纪的女人，二十岁时显得老，到了四十岁又显得年轻。棕发在颈后挽成

发髻，不施脂粉，只搽了点红色的口红。

即使如此，她还是个好看的女人。脸的轮廓细致分明，上衣前方突出得像顺风时扬起的三角帆。

"进来。"这种简洁严肃的语气我已经渐渐听惯了，"等什么呢？"

她漂亮的眼睛迷住了我。望进那双眼里就好像望进冰山美丽的核心，所见是绿色的冰和炽烈的冷光。

"请坐。"她说，"你有什么问题？"

我自我介绍，说明来意。

"但我们学校既没有桃莉·麦姬，也没有桃莉·金凯德。"

"那她一定是用了另一个姓，我确定她是这里的学生，她打工给布莱萧院长的母亲开车。"我拿照片给她看。

"但这是桃乐丝·史密斯呀，她为什么用假名入学呢？"

"她的丈夫也想知道。"

"照片里这个人就是她丈夫？"

"是的。"

"看起来人不错。"

"显然她不这么想。"

"真不知道为什么。"她眼睛不看我，我觉得她说的不是真话，"说真的，我不明白她用假名怎么能入学，莫非她有假证件？"她猛然起身，"抱歉，亚彻先生。"

她走进隔壁房间，那房间里有许多档案柜，一个个像树立的棺材。她拿回一个资料夹，打开来放在桌上，里面东西不多。

"我明白了。"她有点像是在对自己说，"她只有暂时的入学许可，这里注明资料随后会到。"

"暂时入学许可的有效期是多久？"

"到9月底为止。"她查了查桌历，"也就是说，她有9天可以准备文件，但是现在她得提前说明原委了，我们无法容许这种欺瞒。在我印象中，她是个坦率的女生。"她抿起了嘴，嘴角下垂。

"萨瑟兰院长，您认得她？"

"我特别重视和新生的互动，想尽办法帮助这位史密斯小姐……或许金凯德太太，甚至还帮她在图书馆找到了打工的机会。"

"布莱萧太太家的工作也是？"

她点点头。

"我听说那里有工作机会，我就推荐了她。"院长看看手表，"她现在可能就在那儿。"

"不在，我刚才从布莱萧太太家过来。对了，你们那位院长过得挺奢华，我还以为学校薪水很低呢。"

"是很低啊，布莱萧院长的家境本来就好，他出身世家。他母亲知道后反应如何？"她做了个表示受不了的姿势，不知怎的我觉得自己中箭了。

"她似乎不以为意，是位聪明的老太太。"

"很高兴你这么认为。"看来她与布莱萧太太互动的经验并非如此，"好吧，我来看看史密斯小姐或金凯德太太在不在图书馆。"

"我可以去图书馆问。"

"不好吧，我最好先跟她谈谈，弄清楚她小脑袋里头在想些什么。"

"我并不想给她找麻烦。"

"当然，而且你没给她找麻烦，麻烦早就在这里了，现在只不过是揭露出来而已。我很感激你这么做。"

"如果感激，"我小心翼翼地说，"那能不能让我跟她谈？"

"恐怕不行。"

"我问话很有经验。"

这话说错了，她的嘴角再度下垂，原本迷人的胸脯现在变得有点吓人。

"说到经验，我也有，而且是多年经验，我受过辅导训练。如果你乖乖在外头等，我就打电话去图书馆找她。"我转身出门，她又冷不防放出最后一箭，"请不要试图半路拦她。"

"这种事我做梦都不敢啊，萨瑟兰小姐。"

"请叫我萨瑟兰院长。"

我走到外面，看在我眼里却只觉得心酸。一来是因为我自己没能上大学，二来是因为我可能毁掉了桃莉上学的机会。

有个戴玳瑁眼镜的女生和穿球衣的年轻大个子从外头走进来，靠墙站。她在讲阿基里斯和乌龟的故事给他听，好像是阿基里斯追乌龟，但依古希腊数学家芝诺的悖论，他永远追不到，他们之间的距离可分割成无穷多的小单位，因此阿基里斯得花无穷多的时间才能越过那段距离，与此同时，乌龟又已经走到别处去了。

男孩点点头说："这我懂。"

"但不是这样的，"女孩大声说，"把空间分成无穷多段纯属理论，影响不到实际上的空间移动。"

"我不懂，海蒂。"

"怎么会不懂，想象你自己站在足球场上，你站在20码[1]线上，有只乌龟在30码线上，朝着另一个方向爬。"

我站在那里听他们讲话，外头桃莉拾阶而上朝玻璃门走来。她头发颜色很深，身穿格子呢裙和羊毛衫，先在门上靠了一下，才把门打开。从法戈拍照那天到现在这段时间里，她恐怕过得很糟糕，皮肤蜡黄，头发没梳，眼神恍惚扫过这边，仿佛没看见我。

走到萨瑟兰院长办公室之前，她短暂停步，然后猛然向门走去，又在我和那两位哲学家之间站住，想了一会儿。她脸色有些阴沉，因为心里有事以致眼神茫然，却把我给震慑住了。她又转身犹豫了一次，才步履艰难地面对命运。

走进院长室，她关上了门。我稍待片刻走到门边听见里面模糊的女声，却听不清说些什么。对面布莱萧院长的办公室走出一群系主任，撇开眼镜和驼背不看，他们还真有点像刚刚下课走出教室的男学生。

一名头发剃得很短的女生走进大楼，吸引了大家的注意力。她灰色的头发闪闪动人，脸晒得很黑，径直走到院长办公室门口，和原本独自站在那里的一位男士说话。

他对她的兴趣显然没有她对他来得大。他长得很好看，不过文静得有点忧郁，是那种很会引发别人母性热情的类型。虽然波浪般的棕发在太阳穴一带有点灰，但看起来像个大学生毕业后埋

1　1码＝0.9144米。——编注

首书中二十年，一抬头才感觉中年已至。

萨瑟兰院长打开院长室的门，对他做个手势。"布莱萧博士，能不能给我一分钟？出了件严重的事。"她脸色苍白严肃，像个不想执法却不得不执法的刽子手。

他有借口可以离开了。两位院长和桃莉关上门在办公室里密谈，那位有点闪亮短发的女子对着关上的门皱起眉头，然后打量我一眼，仿佛想找人当布莱萧的代替品。她有张好看的嘴，有双漂亮的腿，还有股掠食性动物的味道，穿着很有格调。

"找人吗？"她问。

"等人。"

"等左撇子还是等戈多？有差别哦。"

"等左撇子·戈多。那个投手。"

"麦田投手？"

"他比较爱喝波本。"

"我也是。"她说，"我看你有点像个反知识分子，你叫……"

"亚彻。这考试我没过关？"

"那要看打分数的是谁。"

"我在想呀，也许我该回学校念书，你让念书这件事变得好有吸引力，而且那些有学问的朋友聊起杰克·凯鲁亚克、尤金·伯迪克等伟大作家的时候，我这大字不识一个的家伙感觉就像局外人。说真的，如果我想回头念书，你会推荐这所学校吗？"

"这里不适合你，亚彻先生。我想你在都区念大学会比较自在，柏克莱或芝加哥之类的。我自己念的是芝加哥大学，和这所学校截然不同，可以说是相反吧。"她又打量了我一下。

"哪方面？"

"数不清。举例来说，这里的风气非常落后，原本是某教派兴办的学校，道德风气一直都还停留在维多利亚时期。"为表示她个人并非如此，她动了动臀部，"听说诗人狄兰·托马斯来访的时候……算了，我们还是别说这个好了。"她用拉丁文说："不要说死人坏话。"

"你教拉丁文？"

"没啦，拉丁文我只会一点点，希腊文更不行，能教现代语文就不错了。对了，我叫海伦·哈格提。刚说了，我不建议你在太平洋角念书，这里的水准虽然每一年都有提升，但废物还是不少，你站着不动就能看见一些。"

她嘲讽的目光投向大楼入口，五六位教授站在那里，就刚才与院长的会议放马后炮。

"刚和你讲话的人是布莱萧院长吧？"

"是啊，你要找的人就是他？"

"除他之外还有别人。"

"别看他外表一副凶样，其实是个很好的学者，这里的教职员中只有他一个是哈佛博士。他比我更能给你好建议。不过，老实告诉我，你当真想回学校念书？不是在哄我？"

"也许有一点。"

"想要哄我，我喝酒的时候比较好哄，而且我真的想喝酒，尤其是波本。"

"感谢你慷慨邀约，"我心想，也约得太突然了吧，"但下次吧，我还得等左撇子·戈多啊。"

她似乎非常失望，失望得有点过分。我们多多少少觉得对方有点可疑，和和气气道了别。

我守候的命运之门终于开启，桃莉千恩万谢退出门来了，几乎要行屈膝礼。但她转身离开时，我看见那张脸既苍白又僵硬。

我尾随她，感觉挺蠢的。这状况让我想起初中放学时跟在某个女生后头的往事，我始终没能鼓起勇气问她，能不能给我帮她拿书包的荣幸。但桃莉真的很像当年那个可望而不可即的女生，我现在连她的名字都想不起来了。

她快步走过校园正中央的林荫大道，走上图书馆的台阶。我追了上去。

"金凯德太太？"

她停步的样子活像被我射了一枪。我出于本能抓住她的手臂，她甩开我的手，张嘴似欲呼救，却没发出声音，路上和台阶上的其他学生都没注意到她这无声的尖叫。

"金凯德太太，我有事要跟你说。"

她把头发向后拨，用力过度，以至于一只眼睛朝上吊了起来，看起来有点像欧亚混血儿。

"你是谁？"

"我是你丈夫的朋友。你让艾力克斯这三周很不好过。"

"是啊。"她说得好像现在才想到似的。

"如果你对他有一点真心，那么这三周应该也过得不好。有没有？"

"有没有什么？"她有点茫然。

"真心喜欢艾力克斯。"

"我不知道。我还没时间想这个，也不想讨论这个，不管是跟你或跟别人。你真是艾力克斯的朋友？"

"我想应该可以说是。他不明白你为什么那样对他，他还年轻，很伤心。"

"那一定是被我传染了，我是祸水。"

"不用搞成这样呀，你为什么不能放下手中正在进行的事，和艾力克斯再试试看？他在等你，他现在就在街上。"

"就算等到世界末日，我也不会回他身边。"

想不到她年纪轻轻声音如此坚定，坚定得甚至有点刺耳。她的眼睛有些什么让我觉得不太对劲，太干太定、睁得太大，这是双忘了怎么哭的双眼。

"艾力克斯伤害了你？"

"他连苍蝇都不忍心打，如果你真是他朋友，一定知道。他是个好孩子，不会伤人，而我也不想伤他。"她特意戏剧化地说，"告诉他，他逃过一劫，值得庆祝。"

"要我转告你丈夫的，就只有这么一句话？"

"他不是我丈夫，不是真正的丈夫。告诉他，去宣告婚姻无效；告诉他，我还不想定下来；告诉他，我决定把书念完。"

说得像是要孤身前往月球，一去不回。

我走回行政大楼，林荫大道上的假石板又平又滑，我却觉得自己踩在深度及膝的地鼠洞里。萨瑟兰院长的门开着，我敲门后，她等了一会儿才应声，声音小小闷闷的。

布莱萧院长还在，而且比之前看起来更像学生，只不过头上沾了点夜里落下的霜。

"布莱萧，这位就是我说的那位侦探，亚彻先生。"她脸红红的，眼中散发出翡翠般的光彩。

他用力握了握我的手，有点竞争的味道。

"很荣幸认识你，先生。老实说，"他想挤出一点笑容，"这种情况之下我的感觉有点复杂。很遗憾你需要来我们学校跑这一趟。"

"这种工作总得有人做。"我语带防卫，"金凯德太太不告而别，欠她先生一个交代。她有没有向你们说明？"

"她不会回去，新婚之夜她发现了某件事，太过可怕……"萨瑟兰院长摆出没得商量的样子。

"等一下，萝拉，她向你透露的事你有义务保密，我们可不想让这家伙跑回去告诉她丈夫。那可怜的女孩已经够害怕的了。"布莱萧举起手。

"她怕丈夫？真叫人难以置信。"我说。

"她并没对你掏心掏肺把什么事都说出来。"萝拉·萨瑟兰激动得提高了声调，"你以为那可怜的孩子为什么要用假名？就是怕他会来找呀。"

"这样子说太夸张了一点。"布莱萧的语调听起来挺轻松，"那男孩也不可能有多坏。"

"你没听见，布莱萧，她跟我说了一些事，那是女人之间的悄悄话，我没跟你讲，也不打算讲。"

我说："也许她说谎。"

"她绝对没说谎！我听得出那是实话。我劝你回去找他那个丈夫，不管他在哪里，告诉他，你找不到她。如果你肯这么做，她会比较安全，也会比较快乐。"

"她现在好像挺安全的，但绝对不快乐。我一分钟前跟她说过话。"

"她说了什么？"布莱萧的头歪向我这边。

"内容并不生动，她没控诉金凯德，反而把分手的错怪在自己头上。她说她想继续念书。"

"很好。"

"你会让她继续留在这里？"

布莱萧点点头。

"我们决定不去追究她的小小欺瞒。我们认为应该给年轻人改过的机会，只要不侵犯其他学生的权益就好。她可以留下，至少目前可以留下来，也可以继续使用假名。"他还说了句幽默话，"玫瑰即使换了名字……你知道的。"

"她很快就能拿到之前的成绩单。"萨瑟兰院长说，"她读过两年制专科学校，还念过一期大学。"

"她想在这里读什么？"

"桃莉主修心理学。"

"海伦·哈格提教授说，她很有天分。"

"哈格提教授怎么知道？"

"她是桃莉的老师。桃莉显然对犯罪与变态心理学深感兴趣。"

不知怎的，我想到了大胡子查克·贝格利，想到他那双叫人看不透的眼睛，那雕像似的眼睛。

"和桃莉谈话的过程中，她有没有提到一个姓贝格利的人？"

"贝格利？"他们对望一眼，然后看我。她问："贝格利是谁？"

"有可能是她父亲，就算不是，也和她离开丈夫的事脱不了干系。还有，无论她怎么抹黑丈夫，我都不信。他是个好孩子，而且很尊重她。"

"你可以有自己的看法，"萨瑟兰的口气好像我不该有似的，"可是请不要妄下断言。桃莉是个敏感的年轻女孩，有些事给了她很大的震撼。如果你能把他们隔开，那对他们两个人都好。"

布莱萧严肃地说："我同意。"

"问题是，我可是拿了钱让他们复合的。好吧，我会好好想想，再和艾力克斯好好谈谈。"

6

大楼后面的停车场里，海伦·哈格提坐在那辆崭新的黑色雷鸟敞篷车上，车篷已经放下，就停在我的车旁边，两辆车形成极大的对比。傍晚的阳光斜照山麓，她的头发、眼睛和牙齿都闪闪发光。

"嗨，又见面了。"

"又见面了。"

我说："你在等我？"

"那你得是左撇子才成。"

"我左右手都很灵活。"

"一定是，所以才投了颗曲球给我。"

"你是说我误导了你？"

"我知道你是谁。"她拍拍身旁皮座椅上的报纸。大大的标题写着："裴来恩太太无罪获释。"

"我只不过实话实说而已，显然陪审团信了，那起偷盗案发生在太平洋角的时候，我正好在奥克兰密切监视裴来恩太太。"

“为什么？她在那里偷东西？”

“这样讲并不公平。”

她装出一副伤心嘴脸，和她脸上的皱纹太合了。

“有趣的事情总是机密，而我最会保密了，我爸爸是警察呢。所以，上车吧，把裴来恩太太所有的事都告诉我。”

“办不到。”

“不然，我有个更棒的主意。”她露出做作的明亮笑容，“干脆来我家喝点东西？”

“抱歉，我要工作。”

“侦探工作？”

“可以这么说。”

“拜托，”她身体动了一下，摆出一片盛情，“成天工作不玩耍会变笨的。你不想变笨，也不想让我受挫吧。更何况我们还有事情要谈。”

“裴来恩案已经结束了，我对它一点兴趣也没有。”

“我指的是桃乐丝·史密斯，你不就为这事来学校的吗？”

“谁告诉你的？”

“我有我的消息来源。学校传话超有效率，仅次于监狱。”

“你对监狱很熟？”

“没有很熟啦，不过我跟你说过，我爸爸是警察，我没骗你。”她脸上闪过一丝痛楚，随即用笑容掩饰过去，“我们真的有共同点，去我家啦。”

“好吧。我跟车，这样你就不用送我回来。”

"好极了。"

她立即发动引擎，而且一路上开得飞快，心浮气躁，完全不理会交通规则。所幸校园里已经没什么人，也没什么车了。那些大楼在山峦和长长楼影对比之下，看起来变小了。有点像夜间打烊后的电影片场。

她家在山麓街旁，依山而建，居高临下，建材有铝、玻璃和镀了黑色珐琅的不锈钢。离她家最近的邻居在山坡下一里外，橡树最上方露出了那户人家的屋顶。站在她家客厅中央的火炉旁边，可以看见屋旁高耸的蓝色山脉；另一个方向则是灰色的海洋，海岸的雾向陆地缓缓逼近。

"喜不喜欢我这个小鹰巢？"

"非常喜欢。"

"其实这房子不是我的，只是租下来暂住，不过以后也很难说。坐吧，喝点什么？我要喝琴汤尼。"

"好啊，那我也一样。"

光亮的地砖上没什么家具，我在宽敞的空间里转了转，在其中一面玻璃旁站定往外看。有只野鸽躺在院子里，色彩斑斓的脖子断了，布满灰尘的玻璃上有一块地方看起来像展翅的鸟，大概就是它撞墙留下的痕迹。

我坐的绳条椅原本可能是院子里的。海伦把饮料拿来之后，就躺到一张帆布躺椅上，让阳光照得她头发发亮，棕色的双腿也发亮。

"我目前简直像在露营。"她说，"家具还没寄过来，因为我不知道还想不想再用那些家具，也许会通通留在仓库里，重买一批新的，把过去的历史全部丢下。你觉得这主意怎么样，曲球左撇子·戈多？"

"爱怎样叫我都随你，我不介意。但你的历史我一定要听。"

"哈，休想。"她态度坚决地看了我一分钟，然后喝了口酒，"你也可以叫我海伦。"

"好的，海伦。"

"你叫得好拘谨哦。我不是拘谨的人，你也不是，我们何必彼此客套？"

"因为你住的是玻璃屋啊。"我笑着说，"搬进来没多久吧？"

"一个月，还不到一个月。感觉实际上更久。来这里之后没遇到过真正有趣的男人，你是第一个。"

我对这种话避而不答。

"之前你住哪里？"

"四处为家，搬来搬去。当学者就像游牧民族，实在不适合我。我想永久安定下来，我老了。"

"看不出来。"

"你真有骑士风格。女人是会老的，男人就不会。"

我看得出来她想要我，虽然不至于逼得太紧，但很明显。我喜欢她，所以希望她能住手。我把酒喝完，她又调了一杯，动作很快，效率和鸡尾酒女侍一样高。我就是摆脱不了一种凄凉感，觉得我们都只不过是在利用彼此。

端上第二杯琴汤尼的时候，她故意让我低头就能看到她衣服里去，我目光所见的皮肤都是棕色的，十分光滑。她侧身躺在躺椅上，好让我欣赏曲线。落日余晖金黄耀眼，整间屋子都是阳光。

"要不要把窗帘拉上？"她说。

"不用麻烦，太阳很快就会下山，你还是跟我说说桃莉·金凯德的事吧，叫她桃乐丝·史密斯也行。"

"我要说吗？"

"是你起的头，当然要说。我知道你是她的导师。"

"所以才对我有兴趣，是吗？"她话中带刺。

"我还不知道你和桃莉有关系的时候，就对你有兴趣了。"

"真的？"

"真的。不然我怎么会来？"

"你之所以会来，是因为我拿'桃乐丝·史密斯'这个名字引诱你来的。你倒说说，她来这学校做什么的？"

"我还指望你知道答案呢。"

"是吗？"

"桃莉前后说辞不一，可能是罗曼史小说看太多……"

"我可不这么认为。"她说，"她是个浪漫的人没错，是个浪漫的理想主义者，偶尔情绪会失控。我当然知道，因为我自己从前也是。但我认为她不只是这样，而是真的遇上了一些麻烦，很可怕的麻烦。"

"她跟你说的是什么样的故事？"

"不是故事，是很烂的事实。如果你乖的话，等下说给你听。"她摆出女奴般的娇媚姿态，光滑的双腿打开来再换边跷，"卢先生，你有多勇敢？"

"是男人就不会说自己有多勇敢。"

"你真是一肚子格言啊。"她语气中不无怨意，"我要听认真的答案。"

"你可以考验我。"

"那好，我要用……我是说，我需要一个男人。"

"这是求婚，征才？还是在说别人？"

"没有别人，我想的就是你啦。如果我告诉你，这个周末有人要杀我，你会怎么说？"

"我会劝你周末别待在家，去别处避一避风头。"

她斜靠过来，胸脯一点也不松垮。

"你会带我去吗？"

"我已经跟别人有约了。"

"如果你指的是小艾利克斯·金凯德先生，我可以付你更多的钱，外带边际效益。"她说得好大胆。

"你在学校的消息来源超前，或许桃莉就是你的消息来源？"

"她是其中之一。我要是把那女孩的事告诉你，你会吓得头发都卷起来。"

"说啊，我一直都想卷头发。"

"我干吗要说？你又没拿东西换。你根本没把我当回事，告诉你，我可不习惯被人家拒绝。"

"又不是针对你，我这人向来迟钝。总之，你不需要我啦，墨西哥、沙漠、洛杉矶，这三个方向都有大路可走，你又有辆速度很快的好车。"

"吓坏了？"

她点点头。

"你外表看起来挺好的啊，看不出来。"

"我也就这么点长处，只能靠外表了。"

她若有所思，脸色很暗，也许是因为阳光已经隐退，屋里变暗了。只有她的头发还留有阳光的颜色。在她身形的起伏曲线后方，群山暗了下来。

"谁要杀你？"

"我不确定，可是有人恐吓我。"

"怎么恐吓？"

"打电话。我认不出那个声音，连是男是女都听不出来。"她发抖了。

"怎么会有人要恐吓你？"

"我不知道。"她避看我的眼睛。

"做老师偶尔会受到恐吓，通常不是什么严重的事，你在这里有没有跟什么怪人吵过架？"

"我在这里根本就不认识什么人。学校里的当然例外。"

"说不定你教的某个班上有精神病患？"

"不是那样的，这次事态真的很严重。"她摇摇头。

"你怎么知道？"

"我有我的道理。"

"这事跟桃莉·金凯德有关吗？"

"或许吧，我不确定。情况有点复杂。"

"怎么个复杂法？说给我听。"

"说来话长。"她说，"真要说，得从布里吉顿讲起。"

"布里吉顿？"

"我在那里出生长大，一切都是在那里发生的。我逃走了，可是梦境是永远逃不出去的。我噩梦的场景还是在布里吉顿街道上，电话里恐吓我的那个声音就是布里吉顿来追我了。那是来自过去的、布里吉顿的声音。"

她不自觉地出了神，仿佛做起噩梦来，但这些话听起来太假，我不知道该不该当真。

"你确定自己不是在胡言乱语？"

"这不是瞎编的。"她说，"老实说，我一直都知道我会死在布里吉顿手上。"

"一个地方是不会杀人的。"

"你不知道我出生的那个地方有多么了不起，纪录辉煌。"

"布里吉顿在哪里？"

"伊利诺伊州，芝加哥南部。"

"你说一切都是在那里发生的，什么意思？"

"所有重要的事……在我还没意识到开始之前，就都结束了。我不想再讲这个话题。"

"你不讲我怎么帮你？"

"我根本不相信你想帮我。你只想从我这里套话。"

这倒不假。她想要人在乎她，但我没她想要的那么在乎，而且不十分信她。她漂亮的身体里面仿佛装了两个人，一个敏感坦率，一个冷酷复杂。

她起身走到面山的那面玻璃墙前，山已经变成薰衣草和梅子的颜色，裂痕和窟窿是暗蓝色的。整个夜晚，包括山脉、天空和城市，全泛着一片蓝。

"蓝色时刻。"她用德文说这句话，有点像在自言自语，"我以前好爱这个时间，现在它却只让我想到死亡，忍不住打战。"

"你故意让自己心情不好。"我起身站到她身边。

"你还真了解我。"

"我知道你是个聪明人，聪明人要做聪明事。如果这地方令你沮丧，就离开，要不然就留在这里，但是采取预防措施，请警方提供保护。"

"你还真会提出和自己无关的建议啊。我昨天接到恐怖电话之后，就请求警方保护了。警长派人来过，他说这种电话很平常，通常都是青少年。"

"有没有可能真的是青少年？"

"我觉得不是。可是警察说他们有时会装假声音，叫我别担心。"

"那就别担心吧。"

"办不到，我好怕啊，卢，留下来陪我？"

她转身靠在我胸前，试探似的在我身上磨蹭。我对她除了怜悯之外没别的感觉。她想利用我，还为了利用我而利用她自己。

"我赶时间，得走了。"我说，"一开始我跟你说过，我和别人有约。不过我会回来检查你是否安好。"

"那还真谢谢你了！"

她把自己用力从我身上推开，用力猛得发出声音，就好像鸟儿撞上了玻璃墙。

7

我开车穿越重重暮色下山，前往水手汽车旅馆，反复以各种语气对自己说，我这么做是对的。问题是，在刚刚那种状况下，我怎么做都不对。

旅馆柜台的人戴着镶金边的游艇帽，可是看起来从没上过甲板。他说艾力克斯·金凯德登记入住后又出去了。我去浪花旅馆吃饭，旅馆门口的聚光灯让我想起了法戈，之前跟他订那些照片现在没有用处了。

法戈的小办公室和暗房相连，他在暗房里，出来时戴着长方形的墨镜遮光，看不见眼睛，可是嘴巴看起来不怎么友善。他从桌上拿起一个牛皮纸袋，用力推给我。

"我还以为你们很急。"

"所以照片就不要了？我太太在这个蒸笼里忙了半个下午，才洗出来的。"

"还是要啊，就算对我没用，金凯德留着也总有用处。多少钱？"

"25美元，含税。实际价格是24.96美元。"

我给了他25美元之后，他的嘴就分阶段放松了下来。

"他们要复合吗？"

"现在我还不知道。"

"在哪儿找到人的呢？"

"她进了这里的大学还找了份工作，帮一位叫布莱萧的老太太开车。"

"坐劳斯莱斯的那位？"

"对，你认识她？"

"谈不上认识。她和她儿子星期天通常会在这里的餐厅吃早午餐。她可有个性了，我有次侧拍了一张照片，希望他们会加洗，想不到她竟说要用拐杖打烂我的相机。我当时真的想告诉那只老母鸡，用不着拐杖，用她的脸也有同样的效果。"

"但你没说？"

"我承担不起后果，"他摊开染上化学药剂的双手，"她在当地很有影响力，想让我失业就能让我失业。"

"我知道她很有钱。"

"不只有钱，她儿子还是教育界的重要人物，那家伙虽然有哈佛毕业生的架子，可是看起来人还不错，她想砸我相机的时候多亏有他拉住。不过实在很难想象，他那样一个帅哥，都四十岁了，还被妈妈的围裙带拴着。"

"家世越好越会这样。"

"对，我见过一大堆这种可怜虫，蹲在家里等遗产，终于继承到的时候，做什么都太晚了。布莱萧至少还有胆子出来闯一番自已的事业。"法戈看看手表，"说到事业，我今天已经工作12小时了，还有两小时冲洗要做，再见了。"

我朝旅馆的咖啡厅走，法戈追到走廊上来。长方形的墨镜让他的脸有种机器人似的平静感，和手脚的动作很不搭调。

"我差点忘记问你，找到贝格利了没有？"

"我跟他谈了好一会儿，没问出什么。他跟一个女的住在海鸥滩。"

"那幸运的女人是谁？"法戈问。

"麦姬·戈哈迪。你认识吗？"

"不认识，可是我想知道贝格利是谁，要是能再看一眼……"

"去看看？"

"不行，没空。不过如果你保证不告诉人家是我说的，我就告诉你我认为那团草底下是谁的脸。我怕背上诽谤的官司，说不定只是凑巧长得像。"

"我保证不说是你说的。"

"说话要算话哦。"他像裸身潜水者下水前那样深吸一口气，"我想他是个叫汤玛斯·麦基的家伙，十年前在印第安泉杀死自己的老婆。当时我是新手记者，拍了麦基的照片，但报社没用。他们向来不重视谷地的新闻。"

"是啊，那是个简单明了的案子，我没时间多说细节，很久以前的事了。说实话我也记不太清楚，不过当时围在法院周遭的民众多半认为应该判他一级谋杀。吉尔·史蒂文说服了陪审团判他二级谋杀，所以他才这么快出狱。"

我想起查克·贝格利的话，他说自己有十年的时间在世界另一端，月亮的另一边，这十年对他而言恐怕过得不怎么快。

海鸥滩的雾好浓，想必正在涨潮，我听得见屋下方海浪汹涌吞没木桩的声音。冷飕飕的空气里飘着碘的味道。

麦姬·戈哈迪来应门，望着我的眼神有点茫然，眼皮上厚厚的眼影遮盖不了浮肿。

"你是那个侦探对吧？"

"是的，可以进去吗？"

"想进就进来吧，进来也没用，他走了。"

见她一副孤苦无依相，我就猜到了。我随她穿过散发霉味的走廊进入客厅，客厅挑高挺高的，还有屋椽，屋椽角上的蜘蛛很忙，蛛网像雾似的，有模糊视线的作用。藤制家具的接合处都快断了，杯子、空酒瓶和半空的酒瓶散立在桌上和地上，看来派对已经持续了好一段日子。

那女人踢开挡路的酒瓶，一屁股坐进沙发。

"都是你害的。"她抱怨我，"下午你一走，他就开始打包行李。"

"贝格利有没有说要去哪里？"我在她对面的藤椅上坐下。

"没说，没跟我说。他只叫我别等他回来，说这一切都结束了。你为什么要跑来吓他？查克从来没有伤害过任何人。"

"他也太容易受惊吓了。"

"查克从前遇到过太多麻烦，所以很敏感。他跟我说过好多次，只想找一个安静的角落，把经历写下来。他在写自传小说。"

"写新喀里多尼亚的经历？"

不料她坦率地说："我不认为查克去过新喀里多尼亚，铬厂的事应该是从一本《国家地理杂志》上看来的。我不相信他出过国。"

"那他当时在哪儿？"

"牢里。"她说，"你一定知道，否则何必来找他。真他妈的可耻，人家已经蹲完苦牢，还完了欠这个社会的债，证明了自己够洗心革面……"

她八成是引用贝格利的话，表达了贝格利的愤怒，但接下来怎么说的她忘了，所以只能讲到一半。看看这乱糟糟的房间，她也有点怀疑他洗心革面还不彻底。

"戈哈迪太太，他有没有和你说过书的内容？"

"没说多少，有天晚上他念过一段给我听，书里的角色在牢里回忆过去，他没杀人，却遭陷害。我问那个角色是不是他，他不肯说。他有时候心情不好，就不说话。"

她自己也陷入了同样郁闷的沉默。我感觉得到脚下的地板在抖，海水在木桩之间汹涌起伏，在不知不觉中一点一滴缓缓将这房子推向瓦解。

她问："查克是因为谋杀案坐牢？"

"我今晚才听说，十年前他杀了他太太，还没确认。你知道这件事吗？"

她摇摇头，脸仿佛被自己的重量拉得老长，像一块生面团。

"一定是误会。"

"希望如此。我还听说他的真名叫汤玛斯·麦基，他有没有用过这个名字？"

"没有。"

"这事还跟另一件事连在一起。"我把脑子里想的说了出来，"他去浪花旅馆找的那个女孩子，结婚前就姓麦基。她说那女孩很像他女儿，我想八成就是他女儿。他有没有提过她？"

"从来没有。"

"有没有带她来过这里？"

"没有，如果真是他女儿，他不会带她来的。"她伸手抓起刚才踢开的空酒瓶，将它摆正，然后又倒回沙发上，似乎光这么做就把她给累坏了。

"贝格利，或者麦基，在你这里住了多久？"

"两星期而已。我们本来就要结婚的，住在这里没有男人实在太寂寞了。"

"我能想象。"

我声音里的同情引出了她一点点活力。

"我总是留不住男人，我努力对他们好，他们却都不肯留下。我当初实在应该好好跟着第一任男朋友。"她双眼望着远方，"他把我当女王一样对待，可是我太年轻、太蠢，不懂事，离开了他。"

我们静听屋下的水声。

"你想，查克是不是跟那个你说是他女儿的人一起走的？"

"应该不是。"我说，"他怎么走的？坐车？"

"他不让我开车送他，说走到街角就有洛杉矶巴士可搭。街角有个车站。他提着箱子上路，走着走着就走到看不见的地方了。"她说得既遗憾，又像松了口气。

"那是什么时候的事？"

"3点钟左右。"

"他身上有钱吗？"

"坐巴士的钱一定有，不过可能不多。我给过他一点钱，可是他只肯拿必要的金额，而且每次都坚持说那是跟我借的，等他写的书卖了钱就还我。但我不在乎他还不还，跟他在一起真的很好。"

"真的？"

"真的，查克人很好，而且聪明，我不在乎他从前做过什么，人是可以变好的。他从没给我找过麻烦，也没给我气受。"她说得更坦白了，"每次都是我找他麻烦，我有酗酒问题，他都只是陪我喝，他不想让我一个人喝酒。"她眨眨那双琴酒色的眼睛，"你要不要来一杯？"

"不了，谢谢，我该走了。"我站起身来，低头问她，"你确定他没有说要去哪里？"

"我只知道他要去洛杉矶，他保证会跟我联络，但我不抱希望。我们之间已经结束了。"

"假如他写信或打电话来，能不能告诉我？"

她点点头，我给她一张名片，告诉她我住哪里。走出屋外时，雾已经上岸了，飘上高速公路了。

8

去布莱萧家的路上，我先在汽车旅馆停了一下。柜台的人说艾力克斯还没回来。看见他那辆红色保时捷停在布莱萧家路旁树下的时候，我并不意外。

月亮已经升起，挂在树后。我让思绪随月亮一起往上升，想象艾力克斯和他的新娘已经重聚，正在小屋里彼此依偎，讨论解决问题的办法。那女孩的哭声擦掉了我脑海中充满希望的影像，哭声又大又惨，止都止不住，简直不像人声，而像猫儿受伤发出的哀鸣。

小屋的门没关，光从门边漏出来，就像是被里面嘈杂的声音挤出来的。我推开门。

"出去。"艾力克斯说。

他们坐在小客厅里的沙发上，他搂着她，可是场景并不温馨，她似乎在抗拒，想挣脱他的拥抱。他不像抱着妻子，倒像是精神科的护士不想给病人穿帆布束衣，只好用力抱住病人，这种状况有时会持续好几个小时。

她的上衣被扯破了，有一边的乳房近乎全裸，头发乱七八糟。她转过头来，面如死灰，见到我大喊一声："出去。"

我对他俩说："我想我还是留下比较好。"

我关上门，走过去。哭声的节奏慢了下来，那其实不能算哭，她的眼睛是干的，僵硬呆滞，嵌在灰色的皮肤里。她把脸埋到丈夫身上。

他的脸白得发亮。

"艾力克斯，发生了什么事？"

"我不太清楚，我在这里等，她几分钟前刚回来，为某件事难过得不得了，但我不知道是怎么了。"

"她受了惊吓。"我心想，她也差不多，"是不是出了什么意外？"

"差不多吧。"

他的尾音说得不清楚，眼睛有点失焦，他竭尽所能鼓起一点力气来处理这个新的问题。

"她有没有受伤？"

"我想应该没有，她一路跑回来，刚刚又想跑走，我好不容易才制止了她。"

桃莉像要证明自己是个英勇的战士似的，双手挣脱束缚，朝他胸口打去。她手上有血，在他前襟留下了几抹红。

"放开我。"她求他，"我想死，我该死。"

"艾力克斯，她在流血。"

他摇摇头说："血是别人的，她的朋友被人杀死了。"

"都是我的错。"她说话的语气很平淡。

"安静，桃莉，你在胡言乱语。"他抓住她的手腕，脸上露出了男子气概。

"她在说谁？"我问艾力克斯。

"某个叫海伦的，我没听过那个人。"

我听过。

那女孩开始说话，声音很小，语速很快又吐字不清，我几乎跟不上。她说她是魔鬼，她爸也是，海伦的爸爸也是。谋杀案使她俩情同姐妹，她却背叛了姐姐，害死了她。

"你对海伦做了什么？"

"我应该离她远一点，都是因为我靠近，他们才会死的。"

"哪有这种事，"艾力克斯说，"你从没伤害过任何人。"

"你了解我多少？"

"不要说这种话，这种话只会让我想自杀。"

她直挺挺坐在他怀抱中看着自己沾满血的双手，又干号了几声："我是罪人。"

"你能理解这是怎么一回事吗？"艾力克斯抬头看我，那双眼睛蓝得发黑。

"不太行。"

"你该不会真认为她杀了这个叫海伦的吧？"我们当着桃莉的面讨论起来，俨然当她是聋子或疯子，而她似乎也能接受。

"到底是不是真有人死还不知道，"我说，"你太太背负了某种罪恶感，但犯罪的人不见得是她。今晚我对她的背景有些新发现，应该是吧。"我也在床上坐下，对桃莉说："你父亲叫什么名字？"

她好像没听见。

"汤玛斯·麦基?"

她突然点头,像有人在后面推她。

"他是个说谎的怪物。把我也变成了怪物。"

"他怎么把你变成怪物了?"

这个问题引发了另一串句子。

"他开枪射她,"她偏过头去下巴贴肩,"让她躺在血里。我告诉爱丽丝阿姨,警察和法院就把他抓走了,可是现在他又做出这种事。"

"对海伦?"

"对,而且是我的错,都是我害的。"

怪了,桃莉似乎很喜欢把罪揽到自己身上。她脸色发青,眼睛流不出泪,说话急得上气不接下气,又不时陷入沉默,在显示情绪快要崩溃。她这样不断自责,让我有种感觉,好像某种珍贵脆弱的东西即将永久摧毁。

"最好别再问她问题了,"我说,"她现在可能连真假都分不清。"

"分不清?"她恶狠狠地说,"我记得的事通通都是真的,而且从一岁到现在的事我通通记得,吵架、打人,还有最后他开枪杀她……"

"闭嘴,桃莉,否则说点别的也好。你需要医生,你在这里有没有医生?"我打断她。

"不,我不需要医生。打电话报警,我要坦白。"

我心想,这可不妙,在悬崖边上表演危险动作,一不小心弄假成真，可就一失足成千古恨了啊。

"你想跟警方说你是个恶魔？"

没用。她不带情绪地说："我是恶魔。"

最糟糕的是，她连样子都变了，这片混乱压得她嘴和下巴都变了样，她抬眼看我，刘海下的眼神呆滞，我几乎认不出这是白天在图书馆阶梯上和我说话的女孩。

我转向艾力克斯说："你在这里有没有什么认识的医生？"

他摇摇头，短短的头发都竖了起来，仿佛一碰到他的妻子，就触了电，全身都通上了电流。他一直紧紧抱住她不放。

"我可以打电话去长堤给我爸。"

"也许这是好主意，但是不急。"

"送她去医院不行吗？"

"就算送去医院，旁边也得有私人医生保护。"

"保护？为什么？"

"要防警察，也要防精神病院。在我确定海伦的状况之前，不能让她接受任何的正式讯问。"

女孩抽噎着说："我不要去精神病院，我很久以前在这里看过一个医生。"她的神智还没错乱到不会害怕的地步，而且害怕的程度足以使她愿意合作。

"他叫什么名字？"

"葛德温医师。詹姆士·葛德温医师。他是精神科医生，我小时候在他那里看过病。"

"这间门房里有电话吗？"

"布莱萧太太让我用她的电话。"

我把他们留在这里，走车道去主屋。此刻就连在这里我都能闻到雾的味道，山上的雾下来了，海上的雾也上来了，月亮都给蒙住了。

那座白色大宅静无人声，但某几扇窗户里有光，我按下门铃，听见厚重的大门后微微响起铃声。开门的是个高大的深肤色女子，身上穿着印花棉布做的衣服，脸颊上坑坑洼洼好多痘疤，却有种自然粗俗的美。我还没开口，她就先说布莱萧先生不在，布莱萧太太就要睡了。

"我只是想借用电话，住门房的那位小姐是我朋友。"

她面露怀疑打量了我一下，不知桃莉的情绪有没有传染给我，让我看起来也有点狂乱。

"很要紧，"我说，"她需要医生。"

"她生病了？"

"病得不轻。"

"那你不应该留她一个人。"

"她不是一个人，她丈夫陪着她。"

"可是她还没结婚。"

"我们别争这个，你到底让不让我打电话给医生？"

她勉强让开，带我绕过弧形的楼梯，走进满墙都是书的书房，书桌上的灯暗得像小夜灯。她指指灯旁的电话，然后站到门旁监视我。

"不好意思，能不能让我有点隐私？待会儿出去的时候我让

你搜身。"

她吸吸鼻子，退了出去。我想打电话去海伦家，可是电话簿里查不到她的电话号码，幸好葛德温医师的号码查得到。铃声响了好久才有人接，那人说话的声音很小，又很中性，我听不出是男是女。

"麻烦请葛德温医师听电话。"

"我就是葛德温医师。"他听起来有点厌倦这个身份。

"我叫卢·亚彻，有个女孩子说她从前是您的病人，她婚前的名字叫作桃莉或桃乐丝·麦基，现在状况不太好。"

"桃莉？我有十年还是十一年没见过她了，她怎么了？"

"您是医师，我不是，还是请您亲自来看她吧。简单来说，她目前歇斯底里，没头没尾一直讲谋杀的事。"

我一只耳朵听见他发出呻吟，另一只耳朵听见布莱萧太太哑着嗓子朝下喊："玛丽亚，楼下怎么了？"

"他说那个叫桃莉的女孩生病了。"

"谁说？"

"我不知道，某个男的。"

"她生病你怎么不告诉我？"

"我这不就告诉你了吗？"

葛德温医师死气沉沉地小声说话，听起来像过往幽灵在耳边低语："会发生这种事来找我并不惊讶，她小时候家里出现过残忍的命案，她被迫面对，受到很大的影响，当时又是在即将出经的年纪，很容易留下阴影。"

"她父亲杀了她母亲，是这样吗？"我听不懂医学的用语。决定跳过。

"是的。"这两个字说得像一声喘息，"发现尸体的是这个可怜的孩子，他们就逼她出庭作证。我们居然容许这么残忍的事……"他突然打住，改用截然不同的尖锐语气问："你从哪里打来的？"

"罗伊·布莱萧家，桃莉和她丈夫在门房，这里的地址是……"

"我知道位置。我晚餐就是跟布莱萧院长一起吃的，刚刚才到家。我还有一通电话要打，打完马上过去。"

我挂上电话，在布莱萧的旋转皮椅上静静坐了一会儿，书墙围绕身边，尽是属于过去的氛围，有种与世隔绝之感。我真想一直坐在这里，不想起身。

玛丽亚不见了，换成了布莱萧太太在走廊上等我。老太太的呼吸声大到我都听得见，太激动了，恐怕对她的心脏会是很大的负担。她攥着粉红羊毛浴袍的前襟，压住松垮下垂的胸。

"那女孩怎么了？"

"情绪低落。"

"是不是夫妻吵架？她丈夫性子那么急，难怪会吵。"

"状况比吵架更严重一点，我刚打电话给精神医师葛德温了，她从前是他的病人。"

"你是说那女孩子是……"她用肿胀的指节按按青筋暴露的太阳穴。

有辆车在车道停下，帮我避开了这个问题。罗伊·布莱萧走进大门。雾气使他的头发变得好卷，脸瘦瘦的，见到我们一起站在楼梯旁边，原本开朗的表情立刻紧张起来。

　　"这么晚才回来。"布莱萧太太用责怪的语气说，"你在外头吃喝，留我自己在家面对一切。你去了哪里？"

　　"校友会晚宴啊，你该不会忘了吧。你也知道那些晚宴有多无聊，而且说到无聊，我恐怕也功不可没。"他顿了一下，发觉情况有点严重，不只是老女人控制欲太强那么简单的事，"妈妈，出了什么事吗？"

　　"这个人说住在门房的那个女孩子疯了。你怎么给我找来这种人？你怎么会给我找了个精神病患？"

　　"不是我找的。"

　　"不是你是谁？"

　　我想打断这段愚蠢的争论，但他们俩都不听我说话。他们专心打起了一场情绪乒乓球赛，这种情形八成从罗伊·布莱萧小时候就开始了吧。

　　"不是萨瑟兰院长就是海伦·哈格提，可能是哈格提教授吧，她是她的尊师。"

　　"不管是她们中的哪一个，你都给我去好好教一教，教她们下回小心点，如果你不在乎我的安危……"

　　"我当然在乎你的安危，我非常在乎你的安危。"他的声音紧绷于一线，介于愤怒和顺从之间，"我完全不知道那女孩有什么问题。"

"她可能并没有问题，"我说，"只是受惊过度而已。我刚打电话帮她请了医生，葛德温医师。"

布莱萧缓缓转身面对我，那张脸平静而没有表情，像熟睡中的孩子，真奇怪。

"葛德温医师我认识。"他说，"她受到了什么样的惊吓？"

"详情还不是很清楚，我得和你私下谈。"

布莱萧太太以颤抖的声音提出声明："年轻人，这是我的房子。"

这话不仅对我说，也是要提醒布莱萧，等于拿经济的鞭子向他挥，他疼了。

"我也住在这里。我对你有责任，一直努力履行，想让你满意。我对学生也有责任。"

"你和你的宝贝学生。"她明亮的黑眼睛含着嘲讽，"好，你可以有你的隐私，我出去。"

她真的就裹紧了浴袍，一副惨遭放逐迎向暴风雪的样子，朝大门走。布莱萧跟了上去，两人一阵拉扯，好不容易他才哄她消了气，两人相拥互道晚安，这一段我都不敢看，最后她踏着沉重的步伐，由他搀扶着上楼去了。

"你千万别误会我妈。"他下楼后说，"她老了，所以面对危机不太能调适。其实她是个宽宏大量的人，我最清楚了。"

我没有异议。反正他肯定比我了解。

"那么，亚彻先生，我们去书房好吗？"

"路上谈比较省时间。"

"路上？"

"如果你知道海伦·哈格提的住处怎么走，请带我去，我不确定天这么黑我能找得着。"

"为什么？你该不会把我妈的话当真了吧？她那些话都只是说给自己听的。"

"我知道，可是桃莉也说了些事。她说海伦死了，手上还有血迹。我想我们最好过去看看血是哪儿来的。"

他愣了。

"好，当然好。她住的地方离这里不远，其实走小路几分钟就到了，不过晚上可能还是开车比较快。"

我们开他的车去，路上我请他先在门房停一下，我去屋里看看。桃莉躺在沙发床上，脸对着墙；艾力克斯帮她盖了毯子，垂手站在床边。

"葛德温医师已经在路上了。"我低声说，"我回来之前别让他走，好吗？"

他点点头，可是没看我，他正在凝视内心深处那个在今夜之前从未有过的念头，别的什么都看不见了。

9

布莱萧的小轿车有安全带，出发前他要我系上。从他家去海伦家的路上，我把桃莉说的话告诉他，至少把我认为他该知道的都告诉他。他表示同情。在我的提议下，他把车停在海伦家巷门邮筒旁边，下车的时候，我听见海上传来雾角的悲鸣。

这里除了我们还有另一辆车，是辆深色的敞篷车，没亮灯。雾太浓了，看不太清楚。应该要去仔细搜查的，但我被罪恶感压着，一心只想赶快确认海伦是不是还活着，顾不了那么多。

从下车处望去，她的房子在橡树梢后，有模糊不清的一抹光，我们走 U 字形的铺石车道上去，有只猫头鹰低飞掠过头顶，静得像飘过的一团雾。它在灰暗中某处停下，呼唤伴侣，它的伴侣在另一处与它应和。这两只看不见的鸟，叫声像遥远的雾角。我拉拉布莱萧的袖子，站定不动。迎面出现一个人，走车道下来，身穿薄外套，头戴软边呢帽，脸长什么样子我看不见。

"你好。"

他没回答，这人一定很年轻，胆子又大，直朝我们跑过来，撞到我，还把布莱萧推得倒进灌木丛中。我想抓住他，可是他下坡力道很猛，竟逃走了。

我一路追着他的脚步声跑，只来得及见他爬上那辆敞篷车，引擎声响起，停车灯亮起，我朝车跑去，在车开走前辨出那是内华达州的车牌，看见了车牌上的前四个字，回到布莱萧车上，在笔记本上写下：FT37。

我沿车道走到屋前，看见布莱萧坐在门口台阶上，一副快吐的样子。门开着，门里的光照出来，把他低着头的影子投射到石板路上，支离破碎。

"亚彻先生，她死了。"

我朝屋里看，海伦侧着身子躺在门后，地板上有一摊从前额弹孔流出的血，边缘凝固了，就像泥潭上结了霜。我摸摸她悲伤的脸，大小和桃莉的手差不多。也许她不小心跌了一跤。虽然她用尽全力想担上杀人的罪名，但那并不表示人就一定不是她杀的。

"可怜的海伦，做出这种事的人真是十恶不赦。你说是不是刚刚袭击我们的家伙？"布莱萧大病初愈似的靠在门边。

"没错。"

"海伦·哈格提有没有提过内华达州？"

"应该没有。怎么了？"他一脸惊讶。

"刚才那个人逃跑时开走的车，挂的是内华达州的车牌。"

"这样啊，嗯，我想我们得报警。"

"否则警察会生气。"

"你来报警好吗？我现在浑身发抖。"

"最好还是你来，布莱萧，她在学校工作，你得把丑闻造成的伤害降到最低。"

"丑闻？我想都没想过这个问题。"

他强逼自己经过她的尸体旁边，走到房间另一头打电话，我迅速把其他房间检查了一遍。第一间卧室只有一把餐椅和一张餐桌，没有别的家具，她拿那张餐桌当工作桌。桌上有一叠考卷，考的是法文不规则动词变化。旁边堆了许多书，有法文和德文的字典、法文书、诗集和散文集。我打开其中一本，扉页上盖了紫色的橡皮章：海伦·哈格提，枫园，伊利诺伊州。

另一间卧室布置得比较讲究，比较优雅，有新的法国乡村风家具，光洁的地砖上铺了小羊毛毯，窗户巨大，手工编织的窗帘柔软厚重。衣柜里一整排衣裙都有高级品牌美格宁与布拉克斯的标签，下放着一排新鞋，和上方的衣服搭配。衣柜抽屉里装满了运动衫和更为私密的衣物，但整个房间没有信件，也没有照片。

整间浴室铺满地毯，还有一个低于地面的浴缸，药柜存货充足，除了面霜与化妆品，还有安眠药。后者是奥托·顺克医师开的，药房叫汤普森，在伊利诺伊州的布里吉顿，拿药的时间是今年6月17日。

我把浴室垃圾桶里的东西倒到地毯上，在一堆用过的卫生纸里找到一封装在航空信封里的信，上面有伊利诺伊州布里吉顿一星期前的邮戳，收件人是海伦·哈格提。里头只有一张信纸，署名"妈妈"，没有回信地址。

亲爱的海伦：

你真贴心，从阳光普照的加州寄卡片给我，全国我最喜欢的就是这一州，可惜好多年没去了。你爸一直说他放假会带我去，但每次都有事作梗，一延再延。无论如何，他的血压比之前好一些，值得庆幸。我很高兴你一切都好。离婚的事希望你能再考虑考虑，但我想你应该早就考虑好了，下定决心了吧。你和伯特不能白头到老实在很可惜，他是个好人，但我毕竟是局外人，远处的牧草看起来总是比较绿。

当然，你爸还是很生气，你的名字他连提都不让我提。你当年离家的事他始终无法完全原谅，我想他无法原谅的不只是你，还有他自己吧。毕竟一个巴掌拍不响，吵架也要有两个人才吵得起来。可是不管怎么说，你都是他女儿，你不应该那样和他讲话。我不是要反过来指责你，只是希望你们能在他死之前和好。你知道的，他不会变年轻，我也不会，海伦，你是个聪明的孩子，受过良好的教育，如果你愿意，可以写封信给他，那会让他对"事情"的看法有所不同。你毕竟是他的独生女，竟然说他是渎职的纳粹走狗，而且始终没有改口，这叫身为警察的他情何以堪？都二十多年前的事了，他到现在还很痛苦。请回封信吧。

我把信和其他废纸一起放回垃圾桶里，把手洗干净，回到客厅。布莱萧坐在绳椅上，就连独处时也拘谨僵硬。不知这是不是他第一回接触死亡，我当然不是，但这一次对我打击最大，因为原本可以预防，我却没做。

外头的雾越来越浓，向这屋子的玻璃墙袭来，给我一种诡秘的感觉，好像整个世界都往下沉，布莱萧和我这一对原本八竿子打不着的人却和一具女尸装进了同一个胶囊，飘浮在太空中。

"你跟警方怎么说的？"

"我跟警长本人通了话，他马上过来。能不说的都没说，我不知道该不该告诉他金凯德太太的事。"

"我们必须说明怎么发现死尸的，但她说的话你不必重述，毕竟她说的时候你也并不在场。"

"你当真认为她是犯罪嫌疑人？"

"目前还没有定论，先看看葛德温医师对她的精神状况怎么说吧。希望葛德温是个好医生。"

"他是我们这里最好的医生。真是诡异，我今晚才和他碰过面，校友会晚宴上他和我都坐讲者席，后来有人找他，他就先离席了。"

"一起吃晚饭的事他跟我提过。"

"嗯，我和葛德温是老朋友。"

他陷入沉思。

我想找个地方坐，左看右看，只有海伦的帆布躺椅。我决定蹲着。这屋里有些事让我想不通，其中一件就是它同时具备奢华和贫乏两种特质，好像有两个女人在轮流布置，一个是公主，一个是贫妇。

我对布莱萧指出这点，他点点头说："我第一次来的那天晚上也很惊讶，她似乎把钱都花在不必要的地方。"

"这些钱哪来的？"

"她说她私下有些收入，天晓得，她那些衣服光靠助理教授的薪水绝对买不起。"

"你和哈格提教授熟不熟？"

"不熟。有一两次学校活动我当她的男伴，秋季音乐会首演也是，我们都热爱亨德密特。"他两手指尖相抵，做成尖塔状，"她是个……她是个很带得出去的漂亮女人，可是我跟她走不近，她不太鼓励人家跟她亲密。"

我挑起眉毛，布莱萧微微红了脸。

"我说的不是和性有关的亲密，拜托，她根本不是我喜欢的类型。我的意思是，她不爱谈自己的事。"

"她是从哪里来的？"

"中西部某个小学院，法兰德博士得了冠状动脉心脏病，幸亏海伦可以接任。现在正在学期中，我真不知道现代语文学院要怎么办。"

听起来他有点怨这个女人不该因此旷职。虽说院长会想到学校和学生的问题是很自然的事，但我听了还是觉得不舒服，有点想怼他。

我说："你和学校现在最棘手的问题恐怕不是找人接任教职。"

"什么意思？"

"她不是普通的女教授。今天下午我跟她聊过，她说了很多事，其中一件就是有人恐吓她。"

"这么可怕！"他说得好像恐吓比实际上的谋杀还糟，"究竟是谁……"

"她不知道，我也不知道，我还指望你知道呢。她在学校有没有树敌？"

"我跟她又不熟，怎么会知道。"

"虽然认识的时间很短，但我和她倒是挺熟的。我知道她有挺深的阅历，而且并非全都是从研讨会和教职会员上得来的。你聘她之前有没有查过她的背景？"

"没仔细查。我刚说了，当时状况紧迫，而且那也不是我的责任，是她的系主任盖斯曼博士喜欢她的履历，才约她见面谈的。"

布莱萧有点像在为自己脱罪。我在笔记本上写下盖斯曼这个名字。

"她的背景应该要深入调查。"我说，"她好像结过婚，最近刚离。我想查出她和桃莉是什么关系，她们显然走得很近。"

"你该不是暗示她们同性恋吧？我们……"他决定不把整句话说完。

"我没暗示什么，只想找出线索。哈格提教授怎么变成桃莉的导师的？"

"就照正常方式吧？我想。"

"正常方式是什么？"

"有很多种。金凯德太太是高年级学生，通常我们都让高年级学生自己选导师，只要导师还有时间就行。"

"所以桃莉有可能选择哈格提教授，主动建立了她们的友谊？"

"她有机会这么做，但这也有可能纯属巧合。"

我们仿佛同时接收到了波长相同的讯号，同时转头去看海伦·哈格提的尸体。那具尸体在客厅的另一头，看起来好小好寂寞。我们和它一起，在阴霾的太空里飞了好久，我看看手表，才9点31分，我们到这里才十四分钟，时间过得真慢，好像分成了无数个小单位，就像芝诺的悖论，也像吸过大麻的状态。

布莱萧挺费力地移开视线，不再盯着死尸看，盯着死尸的那会儿功夫耗尽了他最后的一点男孩样儿，现在倾身向我的时候，那流露困惑的眼角嘴边都是皱纹。

"我不明白金凯德太太跟你说了什么，你是说她承认这……这起谋杀案是她做的？"

"警察或检察官也许会这么说吧，所幸当时并没有这两种人在场。自首我听多了，有真的，也有假的。在我看来，她这个就是假的。"

"那血迹怎么解释？"

"可能是滑倒沾到的。"

"你认为我们一点都不该跟警长提？"

"如果你不介意稍微通融一下的话。"

他脸上写着介意，但犹豫片刻后说："那就先不提吧，至少暂时不提。虽然在学校时间很短，她毕竟念过我们学校。"

布莱萧没留意自己用的是过去式，但我注意到了，而且觉得很难过。听见警车上山的声音，我们都松了一口气。移动实验室随着警车同来，几分钟后这里就由验指纹的、验尸的和拍照的接管，气氛完全改变，没了人味，一切都变得公式化，和其他命案现场没两样。不知怎的，穿着制服的那些人看起来就像在二次杀害海伦，抹去她鲜血的气味，将她变成实验室的肉和法庭展示品。她那个角落亮起闪光灯的时候，神经紧绷的我差点跳了起来。

赫曼·克瑞恩警长是个肩膀厚实的男人，身穿浅褐色华达呢西装，全身上下只有帽子像警长装扮，帽檐略宽，还有皮编的帽圈。他的声音听起来就像当主管的，态度像政客，懂得软硬兼施！把布莱萧当成一株肯定重要但不确定多少钱的含羞草。

对我，他就跟一般警察一样，有种职业性怀疑，怀疑我犯下自主思考的罪。我成功促使克瑞恩警长派出一辆警车去追那辆内华达车牌的敞篷车，他抱怨手下人手不足，而且到了这步田地，这路障也没有用。到了这步田地，我暗自决定，不会全力和他合作。

我和警长一人坐绳条椅，一人坐躺椅，谈话时有位会速记的警察在旁边记录。我告诉他，我客户的妻子桃莉·金凯德发现死尸就通知了我，死者是她的导师，她受到严重的惊吓，目前有医生照料。

警长还来不及询问进一步的细节，我就逐字（至少尽可能逐字）把我和海伦之间关于恐吓电话的交谈内容转述给他听，我提到她报案的事，他似乎觉得我在怪他。

"我刚也说了，我们人手不足。我们留不住有经验的人，洛杉矶出高薪又出大饼，把老手都挖走了。"他知道我从洛杉矶来，故意这么说，"要是哪家接到恐吓电话我都派人去守，局里头的事就没人做。"

"我能理解。"

"我很高兴你能理解。不过事情我没法理解……你和死者怎么会聊到这些？"

"哈格提教授邀我过来。"

"什么时候的事？"

"我没看时间，就在太阳快要下山的时候吧，我在这里大约待了一小时。"

"她打算怎样？"

"她想要我留下来陪她，保护她。我很遗憾当时没有留下来。"有机会能把这句话说出来，让我觉得好过了点。

"你是说她想雇你当保镖？"

"是啊。"我当时和海伦的对话太过复杂，也不会有下文，没必要再提了。

"她怎么知道你是做保镖的？"

"我不是保镖。她是在报纸上见过我的名字，所以知道我是侦探。"

"是了。"他说，"今天早上你帮裴莱恩太太作证！也许我该恭喜你，她成功脱罪了。"

"不用。"

"我也实在不怎么想恭喜！因为那个叫裴莱恩的女人明明有罪，你我心里都有数。"

我和颜悦色地说："可是陪审团不这么想。"

"陪审团会受骗，证人可以收买。亚彻先生，你在本地的犯罪圈突然活跃起来了。"这话隐约有点恐吓的意味，他大手随意朝死尸重重一挥，"这个女人，这个哈格提教授，你确定她不是你朋友？"

"我们算是变成朋友了。"

"一个小时就算朋友了？"

"有何不可？不过，今天早先我们在学校说过话。"

"今天之前呢？今天之前你们有没有说过话？"

"没有。我和她今天第一次见面。"

布莱萧一直在我们身边焦虑地来回晃动，这时开口说道："警长，这我可以保证，您不必费事查问。"

克瑞恩警长谢过他，继续问我："那么你和她之间就只有单纯的雇佣关系？"

"如果我想接这份工作，就会是这样。"这不算精确的事实，但跟克瑞恩说太多只会显得很蠢。

"你不想接？为什么？"

"我手上有另一件工作。"

"什么工作？"

"金凯德太太之前离开了她的先生，金凯德先生雇我去找她。"

"这事我今早说了，你有没有查过她为什么离开？"

"没有，我只管找人。我找到了。"

"在哪儿？"

我看了布莱萧一眼，他勉强点点头。我说："她是这所学院的学生。"

"而现在，你说医生在照顾她？什么医生？"

"葛德温医师。"

"精神医生？"警长把跷着的粗腿放下，身体朝我这边凑过来，怕人听见似的，"找精神医生干吗？她精神有问题？"

"她有点歇斯底里，所以我打电话找了精神医生。"

"她现在在哪里？"

我又看布莱萧，他说："在我家。我母亲雇她当司机。"

"我们去跟她聊聊吧。"警长双臂摆出划船动作，站起身来。

"那恐怕不可能。"布莱萧说。

"谁说的？"

"我说的，而且医生一定也会同意我的看法。"

"葛德温医师拿了病人的钱，自然就会说病人要他说的话。我之前办案也遇到过他，非常麻烦。"

"那件事我知道。"布莱萧脸色发白，声音却控制得很好，"警长，您毕竟不是专业人士，可能不太了解葛德温医师所坚守的职业道德。"

克瑞恩受到侮辱，涨红了脸，说不出话来。布莱萧又说："我想金凯德太太目前恐怕没办法，也不应该接受讯问。而且问她有什么意义？如果她有需要隐瞒的事，就不会急急忙忙把这可怕的消息告诉一个侦探。我们可不会只因为这个女孩尽公民的义务，就给她残酷的刑罚吧。"

"你说残酷的刑罚是什么意思？我又没打算拷问她。"

"我希望，而且相信，你没打算今晚去找那孩子。在我看来那就是残酷的惩罚，警长，而且我想我的看法和这个国家的一般人是一致的。"

克瑞恩张嘴要说话，想想又觉得不可能说得过布莱萧，就又把嘴闭上了。我和布莱萧自行走出屋外，走到屋里的人听不见的地方时，我说："干得好呀，你完全把他的气势压下去了。"

"我向来讨厌那个嚣张的家伙，幸好他现在有弱点，上回选举得票率滑落很多。那里大多数的人，包括我和葛德温医师，都想换个比较开明、有效率的人来执法，那一天应该不远了。"

门房里看不出什么大改变，桃莉依然躺在沙发床上，脸对着墙。我和布莱萧站在门口，迟疑了一下。艾力克斯低着头走过来，对我们说："葛德温医师去主屋打电话了。他认为应该让她去疗养院待一阵子，只是暂时的。"

桃莉用并不抑扬顿挫的声音说："我知道你的意思，你可以大声直说没关系，你想抛弃我。"

"嘘，亲爱的。"这话说得勇敢。

女孩再度陷入沉默，从刚才到现在她始终一动也不动。艾力克斯把我们拉出去，让门开着，好看着她。他低声说："葛德温医师怕她自杀，不想冒险。"

"有这么糟，呃？"我说。

"我想不至于，葛德温医师也不觉得真有这么糟啦，他说这只是合理的安全感，我说我可以通宵照顾她，但是他认为这种事我不应该勉强自己来。"

"确实如此，"布莱萧说，"得为明天留点体力。"

"是啊，明天。"艾力克斯踢了踢门阶边上的刮鞋板，"我最好打电话给爸爸，明天是星期六，他应该能来一趟。"

脚步声从主屋朝这边过来，雾中走出一个身穿鳄鱼皮外套的大个子，秃头在门口灯下微微发光。他亲热地跟布莱萧打招呼。

"你好，罗伊，你今晚的演说我虽然只听了一半，但真喜欢。你一定能把我们提升到西方雅典的层次。真可惜半途有病人把我拖走。她想知道如果她一个人去看田纳西·威廉斯的电影安不安全，她想要我陪她去，保护她，让她别有不好的想法。"他转头对我说，"亚彻先生？我是葛德温医师。"

我们握握手，他的眼光在我脸上十分专注地停留了一会儿，就好像之后要凭记忆画出我的肖像似的。葛德温有张威严的脸，双眼从明变暗能跟关灯一样快。他很有权威，但很严谨地不去滥用。

"很高兴你打给我，麦基小姐……金凯德太太需要一些能让她镇定下来的东西。"他望向门内，"希望她现在好些了。"

"安静多了，"艾力克斯说，"现在这样，她应该可以和我一起留在这里，没有关系吧？"

"这么做很不明智，金凯德先生。我已经安排好疗养院的床位了，事关她的生命安全，我们可不想冒险。"葛德温露出怜悯的表情，他的嘴非常有弹性，像演员似的。

"可是，她有什么理由自杀？"

"理由多了，这可怜的孩子，心里放了很多事。我对自杀的危险特别留意，就连一点点线索也不会放过。"

"你不知道她心里想什么吗？"布莱萧问。

"她不想说太多话，她很累，等明天再问也不迟。"

"希望如此。"布莱萧说，"警长想问她枪案的事，我尽全力才拦住。"

"所以她说有谋杀案是真的？又有一起谋杀案了？"葛德温那张善变的脸立刻沉了下来。

"是我们新来的教授海伦·哈格提，今晚中枪死在家里。金凯德太太还在死尸上绊了一跤。"

"她运气也太糟了。"葛德温仰头看阴沉的天空，"有时候我觉得，诸神对某些人真的是一点忙都不肯帮。"

我问他何出此言，他摇摇头说："我累了，没力气讲麦基家的血腥事迹，很多事也都忘得差不多了，忘了倒好啊。你要问详情的话，去问法院的人吧。"

"现在这个状况，去问法院的人不太好吧。"

"也对，没错，你看我多累。安全处理掉病人的问题之后，我剩下的力气只够回家上床了。"

"我们还有要事要谈，医生。"

"谈什么？"

"谈她犯下二级谋杀罪的可能性，或者，就说是她被控二级谋杀的可能性好了。她似乎希望如此。"我不想在艾力克斯面前说，但还是说了，说的时候眼睛看着他。

"她当时神志不清，一时昏了头，你不能拿她说的……"艾力克斯挺身为她辩白。

"放轻松，金凯德先生，我们现在不能下定论。大家都需要先睡个觉……尤其是你太太。我要你坐我的车一起去疗养院，以防路上她有状况。而你，"他对我说，"可以开车跟在后面，等会儿载他回家。反正你也得知道疗养院在哪儿，因为明天早上8点我们要在那里见面，在那之前我会先跟金凯德太太谈谈。明白了？"葛德温按住他的肩膀。

"明天早上8点钟。"

他又对布莱萧说："罗伊，我若是你，就会赶紧去看看布莱萧太太现在怎么样，我给了她镇静剂，可是她很慌张。她认为，或者假装认为，有一堆疯子刺客要暗杀她。要哄她别这么想，你比我厉害。"

看来葛德温是个聪明又谨慎的人，无论如何，他真的很权威。我们三个都乖乖听话照做了。

桃莉也是，任他和艾力克斯一边一个挽住，走出屋外，上了他的车，没有挣扎，也没出声，走路的样子就像是要去等候处决的房间。

10

一小时后，我坐在旅馆房间的床上，盯着墙看。现在什么都不能做，如果去问本地的公安机关查资料，恐怕会掀起更多麻烦。我想象那墙上正在播映一部动作片，内容是我扑倒贝格利·麦基，还把来自内华达的那个家伙抓了起来。

我靠意志力关掉了脑中的影片，逼自己想想芝诺，他说阿基里斯永远追不到那只乌龟，这种想法很有抚慰的作用。不仅对乌龟，也许对阿基里斯来说也是。

我从包里拿出一品脱威士忌，倒酒的时候想到了阿尼·华特斯，他是在内华达雷诺的同行，和我一起喝过不少酒。我打长途电话到他办公室，也就是他家客厅。阿尼在家。

"华特斯侦探社。"听起来像半夜被人吵醒的声音。

"我是卢·亚彻。"

"噢，很好，我也不是真的想睡，只是套上睡衣展示一下而已。"

"算了吧，你不擅长说酸话。我只是要请你帮个小忙，这人情将来一有机会就还。有没有录音？"

寒颤

090

THE CHILL

我听见机器按键的声音，就把海伦的命案整个说了一遍。

"枪击发生两小时后，我感兴趣的那个人从发生命案的房子走出来，开一辆黑色或深蓝色的敞篷车离开。我想那是辆新型的福特，挂着内华达车牌。我想车牌的前四位是……"

"你想？"

"有雾，又很暗。前四位是FT37。那人年轻，运动员体格，高约180厘米，身穿深色薄外套，头戴深色软边呢帽。脸长什么样子我没看清。"

"你最近有没有检查眼睛？"

"阿尼，你可以再努力一点，加油。"

"听说现在老年人可以免费验青光眼了。"

阿尼年纪比我大，可是把话说穿他会不高兴。

"你是在不爽什么？跟老婆之间有问题？"

"没问题。"他愉快地说，"她在床上等我。"

"帮我向菲莉丝献上我的爱。"

"我会给她自己的爱。线索这么少，很难找，不过假如我真的找到什么，要怎么跟你联络？"

"我住在太平洋角的水手休闲旅馆，不过，要联络的时候，还是用我在好莱坞的电话接听服务好了。"

他说好。我挂上电话，听见有人轻轻敲门，是艾力克斯。他在睡衣外头套了长裤。

"我听见你说话。"

"在讲电话。"

"我不是有意打扰。"

"已经讲完了，进来喝一杯吧。"

他小心翼翼，生怕有地雷似的走进来。一双光脚踩在地毯上安静无声。过去这几小时里，他的举止变得很迟钝。

浴室柜子里有两个杯子，包在蜡纸里。我把包装纸拿掉，把酒倒进去。房间里有两张床，我们各坐一张，静静喝酒，面对面就像隔着一道隐形玻璃。

我意识到我们有多么不同，尤其艾力克斯这么年轻，欠缺阅历，人在这个年纪遇上什么事都会受伤。

"我本来想打电话给爸爸，"他说，"可是现在不知道该不该打了。"

接着又是一阵沉默。

"他不会说'我早就告诉过你'这句话，可是意思差不多，大概会是'连天使都不敢涉足的地方，傻子也敢闯'之类的。"

"我想这话反过来说也通。连傻子都不敢涉足的地方，天使也敢闯。但我不认识半个天使就是了。"

他懂我的意思。

"你不认为我是傻子？"

"你好得很。"

"谢谢。"他拘谨地说，"虽然并不是事实。"

"谁说不是事实，你做的事不容易呢。"

威士忌和人性的温暖渐渐融化了我们之间的玻璃墙。"最糟糕的，"他说，"是在刚刚把她送进疗养院的时候。我觉得……我觉得我把她放进了一个被遗忘的地方。那地方好像但丁笔下的世界，罪人哀号呻吟，桃莉是那么敏感的女孩，怎么可能受得了。"

"那并不是最糟糕的情况，比她在这种状况下四处游荡好多了。"

"你认为她疯了，对不对？"

"我怎么想并不重要，明天就能听到专家的意见。她目前当然很不对劲，不过我听见过状况比她更糟的，后来也恢复正常了。"

"那你想她恢复正常吗？"

他现在拿我的话当空中飞人的吊架，想抓紧了荡向希望。我认为这种行为不应鼓励。

"我想她的法律问题比精神问题更值得关切。"

"你不会真相信她杀了她朋友……那个叫海伦的吧？我知道她自己说是，但那不可能。你知道的，我了解桃莉，她那个人完全没有侵略性，她反对堕胎，她连蜘蛛都不愿意杀。"

"那是有可能的，艾力克斯，而我也只是说有可能而已。我希望葛德温医师一开始就先知道有这种可能，因为他要为你太太做很多事。"

艾力克斯有点迷惑地说："我太太。"

"她是你太太，法律上是，可是没人会认为你欠她什么，如果你想和她划清界限，可以轻松做到。"

他杯中的威士忌溅了出来。我想他竭尽全力才忍住没把杯子朝我脸上摔。

"我不会抛弃她。"他说，"如果你认为我该抛弃她，那你就下地狱去吧。"

我直到这一刻才真的非常喜欢他了。

"这是个事实，总得有人提醒你一下，很多人都会这么做。"

"我不是那些人。"

"我明白了。"

"爸爸大概会说我傻。可是无论她有没有罪我都不在乎，我会留在她身边，不会离开。"

"那得花钱。"

"你要再拿些钱吗？"

"我不急，葛德温也不急，我担心的是以后。明天你就非常可能需要请律师了。"

"为什么要请律师？"

他是个好孩子，可惜理解力不够强。

"按今晚的情形来看，你的首要之务是防止桃莉说些会给自己惹上大麻烦的话，也就是说，得防止警方和她接触。在这方面，好律师能帮助她。不过律师接犯罪案件通常是不许赊账的。"

"你真的认为她有这么危险……我是说，有这么大的可能被判刑？或者你只是想要我硬起心肠？"

"今晚我跟这里的警长谈过，提到桃莉的时候他眼睛发光，我看不妙。克瑞恩警长不笨，他知道我有事没说，一旦他发现她家的事，一定会紧咬着不放。"

"她家的事？"

"她父亲谋杀她母亲的事。"这话对他再说一遍实在很残忍，可是听我说总比半夜三更听见自己脑子里的声音说要好些吧，"他显然是在这里的法院受审的，说不定为检方搜证的人就是克瑞恩警长。"

"这简直是历史重演。"艾力克斯声音里有种近乎敬畏的东西，"你之前说过，这个叫查克·贝格利的，这个大胡子男人，是她父亲？"

"应该是吧！"

"这一切全是他起的头。"这话不仅对我说，更像是对他自己说的，"那个星期天他跑去找她，之后她就离开了我。你想，他们之间到底发生了什么事，使得她要走？"

"我不知道，艾力克斯，也许他骂她，怪她不该为检方作证。总之他把过去带来了，她无法面对过去种种和新婚混在一起，所以离开了你。"

"我还是不懂，"他说，"桃莉怎么会有那种父亲？"

"我不是基因专家，可是我知道，非专业的杀人者多半都不是罪犯型的人。我打算去查一查'贝格利·麦基'这个人和他犯下的谋杀案。问你应该是白问对不对？桃莉应该没跟你提过吧？"

"她从来没提过父亲或母亲的事，一个字都没有，只说他们都过世了。现在我才明白她为什么这么说。我不怪她说谎……"他半途住嘴，又补了一句，"我的意思是说，有些事她没告诉我，我不怪她。"

"今晚她告诉你了？"

"是啊，今晚真精彩。"他点头点了好几下，好像还在感受这一晚所造成的影响，"亚彻先生，请你老老实实告诉我，她说那女人的死是她的责任，她母亲的死也是，你相信吗？"

"我都不记得她怎么说的了。"

"这不算答案。"

"也许我们明天会得出比较好的答案，这世界很复杂，而人心，更是全世界最复杂的东西。"

"这话没安慰到我。"

"我的工作不是安慰你。"

他皱着眉吞下我这句话和杯底的威士忌，缓缓起身。

"好吧，你需要睡眠，而我有电话要打。谢谢你请我喝酒。"他握着门把手，转过头来，"还要谢谢你陪我说话。"

"随时奉陪。你要打电话给你爸？"

"不，我决定不打了。"

我有点高兴。我的年纪能当他爸了，而且没有自己的儿子，也许因此对他有份特别的感情。

"那你要打给谁？方便告诉我吗？"

"桃莉要我试着联络她的爱丽丝阿姨，我不知道要跟她阿姨怎么说，所以一直拖拖拉拉不想去打。今晚之前我连她有个爱丽丝阿姨都不知道。"

"我记得她提过。桃莉什么时候请你打电话的？"

"在疗养院道别的时候。她想要阿姨去看她，我不知道这样好不好。"

"那得看她阿姨的意思。她阿姨家在这里？"

"在谷地，印第安泉。爱丽丝·詹克斯小姐。桃莉说在郡电话簿里查得到。"

"那我们就来查查看。"

他又回到床前。我在电话簿里找到了这个名字，打出这通长途电话，然后把话筒递给艾力克斯。他坐在床上，好像从没见过话筒似的盯着它看。

"我要怎么跟她说？"

"开了口自然就会说了。你说完以后，让我跟她说几句。"

话筒传来刺耳的声音："喂？哪位？"

"我是艾力克斯·金凯德。您是詹克斯小姐吗？……詹克斯小姐，我们不认识，但是几个星期前我娶了您的外甥女……您的外甥女桃莉·麦基。我们几个星期之前结婚，现在她生了有点严重的病……不，是精神上的。她情绪失调，想要见您，现在人在太平洋角的街特疗养院由葛德温医师照顾。"

他再次住口，额头上冒出汗珠。电话另一头的人讲了好一会儿。

他对我说："她说她明天不能来。"又对着话筒说："星期天行不行呢？……好，好的，您可以打电话到水手休闲旅馆来，或者……艾力克斯·金凯德。很期待能见到您。"

"让我跟她说话。"我说。

"詹克斯小姐，请等一下，我旁边有位亚彻先生想跟您说话。"他把话筒给我。

"你好，詹克斯小姐。"

"你好，请问您是哪位？要在半夜一点跟我说话？"这话问得真不客气，这女人听起来既焦虑又恼怒，可是两种情绪都控制在合理范围之内。

"我是一个私家侦探，很抱歉打扰了您的睡眠，可是目前状况比单纯的精神疾病来得严重，这里有位女子被杀了。"

她倒抽一口气，没说话。

"您的外甥女是这起谋杀案的重要证人，也许还不仅于此。无论如何，接下来她都需要支持，按我所知您是她唯一的亲人，再来就只有她父亲……"

"你不必把她父亲算进去，他不算。他从来没照顾过她，只会害她。"她的语气严厉，"死的是谁？"

"你外甥女的导师兼朋友，海伦·哈格提教授。"

"没听过。"她说得既不耐烦又如释重负。

"只要你对外甥女有一点关心，以后就会常听到这个人。你和外甥女亲不亲？"

"以前很亲，可是她长大就跟我不亲了。她母亲死后是我把她养大的。"她声音又变得平淡，"汤玛斯·麦基和这起新的命案有没有关系？"

"可能有。他在这里，至少之前在。"

"我就知道！"她激动的声音像老鹰，"他们根本不该放他出来，应该送他进毒气室，为他对我妹妹做的事付出代价。"

她激动得呛到了自己。我等她缓过来继续说，但她没再说话，我就说："我很想赶紧听您说说那件案子的详情，可是电话里面不太方便，如果您明天能来一趟就太好了。"

"不行就是不行，纠缠我也没用，明天下午我有个重要的会，好几位州政府官员要从沙加缅度来，可能到晚上才会结束。"

"那早上呢？"

"早上我要做准备呀，我们要推动一个新的州郡合作福利计划。"她声音里潜藏着歇斯底里，是中年老小姐抗拒改变的那种歇斯底里，"如果我退出这个计划，说不定会失去职位。"

"我们可不想发生这种事，詹克斯小姐，您那里离太平洋角多远？"

"7里路，但我说了，我没办法去。"

"我可以呀，明天早上给我一小时的时间好吗，就约11点左右吧？"

她犹豫了。

"好吧，如果那么重要，我就早一个小时起床整理资料。11点我会在家。你有我的地址吗？离印第安泉的主街不远。"

我谢过她，甩掉艾力克斯，上了床，把脑中的闹钟设定在6点半，睡了。

11

我准备出发的时候，艾力克斯还在睡。我让他继续睡，一半是为自己，一半是想，对他来说，睡着总比醒时要好过些。

外面雾很浓，太平洋角整个覆上了一层湿气，变得有点像海洋的外围区域。我将车开出旅馆，开进一个没有前景的灰色世界，突然下了个斜坡，就开上了干道，路上一对对的车灯好似海中的鱼。开着开着到了东边的休息站，我开车穿越了整个城，竟没有一点真实感。

我平日里和那些以说话为业的人说太多话了，坐在这样的店里感觉很好，这间餐厅的顾客都是工人阶级，开口不是点餐，就是逗女服务生。我也逗了逗女服务生，她的名字叫史黛拉。别人都怕机器取代人工，而她工作效率之高，简直能取代机器。她容光焕发地笑着说，这就是她人生的目标。

我的目的地离干道很近，在一条熙来攘往的大街上，街旁新建的公寓林立，时髦的浅色外墙加上刚移植过来的棕榈树，在雾中看起来有点黯淡荒凉。

这家疗养院只有一层楼，外墙刷的是米色灰泥，门面很窄，但占地不小。我8点整按下门铃，葛德温医师立刻开锁让我进去，好像早就等在门后。

"亚彻先生，你真准时。"

他穿着一件白色罩衫，善变的眼睛映着冷冷晨光，看他开门时我注意到他肩膀已经佝偻了。

"请坐，在这儿谈话不比别处差。"

这个小房间有点像会客室或起居室，几张破旧的扶手椅面向墙角安静的电视机。我在其中一把椅子上坐下，门外传来碗盘声，还有护士在早晨刚上班时开朗地说话声。

"这地方是你的？"

"我投资了一些钱，病人大多也是我的。我刚开始采用电击疗法。"他用手抚平罩衫，"我不知道为什么电击能让忧郁的人心情变好，如果知道的话，就不会觉得自己这么像巫医了。我们的科学，或者说艺术，大半都还在经验主义的阶段，可是这确实能让病人好起来。"他突如其来地笑了，笑得太过仓促，以至于笑意触碰不到那双察言观色的眼睛。

"桃莉好了？"

"多少好些了，当然不可能一夜复原，我想留她在这里观察一周。"

"现在可以问她问题了吗？"

"我希望不论你或别人，只要是和犯人或处罚有关的人，都别问她问题。"他似乎想减缓拒绝造成的不快，在我身旁的椅子上坐下，向我要了根香烟，并让我帮他点烟。

"为什么？"

"我不喜欢目前的法律，太粗糙了。生病的人明明是因为生病才做出违反本性的事，却被法院当成正常人来对待。我与这种情况抗争太久了。"他把沉重的秃头靠在椅背上，朝天花板吐烟。

"你的意思是说，桃莉有受法律制裁的危险？"

"我说的是一般情况，没特别指谁。"

"但放在桃莉身上特别抵用。医生，我们不用玩游戏，我们是同一战线的，我并不认为这女孩有罪，但我认为她知道的事有助于理清案情。"

"那如果她真的有罪呢？"

"如果她真的有罪，我会跟你合作，设法减轻罪责，找出方法让法院酌情判轻一点。别忘了，我是她丈夫雇来的。她有罪吗？"

"我不知道。"

"你早上跟她聊过了。"

"几乎都是她在讲，我没问什么问题，只耐心等她说下去。其实这样知道的反倒更多。"他意味深长地看我一眼，仿佛劝我也该谨守这个原则。

我耐心等他说下去，却什么也没等到。有个体态丰满的女人走到门边，向医生伸出双臂。她披着黑色的长发，穿着棉布长袍。

他像个疲倦的国王，举起手说："早啊，妮尔。"

她给他一个明亮又痛苦的笑容，温柔地离开，就好像在梦境中向后倒退似的，向前伸出的双手最后才消失。

"如果你把桃莉今天早上说的话告诉我，会有很大的帮助。"

"也可能会造成危险。"葛德温在烟灰缸里摁熄香烟，那是个蓝色的陶器，看起来是个手工做的，"你和我毕竟有所不同，病人对我说的话我有义务保密，你没有。上法庭的时候，你若不肯把听到的话说出来，就得坐牢。"

"蔑视法庭的罪名压不倒我，警察从我这里也绝对问不出我不想说的话。这我能保证。"

"很好。"葛德温下定决心点了点头，"我很担心桃莉，我会把原因解释给你听，尽量不用专业术语，当我重建主观拼图的时候，也许你可以把客观的拼图拼起来。"

"医生，不是刚刚才说不用术语？"

"抱歉，先说她的过去吧，桃莉十岁那年，她母亲康妮·麦基在姐姐爱丽丝的劝说下带她来找我。但我不太认得爱丽丝。桃莉是个不快乐的小孩，她很退缩，这是有原因的。病人的各种问题其实都有原因。他父亲麦基是个不负责任又很暴力的男人，不知如何尽父亲的义务，对孩子忽冷忽热，赏罚不分，老和妻子吵架，最后离开了妻子，或被妻子抛弃，总之两人分开了。我认为治疗桃莉不如直接治疗他，因为他才是这家人问题的根源，可是就算想治疗他也没办法。"

"你见过他没有？"

"他连过来谈谈都不肯。"葛德温遗憾地说，"如果当年我能接触到他，也许那起谋杀案就不会发生了。但也或许没用。我听说他有严重的适应问题，虽然需要帮助，却永远得不到帮助。你能理解我的痛苦吧，心理学和法律之间有道鸿沟，他们放任麦基这种人在外头乱跑，不采取任何预防措施，直到他们犯罪为止。然后呢，当然就抓去法院判个十年二十年的，让他们与世隔绝，但不是进医院，而是进监牢。"

"麦基出狱了，而且之前就在镇上，你知道吗？"

"桃莉今早告诉我了。这也是她的压力源之一。你能理解吧，一个敏感的孩子在暴力且不稳定的气氛下长大，会受到焦虑与罪恶感的折磨。如果这孩子基于保护自己的本能，去与父母对抗，那造成的罪恶感会极为可怕。和我合作的临床心理学家用黏土和玩娃娃之类的方法来帮助桃莉表达感受，我自己帮不了她什么忙，因为小孩子没有足够的心智工具可分析。但我会试着为她扮演冷静有耐心的父亲角色，给她过往生活中所欠缺的安全感，挺有效的，她好多了。可惜后来出了大事。"

"你是说那起谋杀案？"

他悲伤地摇了摇头。

"有天晚上，麦基自怨自艾，一时忍不住气，就跑到桃莉她阿姨在印第安泉的家，朝康妮头上开了一枪。当时家中只有桃莉和妈妈两个人，桃莉听见枪声，看见麦基离开，接着发现了死尸。"

他的头一直缓缓摇个不停，活像个沉重无声的钟。我说："当时她如何反应？"

"我不知道，我这个工作有个难处，就算是有利公益，也只能够私下进行，我不能跑到外头去拉病人。出事之后，桃莉再也没有回来，她妈妈康妮不在了，没人接送她往返谷地，而她的阿姨詹克斯小姐是个大忙人。"

"可你不是说，一开始是爱丽丝·詹克斯提议带桃莉来治疗的？"

"是啊，连费用都是她付的。也许经历那么多麻烦之后，她觉得自己再也负担不了了吧。总之，此后我就没再见过桃莉，直到昨晚。中间只有一次例外，她出庭作证那天，我也去了。我在法官办公室公然与麦基对抗，说他不该让她作证。但她是关键证人，他们取得了她阿姨的允许，让她受了那样的苦。她那天表现得就像个苍白的小机器人，在满怀恶意的观众面前迷失了方向。"

他硕大的身体激动得发抖，双手在罩衫里找烟。我给了他一根，帮他点燃，也给自己点了一根。

"她在法庭上说了什么？"

"她说得很简短，应该预演过很多遍。她说她听见枪声，从卧室窗口望出去，看见爸爸拿着枪跑掉了。另一个问题问的是，麦基有没有恐吓康妮，说要让她受到身体上的伤害。答案是有。就这些了。"

"你确定？"

"确定。这不是所谓没根据的回忆，我当时做了笔记，今天早上拿出来看过了。"

"为什么？"

"这是她的历史，而且是重要的一段。"他吐出一口烟，隔着烟雾看我，目光谨慎，看了好一会儿。

我说："现在她改说法了？"

他激动地露出复杂的表情。他是个感情丰富的人，几乎把桃莉看作失散多年的女儿。

"她说了个荒谬的故事，"他突然说，"我不相信这个故事，也不相信她会相信，她没病得那么严重。"

他停了一下，深吸一口香烟，努力控制自己的情绪。我耐心等他讲下去，这一次等到了。

"她现在宣称那天晚上没看见麦基，他和谋杀案无关。她说她在证人席上说谎了，因为有好几个大人都要她那么说。"

"她现在为什么要说这些？"

"我不想假装了解她。十年过去，我们已经失去了曾经有过的默契，而且她还没原谅我当年的背叛，她认为那是种背叛，我没能在她出事的时候照顾她。可是我能怎样？我总不能跑去印第安泉，把她从阿姨家绑走呀。"

"医生，你真的很在乎你的病人。"

"是的，我在乎。这让我好累。"他把烟在那个陶制烟灰缸里摁熄，"说句题外话，这个烟灰缸是妮尔做的，第一次就做成这样，相当不错。"

我喃喃附和了一次。碗盘声渐渐隐去，屋内深处有个苍老狂野的声音响起，好像在抱怨什么。

我说："她的新说法也许并不荒谬，麦基在她蜜月第二天跑去找她，说了些事情，让她大受打击，甚至脱离了常轨。"

"一点也没错，亚彻先生，就是这样。他发表了一篇激烈的长篇大论，说他是无辜的。别忘了，她爱她父亲，只是情绪上很矛盾。

他有能力让她相信自己的记性不准，他是无辜的，而她有罪。童年记忆很容易受到情绪影响。"

"有伪证罪？"

"谋杀罪。"他倾身向我，"她今天早上对我说，母亲是她自己杀的。"

"用枪？"

"用舌头。这太荒谬了吧。她宣称自己杀死了母亲和海伦，还把父亲送进了牢里，这一切全凭她恶毒的舌头。"

"她有没有解释这话什么意思？"

"还没有，这是一种罪恶感的表达，但不见得和谋杀案真有多大的关系。"

"你是说，她借由揽下谋杀的罪过，来卸除别处的罪恶感？"

"差不多是这个意思，这是一种很常见的心理机制。不过我确定她没杀母亲，也没在父亲的事上说谎。我确定麦基有罪。"

"法院也会犯错，就连死刑都有可能误判。"

他以一种含蓄的傲慢姿态说："我知道的比在法庭上说的多。"

"桃莉告诉你的？"

"我的消息来源不只她一个。"

"请让我也知道，不胜感激。"

他收起眼神中的情绪。"我不能那么做，我有义务为病人保密，但是我可以向你保证，麦基杀了他太太。"

"那桃莉为什么还会有那么大的罪恶感？"

"我相信答案会及时浮现的。也许和她对父母亲的怨恨有关，他们的婚姻失败得那么难看，她想惩罚父母也是很自然的事。也许她曾经幻想过母亲死去，父亲入狱，后来一切居然成真，让她怎能没有罪恶感？麦基那天的一番话勾起了从前的感觉，再加上昨晚恐怖的意外……"他不知道该怎么说才好，双手一摊，手心朝上，手指弯起，放在粗壮的大腿上。

"海伦·哈格提的枪杀案不是意外，光从枪不见了就看得出来。"

"我知道，我指的是桃莉发现死尸这件事，这绝对是意外。"

"很难说吧，这件命案她也怪自己，我不知道您要怎么拿童年的怨气来解释这个。"

"我没打算那么做。"他被激怒，开始摆医生的架子了，"你也不需要了解她的精神状况，只要专注在客观事实上就好，主观部分由我处理。"气氛有点僵，他决定聊点哲学来缓解。"客观与主观，外在的世界与内在的世界，当然会互相影响，可是有时候这两条线要平行好长好长的距离，才会有交集。"

"那我们就先只看客观事实吧，桃莉说她用恶毒的舌头杀死了海伦·哈格提，对于这件事她只说了这些？"

"还有很多，很多很多，不过都说得很乱。桃莉似乎认为她和哈格提小姐的友谊在某种程度上导致了这场命案。"

"她们是朋友？"

"我认为是，虽然年龄相差二十岁，但桃莉很信赖她，什么事都跟她说，哈格提小姐自己和父亲也有严重的情绪问题，所以和桃莉同病相怜，无话不谈。这种情况并不健康。"他淡淡地说。

"关于海伦的父亲，桃莉有没有说什么？"

"桃莉似乎认为他是个渎职的警察，涉及某件谋杀案，但那也许纯属幻想，她把自己的父亲投射到别人身上了。"

"不，海伦父亲真的是警察，而且海伦也说他渎职。"

"你怎么会知道这些？"

"我看过她妈妈写来的信。我想跟她的父母谈谈。"

"有何不可？"

"他们住在布里吉顿，在伊利诺伊州。"

跑那么远有点夸张，可是我心里想的比这更夸张。我办过一些牵连甚广的案子，起因可回溯到很久以前。或许海伦的死与伊利诺伊州二十多年前的命案有关，那时候桃莉还没出生呢。这只是我一厢情愿的想法，没有打算告诉葛德温医师。

"抱歉，我就只能帮得上这么多了。"他说，"我得走了，早该开始巡房了。"

有辆车的声音从街上川流不息的声音中脱身，慢了下来。车门开了，有个男人的脚步声沿着步道逼近。对块头这么大的人来说，葛德温动作算是快的，人家还没按铃，他就把门打开了。

我看不见访客，但显然是不速之客。葛德温的背影僵硬，充满敌意。

"早上好，警长。"他说。

克瑞恩故作自然地说："今天早上的天气一点也不好，你又不是不知道。9月本该是我们最好的一个月，可是该死的雾浓到连机场都不能用了。"

"你不是来讨论天气的吧？"

"没错，不是。我听说你在这里窝藏逃犯。"

"哪儿听来的？"

"我自有我的消息来源。"

"那你最好开除那些线人，因为他们误导了你。"

"确实有人想误导我。难道你要说桃莉·金凯德太太不在这栋房子里？"

葛德温犹豫了一下，沉重的下巴更沉重了。

"在。"

"一分钟前你还说她不在，医生，你想干吗？"

"警长，你想干吗？金凯德太太不是逃犯，她在这里是因为有病。"

"我很好奇她是怎么病的，是因为见不得血？"

葛德温噘起嘴唇，像是要朝他脸上吐口水。我坐的位置看不见警长，也不想看。我想我还是别露脸比较好。

"医生，现在烂的不只是天气，我们镇上昨晚出了命案。我想你应该已经知道了吧，金凯德太太应该跟你说了。"

"你指控她杀人？"葛德温问。

"那倒不是，目前还没走到那一步。"

"那就走人吧。"

"你不能这样跟我说话。"

葛德温没动，但是呼吸重得好像身体内有个马达正在快速运转。

"你当年指责我窝藏逃犯，旁边还有人证，我可以告你诽谤。而且我向上帝发誓，如果你再继续骚扰我和我的病人，那我一定告你。"

"我没那个意思。"克瑞恩的声音没那么有自信了，"无论如何，我都有权讯问证人。"

"晚一点也许有，但是现在不行。金凯德太太用了大量镇静剂，至少一星期之内我不许她接受讯问。"

"一星期？"

"说不定还要更久。我强烈建议你不要欺人太甚，我会在法官面前保证，现在这个时候警方讯问会危及她的健康，甚至生命。"

"我不信。"

"你信不信我不在乎。"

葛德温用力关上门，靠在门上，喘得像刚结束一场跑步。两个穿着白色制服的护士假装在另一扇门边做事，其实是要偷看。他挥挥手赶她们走。

我的赞赏发自真心："你真的挺身而出帮她挡事。"

"他们在她小的时候已经把她伤得够深了，只要我挡得了，就不许他们再伤害她。"

"他们怎么会知道她在这里？"

"我不知道。我的员工通常口风很紧。"他试探地看我一眼，"你跟人提过没有？"

"都跟警方无关。艾力克斯跟爱丽丝·詹克斯说过桃莉在这里。"

"也许他不该说的。詹克斯小姐为郡政府工作多年，克瑞恩警长又是她的老朋友。"

"自己外甥女的事她应该不会乱说吧？"

"我不知道她会怎样。"葛德温扯掉罩衫，丢到我刚坐的椅子上，"好了，我送你出去吧？"

他摇摇手中的钥匙，像个狱卒。

12

车子在山里一路往上开，开到半途，拨云见日，下方的雾就像白浪，汹涌灌进山坳里。我在山隘最高处略停了一会儿，向内陆望去，山的后面还有更多的山。

群山之间宽广的谷地洒满阳光，牛在山榭树间吃草，一群鹌鹑在我车子前面过马路，像一群喝得醉醺醺的有羽毛的小兵。我闻到刚割过草的味道，觉得自己好像走进了一幕百年来无甚改变的田园风景。开进印第安泉这个小镇，那种感觉也并未消散，虽然有加油站，还可以不用下车就买到汉堡和玉米饼，可是这里有一点旧时西部氛围，更有旧时西部那种什么都晒干了的贫瘠感。早衰的女子在泥砖屋前院照顾棕色皮肤的小孩。主街上挂着马术表演的广告布条，街上闲荡的人在宽边帽下大多有张印第安人的脸。

爱丽丝·詹克斯的家坐落在这里最好的一条街上，而且是街上最好的几栋房子之一，白骨架，两层楼，楼上楼下都有很宽敞的阳台和街道之间隔着的绿色大草坪。我走上草坪，靠在胡椒树上，拿帽子当扇子扇，我早到了五分钟。

一个挺有气势的蓝衣女子从屋里走出来，站在阳台上看我，好像我有可能是上午11点来探路的小偷似的。她走下台阶，一路走向我，阳光打在眼镜上，让那双眼睛看起来像一对探照灯。

近看就不那么吓人了，眼镜后面棕色的眼睛疲倦焦虑，发色掺杂了几缕灰，嘴唇意外的厚，甚至挺柔软，可是法令纹深得像支镊子，那嘴就成了让镊子镊住了的一条虫。僵硬的蓝洋装胸部做得像盔甲似的，相当雄壮，剪裁过时，让她看起来有种寒酸样。谷地的阳光把她的皮肤烤得又干又粗。

"你是亚彻先生？"

"是的，詹克斯小姐，您好。"

"不好，但还活得下去。"她握手的方式像男人，"上前廊去吧，在那儿谈。"

她举止说话都太突兀，感觉有点紧张，那种紧张上面压着一份牢牢的自制，也许是有生以来从没松开过的自制。她指指帆布摇椅，让我去坐，自己坐我对面的藤椅，背对街道。三个墨西哥男孩在街上骑一辆破烂脚踏车，像马戏团走钢索一样的吓人，好危险。

"亚彻先生，我不知道你找我做什么，我外甥女看来有大麻烦，我今天早上和我在法院的朋友谈过……"

"警长？"

"对。他似乎认为桃莉在躲他。"

"你告诉克瑞恩警长她在哪里？"

"是的，不该说吗？"

寒
颤

THE CHILL

"他立刻跑去疗养院，想讯问她，葛德温医师不准。"

"葛德温医师最爱把问题抓在自己手上。对于惹麻烦的人，我个人不赞成宠溺保护，不论是不是自家亲人，我的看法都一样。我们家向来守法，如果桃莉有事隐瞒，就该赶快说出来。我主张实话实说，该怎样就怎样。"

这番话真是义正词严。她似乎重申了当年在桃莉作证一事上与葛德温相左的意见。

"但有时候事态严重，若真顺其自然，你所爱的人可能会受伤。"

"我所爱的人？"她紧紧抿起了嘴，好像我胆敢怪她软弱似的。

"我想你应该是爱桃莉的吧。"我只有一个小时，而且还不知道要怎样才能打动她。

"我很久没见到她了……她似乎对我不以为然……我一直都很喜欢她，但那并不表示……"她嘴角深深的皱纹又出现了，"不表示我会对她所做的事予以宽容，我是有公职的人。"

"什么职务？"

"我是本郡在这个区域的资深社会福利工作者。"她一说完就紧张地往身后空荡荡的街道看了一眼，好像怕有兵团的人要来解除她的职务。

"先从自家人照顾起吧。"

"你在教我怎么处理私事？"她没等我回答，"我告诉你，不需要。我妹妹婚姻破裂的时候是谁收留这孩子的？是我，当然是我。我给了她们一个家，妹妹死后，我把外甥女当自己的女儿一样抚养长大，给她吃最好的、穿最好的，让她受最好的教育。她想独立的时候，我让她独立，还给她钱去洛杉矶读书。对她仁至义尽了，还要怎样？"

"现在你可以给她完全的信任。我不知道警长跟你说了什么，可是我确定那全都没有根据。"

她板起脸说："克瑞恩警长不会犯错。"

又来了，我觉得她这话又有两层意思，表面上说的是桃莉和哈格提案的关系，没提麦基，实际上指的却是当年麦基的罪绝非误判。

"任何警察都可能会犯错，"我说，"人哪有不犯错的。说不定当年你、克瑞恩警长、法官、十二人陪审团，以及其他人通通都错怪了汤玛斯·麦基，冤枉了一个无辜的人。"

她连嘲笑我都嘲笑得很节制。

"太荒谬，你不了解麦基这个人，他什么事都做得出来，在镇上随便问谁都知道。他老是在外头喝醉了回来打康妮，我不止一次给逼得拿枪挡他，孩子还抱住我的腿。康妮离开他以后，他不止一次来这里敲门，说要抓着她的头发拖她出去，但有我在，当然不容他撒野。"她激动地摇头，一缕银灰色的头发甩过脸颊，像扭曲的银丝。

"他来找她做什么？"

"想控制她，想要她听他的。可是他凭什么？我们詹克斯家是最早来到这个镇的家族，他们麦基家在河对面，是社会渣滓，现在多半靠救济金过活，他更是其中最糟糕的一个。但他穿着白色水手服来献殷勤的时候，我妹看不清这些。虽然我爸妈反对，他还是娶了她，让她过了十二年地狱般的日子，最后还杀了她。别跟我说他无辜，你不了解他。"

"他为什么要杀你妹妹？"

"因为他生性残暴，得不到就要毁掉，就这么简单。我妹根本没有别的男人，到死都对他忠贞，即使分居，我妹依然洁身自好。"

"谁说有另一个男人？"

她望着我，面无血色，原本建立在满怀怒气之上的自信全都消了。

"只是谣言，"她气有点虚，"肮脏下流的谣言。夫妻感情不好，就会传出这种谣言。说不定散布谣言的人就是麦基，我知道他的律师一直拿这当论点。他的当事人已经毁了我妹妹的人生，我却还得坐在那里听他破坏我妹妹的名誉。幸好葛哈根法官清楚告知陪审团，这是他编出来的，没有事实依据。"

"麦基的律师是谁？"

"一个叫吉尔·史蒂文的老狐狸。没罪的人不会去找他。他有办法让人脱罪，可是收费很高，你得倾家荡产才请得起。"

"可他没能让麦基脱罪。"

"这还不算脱罪吗？才坐十年半牢，就把一级谋杀给抵了。应该要判他一级谋杀才对，应该要判他死刑才对。"

这女人可真严厉，没有半点宽容。她伸出坚定的手，把落下的头发揪回原处。那渐灰的头发烫成整齐的小波浪，太整齐了，很像从前铜板印刷出来的海浪。我心想，她这种无情的个性有两种可能的成因，要不就是太有把握自己是对的，要不就是因为担心自己有错而生出了罪恶感。我犹豫不决，不晓得要不要把桃莉的话告诉她，桃莉说她说谎害得父亲坐牢，我想还是等走的时候再告诉她好了。

"我想了解一下那起命案的细节，不知道讲述那些对你来说会不会太过痛苦。"

"我对痛苦的耐受度很强。你想知道些什么？"

"命案发生的过程。"

"当时我不在场，我去参加'本土女儿'的会议，那一年我是本地分会的主席。"忆及此事使她恢复了自信沉稳。

"但我相信你对过程的了解绝不比任何人少。"

"当然，除了麦基。"她提醒我。

"还有桃莉。"

"对，还有桃莉。当时那孩子和我妹妹康妮在家，她们已经搬过来几个月了。晚上9点过后，桃莉上床睡觉，康妮在楼下缝东西。我妹妹很会缝衣服，孩子的衣服大部分都是她做的，当天晚上她正在帮桃莉做新衣服。后来那件衣服上血迹斑斑，他们还在法庭上拿出来展示。"

詹克斯小姐显然忘不了那场审判，双眼茫然，仿佛庭上的情景历历在目。

"枪声发生时的情形是怎么样的？"

"很简单，他来到大门口，说服康妮开了门。"

"怪了，之前有过那么糟的经验，她怎么还肯让他进来？"

她挥挥手，扫开我的质疑。

"只要他想，就连劝鸟离树都办得到。不过后来两人吵了起来，我猜他又要她跟他回去，她不肯。桃莉听见他们越吵越大声。"

"桃莉人在哪里？"

"楼上卧室，她和妈妈同睡一间，就在这上头。"詹克斯指指前廊的天花板，"孩子被吵架的声音吵醒，接着听见枪声，走到窗边，看见他拿着冒烟的枪从屋里跑到街上，她走下楼，发现妈妈倒在血泊里。"

"还活着吗？"

"已经死了。子弹射穿了心脏，立刻就死了。"

"凶器是哪一种枪？"

"没找着凶器，警长认为是把中口径的手枪，可能让麦基扔进海里了。第二天警方逮捕他的时候，他在太平洋角。"

"光凭桃莉的话就抓人？"

"目击证人只有桃莉一个呀，可怜的孩子。"

我们似乎有种默契，当桃莉只存在于过去。也许是因为我们都不想谈桃莉现在的状况，所以彼此之间的紧张就蒸发掉了，我抓紧这个机会，问詹克斯小姐能不能进屋看看。

"我不觉得有这个必要。"

"您刚刚把命案讲得十分清楚，我想把事情经过和实际场景联系起来。"

她犹豫了。

"我时间不多，而且老实讲我也不知道还能再承受多少，我很爱我妹妹。"

"我知道。"

"你想证明什么?"

"我不想证明什么,只想了解当时发生了什么事,这是我的工作。"

我的工作虽然重要,对她来说却无足轻重。她起身打开大门,指着一进门的地方说,那就是她妹妹陈尸之处。命案过了十年,地上那块编绳地毯上当然不会有当年的痕迹,别处也没有,唯一的遗迹是桃莉心上的一抹血痕,也许她阿姨心中也有。

我突然想到,桃莉的母亲和海伦都是在自家门口中枪的,而且凶器口径相同,说不定连拿枪的人都是同一个。这我没跟詹克斯小姐提,怕她又要开始痛骂妹夫麦基。

"你要不要喝杯茶?"没想到她会这么问。

"不用,谢谢。"

"那咖啡呢? 我喝速溶咖啡,泡起来很快,不花时间。"

"那好吧,您人真好。"

她去泡咖啡,留我在客厅。客厅和饭厅之间隔着一道拉门,昂贵的深色家具让人联想到19世纪。墙上挂的不是书,而是箴言,其中一句令我心头抽痛,想起了在马丁内斯的祖母家。那句话是:"神虽不语,却都听见。"我祖母亲手编了这句箴言,挂在卧房里,她讲话总是轻声细语。

客厅墙角有架直立式钢琴,我想掀开琴盖,掀不开,锁起来了。琴上放了张三人合照,两个女人,一个小孩。其中一人是詹克斯小姐,比现在年轻,但显然和现在一样专横顽固。另一位女子也很年轻,而且比她漂亮很多,看起来天真又懂事,是小镇美女那一型的。孩子站在两人中间，一手牵一个大人，那是十岁的桃莉。

詹克斯小姐端着咖啡从拉门内走出来。

"那是我们三个。"说得好像两个女人一个小孩也能算是个完整的家，"这架钢琴是我妹妹的，她弹得很好，我办不到。"

她把眼镜摘下来擦，不知眼镜起雾是因为眼睛发热还是咖啡太热，她边擦眼镜，边说康妮童年时期很优秀，赢过一次钢琴比赛，一次歌唱比赛。高中时期功课很好，尤其是法文。她本来都准备要追随姐姐的脚步去念大学了，却遇上那个花言巧语的魔鬼汤玛斯·麦基。

我把大半杯咖啡留在客厅，起身往里走，走廊上有股老房子常有的霉味。鹿角帽架旁边灰蒙蒙的镜子里映出我的身影，像从现在跑回过去纠缠的鬼。就连身后的女人都仿佛失去了实体，内在早已瓦解，只剩一个大大的躯壳。我发觉我把霉味和她联想在一起了。

走廊后面的楼梯铺了防滑垫，通往二楼。我边问边往上走。

"可以去桃莉住过的房间看看吗？"

"现在是我在住。"她跟了上来。

"我不会乱碰东西。"

屋里很暗，她把灯打开，粉红色的灯照得整个房间一片粉红。地板上铺着松软的粉红色地毯，双人床上铺着粉红色床单，精巧的三面镜化妆柜有丝质的粉红色荷叶边，软垫椅也有。

窗边粉红色的长沙发脚边有本翻开的杂志。詹克斯小姐拾起杂志，卷起来拿在手上，怕我看见封面，但是罗曼史杂志我一眼就认得出。

我走进去，陷入她粉红色的幻境，走到窗边，打开面朝屋前的百叶窗，看见了宽敞的二楼阳台，看见了栏杆外的胡椒树，看见我停在街上的车，还有那三个骑脚踏车的墨西哥男孩。一个坐龙头，一个坐椅垫，另一个坐在置物架上，后面还跟着一条红色杂种狗。

"他们不可以这样骑车。"詹克斯小姐在我肩后说，"我要好心去报警。那条狗也不应该没拴绳子到处跑。"

"它又没伤人。"

"也许，可是两年前我们这里发过狂犬病。"

"我对十年前的事比较有兴趣，你外甥女那时候多高？"

"大约140厘米吧，以她的年纪算高的。问这干吗？"

我蹲低身子，调到差不多的高度。从这位置看得见胡椒树的枝芽，我的车被树枝遮了一点，至于近处就完全看不见了。如果有男人从这屋子出去，非得过了胡椒树，也就是离屋约12米后，现在这里的桃莉才看得见。想看见他握在手里的枪，就得等他走到街上。这实验虽然草率，实验结果却突显了我心里的疑问。

"那天晚上暗不暗？"我站直身子。

"很暗。"她知道我指的是哪个晚上。

"我没看见路灯。"

"亚彻先生，我们这个镇很穷，没有路灯。"

"那天晚上有月亮吗？"

"应该没有，可是我外甥女视力非常好，连小鸟身上的斑纹都看得见。"

"在晚上？"

"多少总有些光，再说，自己的父亲她应该认得出吧。"詹克斯小姐察觉口误，赶紧改口，"她确实认出是他。"

"她跟你说的？"

"对，第一个就告诉我。"

"你有没有详问？"

"没有，她当时整个人都崩溃了，我不想给她更多压力。"

"却不介意让她承受在法庭上说出证词的压力？"

"那是必要的，否则案子就办不了，再说，对她又没有什么害处。"

"葛德温医师认为那对她造成了很大的伤害。她现在情绪崩溃，当年的压力要负部分责任。"

"葛德温医师有他的看法，我有我的看法。如果你要听我的看法，我认为他是危险分子，是麻烦制造者。他不尊重公权力，我对这种人毫无敬意。"

"之前你还挺看重他的不是？还让外甥女去他那里治疗。"

"那时候我不够了解他。"

"可不可以告诉我，为什么她需要治疗？"

"可以。"我们都知道彼此意见不合，但是她还想努力维持表面的友善，"桃莉在学校里状况不好，不开心，也不受欢迎。有那样的父母，我是说，有个把家庭搞成那样的父亲，心情不好是很自然的。"

"这里并不是蛮荒地区。"她嘴上说不是，但心里好像觉得是，"我想至少能让她得到一点帮助。就连靠福利金过活的人，在有需要的时候，都能得到家庭咨询。所以我劝妹妹带她去太平洋角看葛德温医师，他是当时我们能找到的医生之中最好的一位。康妮每周六都开车载她去，持续了一年左右。我得称赞葛德温医师的是，那孩子明显进步了，康妮也是，她变得比较开朗、快乐、有自信了。"

"她也接受了治疗？"

"我猜大概有一点，另外，每周六进城一趟对她也有好处。她想搬进城里住，可是没有钱，所以搬出麦基家后就住进我这里，压力可以少一点。他可见不得这样，他见不得她找回尊严。他留不住她，就把她杀了。"

都过十年了，她的心还像苍蝇绕着那血淋淋的一幕飞。

"为什么没让桃莉继续治疗？命案以后，那孩子应该比过去更需要治疗吧？"

"没办法，我周六上午要工作，有很多文件要处理。"她陷入沉默。不常说谎的人一旦想要隐瞒什么，舌头就打结。

"而且葛德温对你外甥女出庭作证的事有异议。"

"不管他怎么说，我可不觉得这有什么好难为情的，把她爸做的事说出来又不会对她有坏处，说不定反倒有益，总比憋在心里好。"

"可惜她到现在还把这事挂在心上。"詹克斯小姐，你也一样，"只是现在她改说法了。"

"改说法了？"

"她说命案当晚她没看见父亲，说他和命案没有关系。"

"谁告诉你的？"

"葛德温。他刚刚和她谈过，桃莉说她为了取悦大人，在法庭上说谎。"我原本想说的不只这些，但记起她和警长的交情，及时打住。

"我确定他扭曲了她的话，想利用她的话来证明他是对的，但他错了。"她看我的表情，就好像我质疑了她人生的基本信仰。

"应该不是这样，詹克斯小姐，葛德温医师自己也不相信桃莉现在的说法。"

"你看吧！她要不是疯了，就是说谎！别忘了她身上流着麦基的血！"她激动得连自己都吓到了，赶紧移开目光，环顾四周，好像这粉红色的房间能证明她动机纯正似的。

她说："我不是这个意思，我爱我外甥女，只是，没想到细说过去会这么痛苦。"

"对不起，我相信你一定很爱你外甥女，你那么爱她，绝不可能教她在法庭上说谎。"

"谁说我做这种事了？"

"谁都没说。我是说你不可能做。你不是那种人，不可能让自己去篡改十二岁小孩的记忆。"

"当然，"她说，"桃莉说她父亲的那些事不是我编的，当晚她跟我说那些的时候，事情发生还不到半小时。我从没怀疑过，那些话一听就是真的。"

她确实没编谎话。我认为她现在也不算说谎，比较像在隐瞒。

她压低声音讲话，以防客厅那些箴言听见。她还是不敢直视我的眼睛，隐约有红晕自颈间向两颊升起。

"不过就实际情形来说，她并没有能力认出凶手是谁。隔着这么远的距离，就算自己的父亲也不可能认得出来，更别说能看见那人手里拿枪。"

"但警方接受了这个说法，克瑞恩警长和检察官都相信她了。"

"警察和检察官向来乐于接受对结案有帮助的说法。"

"但是麦基有罪，他有罪。"

"那你为什么还一直说服我相信他没罪？"她脸上因羞耻感而生的红晕已经进入恼羞成怒的阶段了，"我不听。"

"您最好还是听一下吧，会有什么损失呢？我想重启旧案，是因为桃莉使得此案和哈格提的案子有了关联。"

"你相信是她杀了海伦·哈格提小姐？"她问。

"不信，您信吗？"

"克瑞恩警长似乎认为她是主要嫌犯。"

"他跟您这么说？"

"没这么说，但意思差不多，他想知道如果带她回局里讯问，我会有什么反应。"

"当时您有什么反应？"

"我不知道，当时我很难过。我很久没见到桃莉了，她居然背着我结婚，从前她一直很乖，到后来也许变了。"

我有种感觉，詹克斯小姐说的是内心深处对自己的看法：她从前一直很乖，到后来也许变了。

“不如打通电话叫警长别去烦她？您的外甥女现在需要小心对待。”

“你不相信她有罪？”

“我说过了，不相信。请跟他说，再去烦她，就等着输掉下一次选举。”

“不行，他是我的长官。”话虽如此，但她其实考虑了一下，才甩开念头，“说到这个，我能给的时间已经给你了，现在一定过12点了。”

我也想走了，这一小时好长。她随我下楼走到前廊，道别时似乎想说什么，但最后什么也没说出口。

13

海岸线附近的雾没那么浓了，可是依然看不见太阳，抬头只
觉白光照得眼睛痛，却看不清光源。水手休闲旅馆的柜台告诉我，
艾力克斯跟一个年纪比较大的人开一辆新克莱斯勒走了，可是他
的红色跑车留在停车场，也没退房。

我在街上找了家不用下车就能点餐的速食店，买了个三明治，
回房间吃掉，然后打了两通让人感到很挫折的电话。法院的总机
说，今天下午不可能给我审判记录，因为现在是周末，所有东西
都锁起来了。打去吉尔·史蒂文的办公室，找当年为汤玛斯·麦
基辩论没能成功的这位律师，秘书说他在南加州的巴波士。不，
我联络不上他，史蒂文律师今明两天都在参加快艇比赛。

我决定去找杰瑞·马克思，这年轻人是裴来恩太太的辩护律
师，办公室在离旅馆街不远的新购物中心里。杰瑞还没结婚，很
有企图心，周六下午很可能还在办公室。

门开着，我走进接待区，枫木座椅上有印花棉布坐垫。左边
玻璃半隔间里的秘书座位空着，这是周六，但杰瑞确实留在里间

办公室里。

"杰瑞，你好吗？"

"我很好。"

他原本正在看厚厚的《证据法》，抬起头来看我，眼中带了点防备。他打刑事官司不算很有经验，但是能干又正直。那张中欧脸不怎么帅，一双聪明的棕色眼睛却让整张脸温暖明亮了起来。

"裴来恩太太还好吗？"我问。

"获释以后就不见人影，我也不抱再见的期待。结案以后多半不会再见到当事人，对他们来说，我身上有法庭的味道。"

"我的经验和你差不多。有空吗？"

"有空，而且我不想改变这种状况。我答应自己这个周末什么事都不做，只管读书。就算有命案也不管。"

"你听说哈格提命案了。"

"当然，早传开了。"

"听说了什么？"

"也没多少，法院有人跟我秘书说，这位女教授被学校里的女学生开枪打死，那女生的名字我忘了。"

"桃莉·金凯德。她丈夫是我客户。桃莉现在在疗养院，由医生照顾。"

"精神病？"

"那要看你对精神病的定义是什么，杰瑞，现在情况有点复杂。我想她应该不符合马克诺顿法则的标准，而且吧，我想那枪可能也不是她开的。"

"你的想法挑起了我对这案子的兴趣。"他怀疑地说。

"没有没有，我只是来打听的。你觉得吉尔·史蒂文这个人怎么样？"

"大师级的老手，找他就对了。"

"他不在城里。说真的，他是不是好律师？"

"史蒂文是这个郡最成功的刑事律师，怎么可能不好。他了解法律，也了解陪审团，他在法庭上会耍些我不乐意耍的手段，很会演戏，情绪起伏很大。那挺管用的。我印象中，他从没输过重要的案子。"

"我印象中却有。大约十年前，他为一个叫汤玛斯·麦基的人辩护，那人涉嫌谋杀妻子，陪审团判他有罪。"

"那时候我还没出道。"

"桃莉·金凯德是麦基的女儿，也是她父亲受审时控方的证人。"

杰瑞吹了声口哨。

"难怪你说复杂。"他顿了一下又说，"她的医生是哪一位？"

"葛德温。"

他嘟起嘴。"我用这个人会谨慎。"

"什么意思？"

"他是个好医生。可是对法庭来说不怎么好。他非常聪明，但不懂得内敛，有时候太张扬了，会惹到别人。尤其是那个名叫葛哈根，又坐在高等法院法官席上的人。所以我用这个人会谨慎。"

"我没办法决定怎么用他。"

"没错，但你可以提醒她的律师……"

"如果你当她的律师，事情就会简单很多。我今天一直还没机会和她丈夫说上话，但是我想他会采纳我的意见。还有，他家可不穷。"

"问题不在于钱。"杰瑞冷冷地说，"我答应自己了，这个周末要读书。"

"海伦·哈格提应该挑其他周末挨枪子儿才对。"

我原本没打算说得这么难听，可是我没能帮上海伦，心里难受得要命。

"这事和你个人有关？"杰瑞疑惑地盯着我看。

"好像是。"

"好吧，好吧，"他说，"你想要我怎样？"

"我想要你随时待命。"

"我整个下午都会在这里，之后秘书也都找得到我。"

我谢过他，回汽车旅馆去。隔壁艾力克斯的房间依然没人，我打给我在好莱坞的秘书，阿尼·华特斯留了在雷诺的电话号码，要我回电。

阿尼不在办公室，电话是他妻子兼合伙人菲莉丝接的。她丰沛的女性魅力跃然线上。

"卢，我老是见不着你，只能在电话里听你的声音。简直就好像你几年前录了几卷录音带，让人不时放给我听听，而你本人早已不在了似的。"

"那我还会回话，要怎么解释？"

"电子学啊，我不明白的事都拿电子学解释，省得麻烦。我到底什么时候才能见到你？"

"如果阿尼找到开那辆敞篷车的人，这个周末就能见面啦。"

"那人还没找到，可是查到车主了，是位叫莎莉·柏克的太太，就住在雷诺。她宣称车子两天前失踪，阿尼不信。"

"为什么不信？"

"他直觉很准。况且她宣称车子失踪，却没报案，交往对象又形形色色，所以阿尼去查她那些男朋友了。"

"很好。"

"看来这事挺重要？"菲莉丝问。

"双重谋杀案，说不定有三重。我的客户是个有情绪的年轻女孩子，也许今天或明天就会被捕，而且案子极有可能根本不是她犯的。"

"你听起来好激动。"

"这案子惹到我了，而且直到现在还毫无头绪。"

"卢，我第一次听到你说这种话耶。无论如何，你打来之前我正在想，也许我可以去跟莎莉·柏克太太认识一下，你说这是不是好主意？"

"这主意好极了。"菲莉丝外表看起来一点也不像在平克顿侦探社工作过的人，说她之前是个歌舞女郎还比较可信，"但要记住，柏克太太和她那些玩伴可是危险分子，可能在昨晚杀了一个女人。"

"这一个他们杀不了啦，有他在我可舍不得死。"她指的是阿尼。

我们又说了几句打趣的话，与此同时，我听见隔壁艾力克斯的房间好像有人进去，和菲莉丝说再见后，就站到墙边去听，艾力克斯和另外一个男人扯着嗓子讲话，争论的内容不用窃听器都能听得一清二楚。那人要艾力克斯快刀斩乱麻，跟他回家。

我敲敲他的门。

"让我来应付他们。"那人好像以为门外是警察。

他走了出来，是个和我年纪相仿的男人，头发有点灰，但长得相当好看，脸瘦瘦的、浅色眼睛细细的，还有个看起来很好斗的下巴。这个男人身上带着公司的标记，就好像保守的灰色西装下套着看不见的马甲。

他有点气急败坏，连问也不问我是谁就说："我是费德瑞克·金凯德，你无权骚扰我儿子，他跟那女孩和她犯的罪一点关系也没有。她嫁他的时候有所欺瞒，婚姻维持不到24小时，我儿子是个正派人……"

"爸爸，您还是进屋来吧，这是亚彻先生……"艾力克斯上前拉住那人，表情窘到不行。

"亚彻？哦？就是你，把我儿子扯进这件事里……"

"完全相反，是他雇我的。"

"我现在开除你。"他的声音听起来像经常执行这项功能。

"那得商量商量。"我说。

我们三个挤在门边，老金凯德不想让我进去，战争一触即发，三个人都准备要把拳头挥向另一人或两人。

我硬挤进门内，背靠墙坐在一把椅子上说："艾力克斯，这是怎么了？"

"我爸爸在收音机里听见我的事，打电话给警长，问出了我在哪里。警长刚刚还打电话过来，说杀人的枪找到了。"

"在哪里？"

艾力克斯回答得很慢，仿佛嘴里的话一出口，就会变得更真。他爸爸替他回答："在她藏的地方，在她住的那间小木屋的床垫下面……"

"那不是小木屋，"艾力克斯说，"是栋门房。"

"艾力克斯，不许顶嘴。"

"见到枪了吗？"我问。

"见到了，警长要艾力克斯去指认，他当然指认不了。他连她有枪都不知道。"

"什么样的枪？"

"史密斯威森左轮手枪，点三八口径，胡桃木枪柄。旧枪，可是状况不错，可能是在当铺买的。"

"这是警方的理论？"

"警长提过这种可能。"

"警长怎么知道这枪是她的？"

"枪是在她床垫下面找到的，不是吗？"老金凯德像检察官出庭似的，想说服儿子接受他的说法，"还有谁会在那里藏东西？"

"谁都有可能。昨晚那栋房子门开着，对不对，艾力克斯？"

"我到的时候门是开着的。"

"你别讲话，让我来说。"他父亲说，"这种事我比你有经验。"

"有经验没用，当时在场的是你儿子，而我要问的是事实。"

他双手叉腰站在我面前，颤抖着说："我儿子和这案子一点关系都没有。"

"别骗自己了，他娶了那个女孩子。"

"那场婚姻没有意义，不过是孩子气一时不听劝的结果，连一天都撑不过，我要宣告婚姻无效，他们还没圆房，他告诉我了。"

"你不能宣告这婚姻无效。"

"我做什么你管不着。"

"这件事你做不到。你只能断绝你和儿子之间的父子关系，不能断绝人家的婚姻关系。婚姻不仅仅是性和法律上的技术问题，这段婚姻之所以真实，是因为它对艾力克斯而言是真的。"

"他现在想脱身了。"

"我不相信你。"

"是真的，不是吗，艾力克斯，你想跟爸妈回家对吧？妈妈好担心你，她的心脏又不舒服了。"老金凯德把能用的招数全都搬出来用。

"我不知道，我只想做对的事。"艾力克斯看看他，又看看我。

老金凯德张口不知打算说什么，大概是想使出杀手锏吧。我不给他机会，抢先说："那就再回答我两个问题，艾力克斯，昨天晚上桃莉跑回那间门房的时候，带着枪吗？"

"我没看见。"

老金凯德说："说不定藏在衣服里。"

"闭嘴。"我依然坐着，语气冷静，"你要当冷血的混蛋我没意见，因为你显然改不了，但是你想把艾力克斯也变成冷血混蛋就不对了，至少要让他能有所选择。"

老金凯德气急败坏骂了几声，从我面前退开。艾力克斯谁也不看，只说："亚彻先生，别对我爸爸这样说话。"

"好。当时她穿着毛衣外套、短上衣和裙子，还有别的吗？"

"没有。"

"包包或袋子？"

"应该也没有。"

"应该？"

"确定没有。"

"那她身上就不可能带着点三八口径的左轮手枪。你没看见她把枪藏到床垫下吧？"

"没有。"

"从她回家到去疗养院这段时间，你是不是一直跟她在一起？"

"对，我一直和她在一起。"

"那么这枪肯定不是桃莉的，至少不是桃莉藏到床垫下的。你想得出有谁会做这件事吗？"

"想不出。"

"你说这把枪是凶器，他们怎么证实呢？弹道测试没这么快吧？"

站在墙角生闷气的金凯德说："这把枪的口径和伤口吻合，而且最近射过一发子弹，可以合理推论她用的就是这把枪。"

"艾力克斯，你信吗？"

"我不知道。"

"他们询问她了没有？"

"他们很想。警长好像说要等弹道测试结果出来，也就是星期一。"

这帮我争取到了一点时间，如果艾力克斯还可靠的话。昨晚和今早的压力就像最后一根稻草，加在过去3周的不确定上，快把他压昏了，他看起来连站都站不稳了。

"我想，对于你太太的事，目前我们全都该等，不该太早下定论。就算真的有罪，我是觉得不太可能啦，但就算是真的，你也该尽全力帮助她、支持她，这是你欠她的。"

"他什么都不欠她，"金凯德说，"什么都不欠。她骗他娶了她，而且一再说谎。"

"她需要继续接受治疗，还要请律师，我手上有个很好的本地律师愿意接这案子，但不能由我来请。"我压住音量和脾气，故意和他形成对比。

"你还真是一把抓呀。"

"总得有人多管闲事，把责任担起来。现在有很多责任没人要负，你不能挖个洞躲起来不理，这女孩有麻烦，而且不管你愿不愿意，她都是你家人。"

艾力克斯好像在听，但不知道听进去没有。他父亲摇摇那窄窄的灰头。

"她不是我家的人，我可以肯定地告诉你，她没办法把我儿子拖下水，你也不行。"他对艾力克斯说，"目前为止你付了这人多少钱？"

"200美元。"

金凯德对我说："这金额很慷慨，高得过分，你刚也听到了，我开除了你。这房间是私人空间，如果你硬要侵入，我就会叫经理来。如果他们对付不了你，我会报警。"

艾力克斯望着我举起双手，举得不高，是一种无助的姿态。他父亲伸手搂住他肩膀。

"我这么做是为你好，你和他们不是同一种人。我们回家去，让妈妈开心，你可不想气死她吧？"

这话说得很顺，时机刚好，真不愧是杀手锏。艾力克斯没再看我一眼。我回到自己的房间，打电话给杰瑞，告诉他我丢了个客户，他也是。杰瑞好像有点失望。

14

　　艾力克斯和他父亲退了房，开车走了。我没出去送行，但能听见引擎的声音，很快就让雾盖了过去。我坐在那里，让打结的胃慢慢松开，对自己说，以我的能力，刚刚应该可以处理得好一点才对。金凯德不过就是个惊慌失措的男人，他对于自己的地位，就跟前一代对于灵魂一样重视。

　　我开车走山麓街去布莱萧家。这位院长也不一定可靠，可是他有钱而且对桃莉表露过超乎职责的同情。我不想单凭一己之力苦撑，我要找个能出钱又在地方上有影响力的靠山。爱丽丝·詹克斯多多少少合乎条件，可是我不想要她那种客户。

　　有个警察守住了门房，不让我进去，可是我去主屋就不关他的事了。拉丁裔的玛丽亚来应门。

　　"罗伊·布莱萧博士在家吗？"

　　"不在。"

　　"他去哪儿了？"

　　她耸耸肩膀。"不知道。布莱萧太太好像说他整个周末都不

寒颤

139

THE CHILL

会回来。"

"怪了。那我找布莱萧太太。"

"我去看她有没有空。"

我不等她请就走进屋内，坐在玄关的镀金椅子上等。玛丽亚上楼请示后说，布莱萧太太很快就会下来。

至少一个半小时之后，她才一瘸一拐慢慢走下楼。原来她梳妆打扮，涂了腮红，换上一件领口有蕾丝的衣服，套在松垮的脖子上，还别上钻石别针。她向我伸出手，好像那是我的荣幸似的。

"你好吗？亚……亚彻先生对吧？我正希望有人来访，这雾让我感觉好孤单，而且我的司机走了，所以……"她好像听见了自己抱怨的口气，及时打住，改口问，"那女孩还好吗？"老太太似乎挺高兴看到我。

"有人照顾她，葛德温医师说比昨晚好些了。"

"那好。"她有点讽刺地盯着我看，"说件让你开心的事，就是，我也比昨晚好些了。今早我儿子说，我昨晚又出了洋相。老实说我挺难过的。"

"昨晚大家都不好过。"

"你是不是在想，我是个自私的老女人？"

"人的个性不太会随年纪改变。"

"你这话还真侮辱人。"但她面带微笑，几近挑逗，"你的意思是说，我一直都这样？"

"这你比我清楚。"

她放声大笑，笑声并不愉悦，但有点幽默感。

"你这年轻人真大胆，又机灵，我喜欢机灵的年轻人。去书房吧，我请你喝一杯。"

"谢谢，可是我不能久待……"

"那我就坐这里吧。"她小心翼翼地放低身子，坐在镀金椅上，"我的品格也许不会变得更差，但是体能肯定会。这雾对我的关节炎很不好。"她一边说一边轻轻摇头，"我不该抱怨，我答应了我儿子，要为昨晚的事赔罪，一整天都不抱怨一个字。"

"结果做得怎样？"

"不怎么样。"她促狭一笑，挤出了更多皱纹，"这就跟一个人玩接龙一样，总是多少会作点弊嘛，难道你不作弊的吗？"

"我不玩接龙。"

"你没损失，那不好玩，不过帮我消磨了不少时间。好了，如果你还有事要忙，我就不耽误你了。"

"我有事要找布莱萧博士，您知道要去哪儿找他吗？"

"罗伊今早飞去内华达州的雷诺了。"

"雷诺？"

"不是去赌博，这我可以保证，他对赌没兴趣。老实说，有时候我还嫌他太谨慎。罗伊有点像个妈宝，你不觉得吗？"她眼神里有种复杂的嘲讽意味，对他的状况和她在其中扮演的共谋角色一点也没有不好意思。

"我有点意外，命案正在侦查。可不是因为命案才躲开的，一群小型学院的院长要在内华达大学开会，几个月前就安排好了，罗伊是主讲者，有义务参加。我看得出来，他非常想去，他爱受大众注目，你知道吗，他一直有点像演员……可是对于随之而来的责任他就没那么爱了。"

她这么实际，让我觉得很有意思，也很可怕。她似乎挺开心的，对她来说，聊天比一个人玩接龙有趣得多。

"你还是跟我去书房吧，这里风大。我开始迷惑你了呢，年轻人。"布莱萧太太扶着我手臂站起来的时候，身体发出咯吱声。

我不知道这是好运还是厄运。她仿佛看得出我的念头，笑了起来。

"别担心，我不会把你吃掉。"她把重音放在"你"字上，好像已经把儿子当早餐吃掉了。

我们一同走进书房，书架上满满的书好像在提醒她，布莱萧是个重要人物。

"别误会，我深爱我儿子，更以他为荣。他外表好看，头脑聪明，都让我很骄傲。他以优秀的成绩从哈佛毕业，又拿到了博士学位，有一天一定会成为重点大学的校长或大基金会的总裁。"

"有企图心的是他，还是你？"

"以前是我，我对他的事很有企图心。后来罗伊自己的企图心越来越强，我的就变弱了。人生有些事比拼命往上爬更为重要，我依然怀抱希望，希望他能结婚。"她那双明亮的老眼斜着瞄我，"你知道，他喜欢女人。"

"这是当然。"

"其实呀，我先前还想说服自己，说他对哈格提小姐有兴趣哩。我从没见过他对别的女人那么留心。"她把这话说得像个问号。

"他说他带她出去过几次，但也说他们并不亲近。他对她去世的反应也证明了这点。"

"他对她去世有什么反应？"

我套别人的话很有经验，有人想套我的话当然瞒不过我。

"很一般，否则今早就不会飞去雷诺了，如果他真的很喜欢海伦·哈格提，就算有院长会议他也不会参加，会留在太平洋角，努力查出凶手。"

"你好像挺失望。"

"我本想请他帮忙。他似乎真的很关心桃莉·金凯德。"

"是呀，我们都是。早餐时罗伊还说了，要我尽可能帮那女孩的忙。可是我能帮什么呢？"她皱巴巴的双手一摊，做出一副无助的样子。

玛丽亚端着我的威士忌走进书房，杯里的冰块铿锵作响。她随随便便把酒递给我，问她的雇主还有什么需要，没事她就退下了。我喝口酒，想了一想，不知道布莱萧太太会不会是个我能应付得了的雇主。她有钱，颈上的那颗钻石正朝我眨眼，光用它就能雇我好几年。

"你可以雇我。"我说。

"雇你？"

"如果你真想为桃莉做点事，不只是坐在这里嘴上说说的话，可以雇我。你觉得我们两个能处得来吗？"

"你还在摇篮里的时候，我就开始和男人打交道了，亚彻先生，你的意思是我很难相处？"

"难相处的人是我啦，艾力克斯·金凯德刚刚才在父亲的强力协助下开除了我。他们不想和桃莉以及桃莉的问题扯上关系。"

"我一眼就看穿了那个男孩子，他一点骨气都没有。"她的黑眼睛闪了一下。

"我财力不足，没办法靠自己的力量查下去，这行不好赚。我需要靠山，最好是在这里有身份地位，还有……我就说得直白一点好了……最好是银行里有大量存款的人。"

"这要花我多少钱？"

"那要看这案子拖多久、牵涉多广，我的费用是一天一百，额外开销另计，同时我在雷诺有另一组侦探，正在查一条可能很重要的线索。"

"在雷诺的线索？"

"源于这里，昨晚。"

我把敞篷车的事说给她听，包括车主是男友众多的莎莉·柏克太太。她听得津津有味，身体整个向前倾。

"警方怎么不追这一条线索？"

"说不定也追，不过我没听说。看起来他们已经认定凶手是桃莉，不在乎别的。这样比较简单。"

"你不接受这个看法？"

"不接受。"

"即使他们在她床下找到枪。"

"这事你知道？"

"克瑞恩警长今天早上拿枪给我看了。他想知道我认不认识那把枪，我当然不认得，我讨厌枪，连看都不想看，我从来不许罗伊持有枪械。"

"知不知道那把枪是谁的？"

"不知道，不过警长好像想当然认为是桃莉的，如果是，那她和命案就脱不了干系。"

"这没道理呀。如果枪真的是她的，那她最不可能藏的地方就是自己的床垫下。她丈夫也说没有，昨晚她回到门房后他一直和她在一起。更何况现在还不能证明那把枪就是凶器。"

"是吗？"

"是的，要做弹道测试，得等到星期一。如果我运气够好，在那之前就能查清楚很多事了。"

"亚彻先生，你已经有明确的看法了？"

"我的看法是，这件案子盘根错节，可能要回溯很远，恐吓哈格提小姐的人不是桃莉，她们感情很好，不可能认不出声音。我想，桃莉跑去她家应该只是想讨点意见，问她该不该回丈夫身边，不料让死尸绊倒，大受惊吓，到现在都还没恢复正常。"

"为什么？"

"这我目前还没办法解释，得深入调查一下她的背景，也想深入调查哈格提小姐的背景。"

"这事也许挺有意思。"她好像在考虑要不要连看两场电影似的，"整件事大概要花我多少钱？"

"我会尽量压低开销，但可能还是得花个几千美元。两三千吧，或许要四千也不一定。"

"这样赎罪挺贵的。"

"赎罪?"

"为我从过去、现在直到未来的自私赎罪呀。亚彻先生,我考虑考虑。"

"要考虑多久?"

"晚上打电话给我。罗伊大约会在晚餐时间打来……他只要出门在外,就一定天天晚上打电话回家……我得先跟他商量再给你答复。你可能不知道,我们的生活费其实还挺紧的。"她手指头玩弄着脖子上的钻石,说得很真诚。

15

我开车前往海伦的住处，一路上两旁的树都在滴水。在她家旁边闲混的两名警察不让我进去，也不肯回答问题。我今天运气真差。

改去学校吧，我想找主管女学生事务的萨瑟兰院长谈谈。不料她办公室的门锁着，所有办公室都锁了。整栋行政大楼就只有一个穿着蓝色牛仔裤的白发男子，拿着长柄扫帚在扫走廊，看起来好像时光老人，我突然有种很可怕的感觉，好像他正在扫除海伦残存的最后一点痕迹。

出于本能的自我防卫我掏出笔记本，查出现代语文学系系主任的名字，他叫盖斯曼。拿扫帚的老人知道盖斯曼博士的办公室在哪里。

"在新的人文大楼，走这边过去。"他指给我看，"可是星期六下午他一定不在。"

那老人说错了。我在人文大楼一楼的系办公室找到了盖斯曼，他坐在那里，一只手握着电话筒，另一只手握着铅笔。系主任开

寒颤

147

THE CHILL

会那天我在布莱萧办公室门外见过他，是个笨重的中年男人，戴着和焦虑的小眼睛很不搭的厚眼镜。

他对我说："等一下。"又继续对话筒说："贝斯太太，很遗憾您不能帮我们这个忙，我了解您要负担家计，而且这份酬劳对特约讲师来说也实在不高。"

他讲话好像外国人，倒不是有口音，而是太做作了，好像英文是他刚刚才学会的语言。

"我是盖斯曼博士，"他挂掉电话，在面前的名单上删掉一个名字，"你是迪法雅博士？"

"不，我叫亚彻。"

"你有什么样的学历？硕士还是博士？"

"我只上过社会磨练大学。"

"我们有位同仁没办法继续教了，你知道吧。我迫不得已才在星期六跑来上班，找人接任她的工作。你要来应职，就得……"他不欣赏我的幽默。

"我不是来应职的，只想打听一点消息。我是私家侦探，正在调查哈格提教授的命案，想知道她当初是怎么到这里来的。"

"我没空把那些事再讲一遍，星期一的课都还没找到人上，如果这个法迪雅博士不来，或是糟到没办法用，那我真不知道要怎么办。"他看一眼手表，"我6点半还得到洛杉矶机场。"

"腾出五分钟来总行吧，五分钟谁没有？"

"好吧，就五分钟。"他点点表面，"你想知道哈格提小姐怎么到这里来的，我不知道。我只知道有一天她出现在我办公室里，说她听说法兰德院长心脏病突发，来应聘空缺的职务。这是一个月内第二次的突发状况了。"

"心脏病发作的事是谁告诉她的？"

"我不知道，可能是萨瑟兰院长吧，她在本地的推荐人填的萨瑟兰院长，但那件事报上都登了，大家都知道。"

"她来应聘工作之前就住在这里了吗？"

"应该是。对，没错，她说她已经有房子住了，她喜欢那地方，不想搬。她很想要这份工作。老实说，我对她不怎么放心，她虽然有芝加哥大学的硕士学位，但资格不太够。之前她任教的学校叫作枫园，和我们不属同一个等级，可是萨瑟兰院长说她需要这份教职，所以我就答应了，真倒霉。"

"据我所知，她有私人收入。"

他噘起嘴，摇摇头。

"有私人收入的女士不会接下四门法文课和德文课，外加导师工作，却只拿不到5000美元的薪水。也许是赡养费吧，她跟我说过收不到赡养费的事。"他抬起头时镜片闪了一下，"你知道她刚离婚吧？"

"我听说了。知道她前夫在哪儿吗？"

"不知道，我和她没说过多少话。你怀疑他？"

"没理由怀疑，可是凶杀案通常会先找有动机行凶的人。这里的警察想法比较不一样。"

"你不同意他们的看法？"

"我不想太早下定论。"

"这样啊。他们告诉我，嫌犯是我们的学生。"

"我也听说了，你认识那个女生？"

"不认识，她没选我们系的课。算我们运气好。"

"为什么说'运气好'？"

"他们说她精神有问题。"他的近视眼在厚镜片下看起来就跟张着壳的牡蛎一样脆弱，"如果入学审查严谨一点，校园就不会出现这种学生，危及我们的生命。我们在某些方面非常落后。"他又用指头点点表面，"你的五分钟用完了。"

"最后一个问题，你和海伦·哈格提的家人联络了没？"

"联络了，今天早上我打电话给她母亲，这本该是布莱萧院长的责任，但他要我来做。她母亲，也就是霍夫曼太太，会坐飞机过来，我得去洛杉矶机场接她。"

"6点半？"

"看起来没别人能去，两位院长都出远门……"他点点头，很沮丧。

"萨瑟兰院长也不在？"

"萨瑟兰院长也不在。他们都走掉了，把责任全推在我一个人身上。"他自怜得眼睛发热，眼镜起了雾，得拿下来擦，"外头雾这么大，我看不清楚，很难开车。我视力太差，不戴眼镜连你和上帝都分不清楚。"

"差别不大。"

他把眼镜戴回去，看清楚我在说笑，于是大笑了一声。

"博士，霍夫曼太太搭的是什么飞机？"

"联合航空，从芝加哥起飞，我答应要在联合航空的行李柜台接她。"

"让我去吧。"

"说真的？"

"这样我就有机会和她讲话。接了人要送去哪里？"

"我帮她在太平洋旅馆订了房间，可以跟你们在那里见，就约8点钟吧。"

"好。"

他起身绕到桌子前面来用力和我握手。我离开这栋大楼的时候，有个头戴黑帽、身穿墨绿色斗篷的小老头从雾中冒出来，他的黑胡子像是染出来的，黑眼睛像在发热，凹陷的脸颊红红的，像刚喝过酒似的。

"迪法雅博士？"

他点点头。我扶着门让他过。他摘下帽子欠身行礼，用法文说："非常感谢。"

他橡皮鞋底发出的声音比蜘蛛的还小。我脑际突然闪过另一个可怕的联想：这人的样子还真像死神。

16

我沿着海岸线向北开了很久，抵达机场时雾已散去，只留下阴沉的暮色。我把车停在联合航空大楼的停车场里。照停车场小姐给我的票根来看，现在是6点25分了，我过马路往那栋明亮的巨大建筑物走去，找到被旅客团团围住的行李转盘。

人群边上站在自己行李箱旁边的，是枯老版的海伦。她穿着黑色裙装，外罩黑色外套，还戴着黑帽和黑手套，外套的破烂毛领像只老鼠似的。

只有那头鲜艳的红发不太合乎这个场合。她的眼睛红肿，神情恍惚，仿佛心神有一部分还留在伊利诺伊州。

"霍夫曼太太？"

"是的，我是厄尔·霍夫曼的太太。"

"我叫亚彻，令爱的系主任盖斯曼博士要我来接您。"

"他真好。"她极其微弱地笑了一下，"你也是。"

我提起她的行李，很小很轻。

"要不要先吃点东西，或者喝点东西？这里有家挺不错的餐厅。"

寒颤

152

T H E   C H I L L

"噢，不用，谢谢。我在飞机上吃过了，瑞士牛排。这趟飞机很有意思，我以前从来没坐过喷射机，可是刚刚却一点也不怕。"

她明明快搞不清楚自己是谁了，瞪大眼睛环顾四周明亮的灯光和人群，脸部肌肉紧绷到好像随时要大叫。我抓着她细弱的上臂，硬拉着她离开那里，过马路，上我的车。我们绕出停车场，开上高速公路。

"以前我在这里的时候，从来没有这个。幸亏你来接我，否则我一定迷路。"她茫然地说。

"你上回来是什么时候？"

"将近二十年前。当时霍夫曼还是海军，他在海岸巡逻队当上士官长，被派到圣地亚哥。那时海伦已经离……离开家了，我想旅行对我应该也有好处。我们在圣地亚哥住了一年多，真的很好。"她呼吸得好大声，好像要很用力才能回到现在。

她小心翼翼地问："太平洋角离圣地亚哥很近吧，是不是？"

"大约50公里。"

"真的？"过了一会儿她又问，"你是学校的人？"

"我是侦探。"

"真巧，我丈夫也是警探，他在布里吉顿当了三十四年警察，明年就该退休了。我们讨论过退休后要不要住加州，可是发生了这事，他大概就不愿意来了。他假装不在乎，可是他很在乎。我想他在乎的程度不比我少。"她的声音浮在高速公路的噪音之上，好像脱离了肉体灵魂在对自己说话。

"真可惜他今天不能和你一块儿来。"

"他能来，只是不肯来。他明明可以请假。我想他是怕不能面对吧，还有血压高也是个问题。"她又迟疑了一下，"你在调查我女儿的命案？"

"是的。"

"盖斯曼博士在电话里说，你找到了嫌犯，是个年轻女孩子。学生怎么会开枪射老师呢？我从来没听说过这种事。"

"霍夫曼太太，我不认为凶手是她。"

"可是盖斯曼博士说立刻就可以结案了。"她声音里的悲伤转为强烈的愤怒，要求伸张正义。

"也许吧。"我不想跟珍贵的潜在证人吵架，"我正从另一个角度调查，也许您能帮我。"

"怎么帮？"

"令爱中枪之前对我说，有人恐吓她，打电话恐吓。她认不出那人的声音是谁。但说来也奇怪，听起来像是布里吉顿的声音。"

"布里吉顿？我们家就在那里。"

"我知道，霍夫曼太太，海伦说那是布里吉顿追来了，你明白她的意思吗？"

"她向来讨厌布里吉顿，从念高中的时候开始，她就把人生所有不顺心的事怪罪给那个地方，迫不及待想要离开。"

"我了解，后来她离家出走了。"

"我不会说那是离家出走。"但她明明差点这么说了，"只是有个暑假她不见人影，她在工作，在芝加哥一家报社工作。后来进了大学，也一直都让我知道她在哪里。只是她父亲……"她说到一半就打住，"我一直从家里拿钱出来帮她，直到她父亲进海军为止。"

"是他工作上的事情，之前最后的导火线是。"

"海伦骂他是渎职的纳粹走狗？"

她转过身来看着我说："海伦连这个都告诉你？你……你是她的男朋友之类的？"

"我们是朋友。"我发觉这句话我说得很肯定。我们只相处过愤怒的一小时，但是她的死照亮了我们的关系。想到这里，我眼睛好痛。

"她还说了些什么？"她凑过来端详我的脸。

"她和她父亲不合，与一起谋杀案有关。"

"那不是真的。我不是说海伦说谎，只是她误会了。狄娄尼枪杀案清清楚楚就是场简单的意外，海伦要是以为她自己比父亲更了解实情，就错得要命了。"

"错"和"要命"用来形容死者是很沉重的字眼。她戴黑手套的手猛然举起捂住了嘴，垂下肩膀不发一语，这干瘦得像蟋蟀似的女人一时之间没了声音。

"霍夫曼太太，跟我说说狄娄尼枪杀案的事。"

"没有必要吧，我从不谈论我丈夫的案子。他不喜欢我说这些。"

"可是他不在这里。"

"我们结婚太久了，感觉他无所不在，无论如何，那都是过去的事。"

"过去和现在总是有关联的，那起命案说不定和海伦的死有关。"

"怎么可能。那是二十年前的事，都超过二十年了。而且就连在当年它也没对任何事造成影响，海伦之所以印象那么深刻，是因为事情发生在我们住的那栋公寓里。狄娄尼先生在清理一把枪，枪走火，射死了他。就这么简单。"

"你确定？"

"霍夫曼是这么说的，而且霍夫曼从不说谎。"听起来像念咒，而且这招她从前就用过。

"海伦为什么认为他说谎？"

"就单凭想象。她说有目击者亲眼看见某人射杀狄娄尼先生，但我说那是做梦。没有目击者出来作证，而且霍夫曼说不可能有目击者。事情发生的时候，狄娄尼先生一个人在公寓里，想清理一把上了膛的枪，结果子弹射进了脸。所谓另一个人，一定是海伦做梦梦见的。她有一点迷恋狄娄尼先生，他长得好看，而你也知道年轻女孩子是怎样的。"

"她当时多大？"

"十九岁，她在那年夏天离开了家。"

天全黑了。右边远方的长堤市灯光闪烁，在阴沉的天空下像余烬一堆。那里就是我度过苦涩年少的地方。

"狄娄尼先生是什么人？"

"路克·狄娄尼。"她说，"他是个非常成功的承包商，不光在布里吉顿做生意，还遍及全州。我们住的公寓就是他的，他在镇上有几栋房子，现在依然是狄娄尼太太的。如今房价比当年高得多，但当年他几乎算是百万富翁。"

"狄娄尼有遗孀？"

"是的，可是别妄下断语，出事的时候，她人在好几里外的主屋里。镇上当然有些闲言闲语，但她跟新生儿一样天真无辜，出身优秀，奥斯本姊妹在布里吉顿可是出了名的。"

"出什么名？"

"她们的父亲是美国参议员呀。记得我还在念小学的时候，第一次世界大战还没开打，她们会穿红外套骑马去猎狐。不过她们家向来是非常亲民的。"

"那很好。"我把她拉回狄娄尼案，"你刚刚说，你们就住在狄娄尼枪击案发生的那栋公寓里？"

"是啊，住一楼。我们帮狄娄尼先生收租，所以自己的租金非常便宜。他留下顶楼自用，当作私人办公室，有时也开派对，或用来招待贵宾。州里很多大人物都是他的朋友。我们常看见他们进进出出。"她说得好像那是特权似的。

"他就是在这个顶楼开枪射自己的？"

"他没有开枪，"她纠正我，"那是意外。"

"狄娄尼是什么样的人？"

"他可以说是个白手起家的人，我跟霍夫曼和他出生在同一个区，所以才会得到他的承包事业，积极主动，爬得很快，还娶到奥斯本参议员的大女儿。要不是四十岁就英年早逝，真说不准最后能爬多高呢。"

"你说海伦对他有兴趣？"

"哎呀，我随便说的啦，他们两个总共有没有说过两句话都不知道，可是你也知道，年轻女孩子对老男人常有些幻想。他是附近最有成就的男人，海伦企图心又很强。真有意思，她怪他爸是个输家，其实她爸不是。最后她自己结婚的时候却挑了伯特·哈格提，要说这世上真有输家的话，伯特才是呢。"

她开始口无遮拦了，可是话太多，也扯得太远了点。这是很自然的事，女儿的死在她的生活中投下了一颗深水炸弹。

"假设海伦的死与狄娄尼枪击案有关联，"我说，"你想得出是什么吗？"

"想不出。那一定是她幻想出来的，她那个人最爱乱想。"

"但是她说有目击者看见某人开枪射狄娄尼？"

"她在说傻话。"

"为什么？"

"你是说，为什么她要对爸爸说这种话？因为她想惹他生气。他们两个老是看对方不顺眼，从霍夫曼第一次打她以后就开始了。两个人一吵起架来，她什么话都说得出口。"

"她有没有说目击者是谁？"

"怎么说？根本没有那个人呀。她爸叫她给个人名，她说不出来，只好承认自己胡说。"

"她承认胡说？"

"没办法，霍夫曼逼她承认。可是她怎样也不肯收回骂他的话。"

"有没有可能海伦就是那个目击者？"

"怎么可能，那太荒谬了。她怎么可能看见一件根本没发生的事？"霍夫曼太太虽然嘴硬，但听起来又有那么一点不确定。

"别忘记，狄娄尼死了，她也死了，所以她死前对朋友说的话算是得到了证实。"

"你指的是她所说的关于布里吉顿的事？"

"对。"

她陷入沉默，车子开进了雾区，我怕发生车祸，所以放慢了车速。霍夫曼太太一直往后看，仿佛担心布里吉顿会追来。

过了一会儿她才开口。

"希望霍夫曼别喝酒。酒对他的血压不好，要是他出什么事，我会怪自己。"

"你们总不能都不来呀。"

"是啦。好在有伯特陪他，伯特即便有千般不好，至少不是酒鬼。"

"海伦的前夫现在陪着她父亲？"

"对。今天早上他来枫园，送我到机场。伯特是个好孩子，我不该说他是孩子，都四十岁成年人了，可是他感觉上一直没那么大。"

"他在枫园教书？"

"是啊，可是自己念了那么多年一直没拿到学位。他教新闻和英文，帮忙办校刊。他从前在报社工作，所以海伦才会认识他。"

"十九岁的时候？"

"你记性真好，跟霍夫曼一定处得来，霍夫曼的记性可好了。战时扩建之前他对布里吉顿所有的建筑物如数家珍。每一间工厂、食库，每一个住户，随你挑哪条街上的哪栋房子，他都说得出是谁盖的、屋主是谁；还能告诉你谁住在里面，你去问他所有同事都会得到同样的答案。他们都说他将来前途不可限量，但他只做到小队长就再也升不上去了。"

不知道那不可限量的前途是怎样消失的，她给了个说法，但我想那只是个说法，不是事实。

"海伦遗传到他的好记性，不管他们承不承认，父女俩相像得很，而且无论怎么吵，都还是很爱对方。海伦离家，音信全无，伤透了他的心。他没再问起她，可是难过了很久，从此再也不是从前那个男人了。"

"她认识伯特·哈格提以后很快就结婚了？"

"没有，她让他等了五六年，其中有段时间他在军中。伯特在战时表现很好……很多男人在战时表现良好，但之前和之后却都不怎么样。总之伯特那阵子充满自信，打算要写一本书，办一份自己的报纸，带她去欧洲度蜜月。后来他们确实去欧洲度了蜜月，除了美国军人权利法案的津贴，我也补贴了一点旅费，那是所有计划中唯一付诸实现的。他就是没办法在一件事上定下来，等他终于定下来的时候，已经太迟了。去年春天他们离婚，我不乐见，却也不能怪她。她一直都比他好，打结婚就一直是这样。而且无论怎么说，海伦是个很有格调的人。"

"我同意。"

"可是说不定她应该留在伯特身边才对，谁知道呢？也许她不离婚，这事就不会发生，有时候我觉得无论跟哪个男人在一起都比单身一个人好。"

后来，当车子开到太平洋角的时候，她说："海伦为什么就不能嫁个杰出的丈夫？怪了，她有脑子、有美貌又有格调，就是吸引不到杰出的男人。"

我没有转头，但感觉得到她盯着我侧脸看，试图在女儿人生地图上绘出那块失落的大陆。

17

有条隐形的赤道，将主街划成两半，一半繁荣，另一半不那么繁荣，太平洋旅馆就坐落在那个交叉点上。星期六晚上，旅馆大厅很空，有四个老男人在一盏灯下打牌，除此之外现场唯一的人类就是盖斯曼博士，如果他也算是人的话。

他从绿色的塑胶扶手椅上起身，客套地和霍夫曼太太握手寒暄。

"看来您平安抵达了，您好吗？"

"我很好，谢谢。"

"令爱意外过世，对我们打击很大。"

"对我也是。"

"事实上我一整天都在努力找人接替她的职务，到现在还没找到。想在一年当中的这个时间招聘新老师，难度是最高的。"

"那真糟糕。"

我去旅馆酒吧找酒喝，留他们在那里继续那场早就胎死腹中的对话。吧台只有一位客人，正跟酒保互诉悲伤心事，她的头发染成黑色，还闪着绿光，像某种鸭。

我认出她是谁，赶紧往外退，但她转身看见了我。这个人我就算在1000码外也认得出：裴来恩太太。

"想不到竟会在这里遇到你，真是惊喜。"裴莱恩太太动作太夸张，差点把面前的空杯子碰倒。她对酒保说，"这是我朋友，亚彻先生。快帮我朋友倒杯酒。"

"喝点什么？"

"波本，我买单。这位淑女喝的是什么？"

"农家乐。"她说，"谢谢你称我淑女，不，感谢你为我做的一切。我在庆祝，庆祝一整天了。"

她若没庆祝还好些，现在她为审判硬撑出来的门面都垮了。我并不知道她所有的秘密，但我知道二十个城市的警察手上都有她的记录。虽然这起案件与她无关，但她终究是个骗子，从墨西哥的阿卡普尔科到西雅图，从蒙特利尔到美国最南端的西屿，都是她工作的范围。

酒保缓缓走开，调酒去了。我在她身边坐下。"你应该去别的城镇庆祝。"

"我知道，这个镇简直像墓园，我觉得自己好像是最后一个活人，直到你进来为止。"

"我不是这个意思，裴来恩太太。"

"哎呀，喊我布莉姬吧，你现在是我的好朋友了，这是你应得的权利。"

"好，布莉姬，你无罪释放，警方很不高兴，想想也知道，只要你犯一点小错，他们就会找茬。"

"我没有越线哦，我有自己的钱。"

"如果一直庆祝下去，就很难说了。你就算不守交通规则，任意穿越马路，都会惹上麻烦。"

她想了想这个问题，脸上的肌肉和脑子一样费力。

"你也许是对的，我打算明早出发去拉斯维加斯，有个朋友在那里。"

酒保把酒送上，裴来恩太太喝了一口，做出很酸的样子，好像突然不爱喝了，眼光茫然地盯在吧台后的镜子上。

"我的天啊。"她说，"这是我吗？真是一塌糊涂。"

"洗个澡睡一觉就好了。"

"要睡着没那么容易，入夜以后我都好寂寞。"她向我抛个媚眼，或多或少是出于本能。

我没兴趣。我把酒喝完，放两块钱在吧台上。

"晚安，布莉姬，放轻松点，我还有通电话得打。"

"是啊，那就教会团契见啦。"

我往外走，酒保一跛一跛向她走去。霍夫曼太太和盖斯曼博士已经不在大厅了，我在柜台后面的角落找到了公用电话，打到布莱萧家。

电话响不到一声，老太太的声音就颤抖地在另一头说："罗伊？是你吗，罗伊？"

"我是亚彻。"

"我还以为是罗伊，平常这时候他早打回来了，他该不会出事了吧？”

“我想不会。”

“你看报纸了没？”

“没。”

“有篇报道说，萝拉·萨瑟兰院长和他一起去雷诺。罗伊没跟我提，你想他会不会对萝拉有兴趣了？”

“我哪知道。”

“她是个可爱的年轻女人，你不觉得吗？”

不知道她是不是晚餐喝红酒喝傻了。

“我对这件事没意见，布莱萧太太，我打电话来是想问您对于下午谈的那件事有没有意愿。”

“恐怕没办法，没得到罗伊的同意就不行，家里的钱由他掌管。现在我得请你先挂电话，亚彻先生，罗伊可能随时都会打来。”

她挂了我的电话。我好像失去了和老太太相处的魅力。我走进洗手间，看看水槽上方镜子里的脸，有人用铅笔在墙上写：支持心理医生，否则我就杀了你。

有个棕色皮肤的小报童走进洗手间，看见我对着镜子里的自己露齿而笑，我只好假装正在检查牙齿。他看起来大约十岁，却表现得像个小大人。

“看看谋杀的报道吧。”他劝我买报。

我跟他买了一份地方报，报版标题是：《太平洋角学院教师遭枪击》。副标题是：《神秘学生受讯》。整篇报道就等于对桃莉进行审判，并且定了她的罪。她“用假身份和假名入学”，她和海伦的友谊被说成了"奇怪的关系",那把在她床垫下找到的史密斯威森点三八手枪是"谋杀的凶器",她有"见不得人的过去",也就是麦基命案,而且还"规避警方讯问"。

报纸上没说有别的嫌犯,从雷诺来的那个男人在报道中只字未提。

我做了件没建设性的事,把报纸撕成了碎片,把碎片丢进垃圾桶,然后去打电话。葛德温医师的秘书问我紧急不紧急。

"紧急,和葛德温医师的病人有关。"

"先生,那个病人就是您吗?"

"是的。"我说谎,不知是不是意味着我也需要看病了。

秘书以温柔和缓的语气说:"他最后一次打来的时候,人在家里。"

她把医生家里的电话号码念给我听,但我没打电话过去。我要和葛德温面对面说话,所以从电话簿里查出了他的地址,开车到镇上另一头去找他。

这块台地边上坐落了好几栋大房子,葛德温家也在其中。这些房子平常可以俯瞰海港和市区,今晚却成了雾中之岛。

葛德温家的正面外墙是用亚利桑那石砌成的石墙,墙内传出歌剧《波西米亚》里男高音和女高音的二重唱。

来开门的是位美女,穿着红色织锦缎外套,挂着医生妻子应有的半职业性笑容。她好像听过我名字。

"很抱歉,亚彻先生,我丈夫几分钟前还在家。我们难得一起听音乐,可是有位年轻人……是他病人的丈夫……打电话来约他见面，他就又回疗养院了。"

"打电话的是不是艾力克斯·金凯德？"

"是的，亚彻先生。"她走出屋外，穿着红色外套的她光彩照人，"我丈夫提起过您，我知道您正在查的案子他也插手了。"

"是的。"

她伸手来碰我的手臂。

"我担心他对这件事太过认真。他似乎认为自己从前治疗那女孩的时候让她失望了，所以对后来发生的所有事都有责任。"她漂亮的大眼睛仰望着我，想要我给个确定的答案。

"不是他的错。"我说。

"能不能请您告诉他？他不听我的，他很少听别人的。可是他好像对您挺敬重，亚彻先生。"

"彼此彼此。不过我不认为这件事上他想听我的意见。他是个很有权威的人，脾气很大，不好惹啊。"

"这没人比我更清楚。"她说，"我想我无权要您去劝他，可是他把生命全都投注在病人身上……"她双手从胸前往外一送，做出奉献的姿势。

"他似乎过得很不错。"

"但我过得不好。"她皱了皱脸，"医生的妻子只能自求多福，是吗？"

"你看起来过得非常好呀，"我说，"你看这外套多漂亮。"

"谢谢，他去年夏天在巴黎买给我的。"

我走的时候，她的笑容就没那么职业性了，自然多了。到了疗养院，我看见艾力克斯的红色保时捷停在大楼前的人行道旁，突然心跳得好厉害。今天终究还是发生了一件好事。

打开门锁的是位身穿蓝白制服的拉丁裔护士，她带我去客厅等葛德温医师。妮尔和另外几个穿浴袍的病人在看电视，那部影集讲的是对律师父子的故事。没人注意我，我只是个现实世界中的侦探，目前失业，希望失业状况不会持续太久。

我在墙边找了把空椅子坐下。那部影集导得好，演得也好，可是我无心观赏，反倒观察起看电视的四个人。妮尔是梦游症患者，过肩黑发像纠结的悲伤，双手捧着自己做的蓝色陶制烟灰缸。没刮胡子的年轻人有双叛逆的眼睛，看起来好像对任何事情都会认真反对。头发稀疏的男子激动得发抖，就连广告时间也抖个不停。还有位老太太，那张脸好似一眼就能看穿，看见她的生命似风中残烛。站远一点看，你会以为这是四口三代的一家人，祖母、父母和儿子，周六在家看电视。

葛德温医师出现在门边，勾勾指头叫我过去。我跟着他穿过医院味很重的走廊，进了一间窄小的办公室。他扭开桌上的灯，坐到桌子后面，屋里只有两把椅子。我就坐了另一把。

"艾力克斯跟他太太在一起？"

"对。他打电话到家里给我，说他很想很想见她，还想跟我谈谈。不过在这之前他一整天都不见人影。"

"他有没有说想抛弃她之类的话？"

"没有。"

"希望他改变了心意。"我把早先和老金凯德见面的事讲给葛德温听，艾力克斯随父亲离开的事也说了。

"一时意志不坚定也不能怪他，他毕竟年轻，压力又这么大。"葛德温变幻莫测的双眼亮了起来，"重要的是，他决定回来了。这对他和桃莉同等重要。"

"她还好吗？"

"平静些了，我想是吧。她今晚不想讲话，至少不想跟我讲话。"

"能不能让我试一下？"

"不行。"

"我都要后悔拉你进这案子了。"

"这种话我早就听过，说得还没你这么客气。"他露出倔强的微笑，"可惜我进来了就不会退出，而且会继续做我认为真最该做的事。"

"我想也是。晚报看了没？"

"看了。"

"桃莉不知道外头的状况？比如说，枪的事？"

"不知道。"

"你不觉得该告诉她？"

他双手往遍布伤痕的桌面上一摊。

"我尽力想要简化她的问题，不想复杂化。她昨晚压力已经够大了，过去的压力加上现在的压力，已经把她逼到了精神崩溃的边缘。我们可不想有这种事情发生。"

"你能保证她不受警方讯问？"

"在有限的时间内还行。可是最佳的保护方法是赶快破案。"

"我在努力。今天早上和她的阿姨爱丽丝谈过，勘查了麦基命案的现场。当年就算麦基真的杀了太太……是不是他杀的我不确定，但就算是他杀的，桃莉也不可能在他离开的时候认出他来。换句话说，她在法庭上的证词是编出来的。"

"爱丽丝·詹克斯说服你相信这个？"

"是现场的实物说服我的。詹克斯小姐用尽全力想说服我的是相反的事，她要我相信麦基有罪。如果说她是这件案子上对付麦基最大的推手，我不会惊讶。"

"他确实有罪。"

"是，希望你能说出让你如此相信的理由。"

"我不能说。我有义务为病人保密。"

"康妮·麦基？"

"麦基太太不算正式病人，但治疗孩子的时候父母必须同时接受治疗。"

"她对你吐露心事？"

"那当然，就某种程度上而言是这样没错，但我们谈的多半是她的家庭问题。"葛德温讲话很小心，脸上的表情也淡淡的，光秃秃的头顶在灯光下亮得像月光下的教堂圆顶。

"她姐姐爱丽丝犯了个有趣的错误，她说康妮没有别的男人。我没问这个，是她自己提的。"

"有趣？"

"我觉得挺有趣的。康妮当时是不是在和别的男人谈恋爱？"

葛德温极其轻微地点点头。

"对象是谁？"

"我不打算告诉你。她受的苦也够多了。"他自己脸上也闪过一抹痛苦的神色，"我跟你说这么多，是想要你了解麦基确有动机，而且绝对有罪。"

"我认为他受人陷害，就跟桃莉的遭遇一样。"

"桃莉的部分我们看法一致，别的就不提了好吗？"

"不行，因为三件命案彼此相关。你可能会说它们主观相关，只在桃莉的心里。但是我认为它们客观上也有关联，说不定凶手是同一个人。"

葛德温没问我凶手是谁。也好，因为我只是随口说说，并没有特定嫌犯。

"你说三件命案，还有哪一件？"

"路克·狄娄尼，今晚之前我从没听过这名字，我去洛杉矶机场接海伦的妈妈，回程聊了一路。据她所说，狄娄尼在清理手枪的时候意外射死了自己，但海伦宣称那是谋杀，还说有目击证人。那目击者说不定就是海伦她自己，她为此和父亲起了争执，离家出走。她父亲就是负责侦办这案子的警察。那是二十多年前的事。"

"你真的认为它和现在这件命案有关？"

"海伦是这么想的，她是死者，是当事人。"

"那你打算怎么办？"

"我想飞去伊利诺伊州，跟海伦的父亲谈谈，可是我自己付不起旅费。"

"可以电话里说呀。"

"可以是可以，但我想那只会坏事，他口风应该很紧。"

葛德温想了一分钟才说："我可以考虑资助你。"

"你是个慷慨的人。"

"只是好奇而已。"他说，"别忘了，这案子缠我十几年了，如果能让它终结，我愿意付出代价。"

"让我先跟艾力克斯谈谈，问他肯不肯放钱下去。"

葛德温低着头起身，看起来好像在向我鞠躬。但他并不是在向我鞠躬，只是有那么个习惯性动作，仿佛他能感受到众星的重量，正请众星允许，让他这凡人代与分担。

"我去叫他出来，他在里面待得够久了。"

葛德温消失在走廊上。几分钟后艾力克斯独自回家，走路的样子活像在地底隧道，可是脸上的表情倒有了前所未见的宁静安详。

"葛德温医师说你来了。"他在门边站住。

"很意外会见到你。"

他脸上浮起了受伤又受窘的表情，举起手焦躁地想把这些感受擦掉。他走进办公室，把门关上，靠在门上。

"我今天做了蠢事，竟然想当懦夫逃走。"

"能认错就很有担当。"

"别说得那么好听。"他对自己毫不留情，"我根本逊毙了。说起来也奇怪，我爸难过的时候，我身上会起共鸣，他崩溃，我就跟着崩溃。我这样说不是要怪他。"

"我怪他。"

"请别怪他，你不能怪他。"他眉头纠结起来，"公司考虑要引进电脑来处理大部分的事情，我爸怕自己无法适应，我想这使得他连带也怕起别的事情。"

"你想了不少。"

"没办法，都是你起的头，你说我要解除婚姻关系不该假手他人，我觉得要是我跟着爸爸回家，就不是个男人了。"他不再靠门，自己站稳了脚，手臂在身侧微微摆动，"真的很神奇，你知道吗？你真的可以打从内在做出决定，你可以决定当这样的人，或那样的人。"

唯一的问题在于，你每小时都得做一次决定。但这得让他自己去领悟。

"你太太还好吗？"

"她好像很高兴见到我。你跟她谈过了没？"

"葛德温医师不许我跟她谈。"

"原本他也不让我进去，可是我保证绝不问她问题，我没问，但还是说到了左轮枪的事。她听两名护士讲到报纸上说……"

"这里的地方报登出来的。她对枪的事情怎么说？"

"枪不是她的。一定是别人把枪藏在她床垫下面。她问我那是把什么样的枪，我说了，她说听起来像是她爱丽丝阿姨的左轮枪。以前阿姨夜里会把枪放在床头柜上，对小小年纪的桃莉很有吸引力。"他深吸一口气，"显然她见过阿姨拿枪恐吓她父亲，我不想让她再经历那些痛苦，但是预防不了。她过了一会儿才平静下来。"

"至少现在她不再拿海伦的死来怪自己了。"

"还是一样啊，她依然说那是她的错，一切全是她的错。"

"怎么说？"

"她没说太详细，我也不愿意让她说。"

"是葛德温医师不愿意吧？"

"对，他说了算。我想我永远没办法比他更了解她。"

"这个婚姻你还要？"我问。

"我们必须在一起，我今天终于懂了，大难临头各自飞是不对的。我想或许桃莉也懂了，她没再不理我或不要我了。"

"你们还说了些什么？"

"没什么要紧的，多半都在聊其他病人的事。有位老太太屁股有伤，不想躺在床上，桃莉帮忙照顾她。"他似乎认为这很重要。

"所以桃莉自己一定病得不重了。"他是在问我。

"这你得问医生。"

"他没说什么，他想明天帮她做些心理测验，我让他放手去做。"

"我也可以放手去做吗？"

"当然，我以为你会认为这是理所当然的呢，我要你尽一切可能去搞定这件事，我签书面契约给你……"

"那倒不用。但这会花你很多钱。"

"很多是多少？"

"2000美金吧，说不定比这还要多很多。"

我把雷诺那边的事告诉他，那边由阿尼和菲莉丝处理，至于布里吉顿，我得去了解情况。我还劝他明天一早就去找杰瑞·马克思。

"星期天也能找马克思律师？"

"能，我已经帮你跟他约好了，不过你得付他定金，这是应该的。"

"我有些储蓄。"他认真地想了想，"也可以拿保单去借钱。还可以把车卖掉，买车的钱已经付清了，之前有人出两千五要买。反正我对跑车竞赛会之类的东西已经厌了，那是小孩子玩意儿。"

18

18

门铃响了。有人快步经过办公室外面，要去应门。这么晚不该有访客，我走出办公室，跟在护士后面，想去看看是谁来了。客厅那四位病人依然望着电视荧幕，仿佛那是外面世界的窗。

原本按铃的人现在开始敲门了，敲得很凶。

"等一下。"护士在门这边说。

她把钥匙插进锁里，开个门缝说："您哪位？要找谁？"

是爱丽丝·詹克斯。她想推门进来，但护士用穿着白鞋的脚挡住。

"我要见我外甥女，桃莉·麦基。"

"这里没有这个病人。"

"她现在自称是桃莉·金凯德。"

"没有医生批准，我不能让你进来见任何人。"

"葛德温在吗？"

"应该在吧。"

"叫他来。"詹克斯小姐蛮横地说。

护士的拉丁脾气爆发了。

"你没有资格命令我。"她狠狠地用气音说,"你给我小点声,这里有人要睡觉。"

"叫葛德温过来。"

"别担心,我正要去请,但是你得在外面等。"

"乐意之至。"

我在护士关门之前上前对詹克斯小姐说:"能跟你说一下话吗?"

"你也在这里呀。"她隔着雾蒙蒙的眼镜看我。

"我也在这里。"

我走到外面的灯光下,听见门在身后关上,从温室似的疗养院出来,只觉外面的空气好冷。詹克斯小姐穿着有毛领的厚外套,在昏暗光线下像个庞然大物。毛领和她的灰发上都有雾结成的小水滴,闪闪发光。

"你找桃莉想怎样?"

"不关你的事。她是我的血亲,不是你的。"

"桃莉有丈夫,我是他的代表。"

"你去别的选区当他的代表吧,我对你或她丈夫都没兴趣。"

"但对桃莉你却突然有了兴趣,这和那篇报道有关吗?"

"也许有,也许没有。"照她讲话的习惯来看,这就是"有"的意思。

她又辩解道:"打从桃莉出生我就一直对她有兴趣,怎样对她才好,我比陌生人清楚得多。"

"葛德温医师不是陌生人。"

"我倒宁愿他是。"

"希望你不是想要带她走。"

"也许是，也许不是。"她从皮包里拿出面纸擦眼镜，我看见里面有张折得很小的报纸。

"詹克斯小姐，你在报纸上看到那是把什么样的枪？"

她火速把眼镜戴回去，像是要盖住眼中的不安。

"当然看到了。"

"想到什么了吗？"

"是的，写得很像我从前那把左轮枪，所以我去法院看了一下，看起来就是我那把枪。"

"你承认？"

"有什么好不承认的？我十几年没见过它了。"

"能证明吗？"

"当然，早在康妮的命案发生前，枪就让人偷走了。克瑞恩警长当时就认为麦基杀她用的是这把枪，现在的看法依然没变。麦基要拿那枪太容易了，他知道枪就放在我卧室里。"

"今天早上你没跟我说这些。"

"我根本没想到，更何况这也只是理论，你只对事实有兴趣。"

"我对两者都有兴趣。警方现在的理论是什么？麦基杀了哈格提小姐，嫁祸给女儿？"

"我认为他脱不了嫌疑。会对妻子做出那种事的人……"她话声渐落，最后就埋在喉咙里听不见了。

"他们想再一次利用麦基的女儿来钉死他？"

她没回答。屋内灯亮起，还有走动的声音，在葛德温开门那一刻达到高潮。他拿着钥匙向我们摇摇手，笑容很夸张。

"进来吧，詹克斯小姐。"

她踏上混凝土台阶，每一步都踏得很用力。葛德温已将客厅清场，只剩艾力克斯一人坐在墙边椅子上，我站到墙角的电视机旁边，不想引人注意。

她面对他，穿着高跟鞋的詹克斯小姐几乎和葛德温医师一样高，加上外套的厚度以后，她几乎和他一样壮，而傲气更使得她和他一样固执。

"葛德温医师，我不认同你正在做的这件事。"

"我在做什么事？"他跷着二郎腿，坐在椅子扶手上。

"你明明知道我在说什么。我外甥女。你竟然挑战公权力，把她关在这里。"

"没那回事，我只是想尽身为医生的职责而已，警长也只是想尽他的职责。有时候我们的职责有些冲突，不一定是他对我错。"

"在我看来就是。"

"我不意外。我们当年在类似的议题上也意见不合，那时候事情照着你和你警长朋友的意思走，是你外甥女的不幸。"

"作证对她又没有害处，事实就是事实。"

"而创伤就是创伤。那件事对她造成了无法估算的伤害，她到现在还在为此受苦。"

"我要亲眼看看。"

"好去跟警长报告详情？"

"好市民就该与警长合作。"她简洁地说，"但我今天不是代表警长来的，我是来帮助我外甥女的。"

"你打算怎么帮她？"

"我会带她回家。"

葛德温摇头起身。

"你阻止不了我，她母亲去世以后，我一直是她的监护人，法律会支持我。"

"恐怕不会。"葛德温冷冷地说，"桃莉已经成年，而且是照自己的意愿来的。"

"我要自己问她。"

"我不许你问她任何问题。"

那个女人向前一步，往前伸长脖子说："你以为你是神吗？竟想来操纵我的家务事？我告诉你，你无权把她监禁在这里，搞得我们全都没面子。我在郡里可是有头有脸的人，今天白天还跟沙加缅度来的高层人士在一起呢。"

"恐怕我跟不上你的逻辑。但是请降低音量，谢谢。"葛德温自己讲话的音量很小，语气很平，就跟我二十四小时在电话里听见的一样，"我可以再跟你保证一次，你的外甥女来这里是出于自由意志。"

"没错。"艾力克斯也上了这道口头的火线，"我想我们还没见过吧，我是艾力克斯·金凯德，桃莉的丈夫。"

她不理会他伸出的手。

"我想，留在这里对她很重要。"他说，"我对这位医生有信心，我太太也是。"

"那我真为你感到遗憾，之前我也让他给哄了，后来才明白他办公室里发生了什么事。"

艾力克斯疑惑地望向葛德温。医生伸出手心，好像要感觉一下有没有下雨，他对詹克斯小姐说："你大学念的是社会学吧？"

"是又怎么样？"

"像你这样的女性，有这样的背景，又受过这样的教育，应该对心理治疗有较为专业的态度才对。"

"我指的不是心理治疗，而是别的勾当。"

"什么别的勾当？"

"说出来我怕脏了我的嘴。但你别以为我对我妹的事不清楚，我记得很清楚，我清楚地记得她每个星期六早上进城前如何精心打扮，后来还想搬进城里，想离你近些。"

"离我近些？"

"她是这么跟我说的。"

"你这傻女人，詹克斯小姐，我受够你了，请你立刻离开。"葛德温脸都白了，好像血色全都吸进了眼镜里。

"没见到我外甥女我不走。我要知道你到底对她做了什么。"

"这样对她没好处。你在这种情绪之下对任何人都不会有好处。"他绕过她走到门边，把门打开，"晚安。"

她不动，也不看他，低着头站在那里，暴风雨似的愤怒弄得她头晕。

"你想让人强押你出去？"

"想上法院你就试试看。"

话虽狠，但她脸上起了羞耻的神色，嘴唇扭曲得像受伤的虫，一切不言而喻。

我拉着她手臂说："走吧，詹克斯小姐。"

她让我带她走到门边，她一出门，葛德温就把门关上了。

"我对愚蠢的人没有耐性。"他说。

"对我请你还是要有点耐性，好吗？医生？"

"我尽量，亚彻。"他深吸一口气，叹气似的吐出来，"你想知道她刚才暗示的事情是真是假。"

"你这么说，那我就不用问了。"

"有什么不能说的？我热爱事实，我整个人生都在追寻事实。"

"好，那么，康妮有没有爱上你？"

"我想有吧，女病人爱上医生是种传统，尤其是在我这个领域。但她没多久就放弃了。"

"你可能会觉得这是个蠢问题，但是你有没有爱上她？"

"亚彻先生，我要给你的也是个蠢答案。我当然爱她。我对她的爱是医生对病人的爱，好医生对病人都该有这种爱，这种爱无关情欲，比较接近母爱。"他把一双大手放在心上，衷心地说，"我一心为她好，可是没有成功。"

我说不出话来。

"现在呢，两位男士，请容我送客，明天一早我还得巡房。"他摇摇手中的钥匙。

到了街上，艾力克斯问我："你相信他吗？"

"除非有证据证明他说谎，否则我相信他。他并没有将所有的事开诚布公，不过一般人都很少会开诚布公，更何况是医生。爱丽丝和他比起来，我比较相信他。"

他要上车时，转过身来，指着疗养院的方向问我："亚彻先生，你觉得她在那里安全吗？"

疗养院朴实的长方形门面在雾中显得像座碉堡，像地下堡垒露出地面的部分。

"比在街上安全，比在牢里安全，也比在疯人院里让警方的心理医生讯问安全。"

"也比在她阿姨家安全。"

"对，也比在她阿姨家安全。有种女人过于正直，连右脑在做什么都不会让左脑知道，詹克斯小姐就是那种女人，她是只老虎。"

他的眼睛依然望着疗养院。

我早上听到的那种苍老狂野的声音自房子深处传了出来，跟海岛的叫声一样渐行渐弱，被风打断了。

"我真想留下来陪桃莉，保护她。"艾力克斯说。

他是个好孩子。

我重提钱的事，他把皮夹里大部分钱都给了我。我用这钱买了一张去芝加哥的机票，在国际机场赶上了夜班飞机。

19

这条高速公路在布里吉顿没有交流道，我开着租来的车，回头穿越市郊大片住宅区，看见了前方商业区不算太高的高楼，还有左边南方一整片的工厂。现在是星期天的早晨，只有一根烟囱朝深蓝色的天空冒烟。

我在休息站停车加油，在电话簿里找海伦的父亲厄尔·霍夫曼的地址，问服务员霍夫曼家所在的樱桃街怎么走，他指指工厂的方向。

这是条中产阶级街道，街上都是坚固的两层楼房，经济能力好的人都逐渐往市郊区搬，但这里的状况还没变得太糟。霍夫曼家和其他房子一样是脏脏的白砖屋，不过前回廊粉刷应该不是太久以前的事，还不至于没有活人记得。一辆老雪佛兰双门轿车停在门前的人行道旁。

门铃坏了。我敲敲金属纱门，有个鼻子很高、年纪不大，看起来却有点苍老的人打开内门，有气无力地看着我。

"是哈格提先生吗？"

“对。”

我报上姓名、职业，告诉他我从哪里来。

“就在你太……你前妻遭人杀害之前，我见过她。”

“那件事真是太可怕了。”

他茫然站在门口，忘了请我进去。他有种失眠的狼狈样，虽然头上没有灰发，可是一整天没刮的胡子里有几根白闪闪的。他的小眼睛因为有意识地承受痛苦而炯炯发光。

“哈格提先生，我可以进去吗？”

“我不知道这是不是个好主意，厄尔已经崩溃了。”

“我以为他和女儿已经决裂很久了。”

“是的，但我想这只会让他更难过。当你跟所爱的人生气的时候，总是会在心里偷偷希望将来有天能够和解，可是现在那已经是不可能的事了。”

他说的是岳父。也是他自己。空荡荡的双手在身侧漫无目的地动，右手手指都让尼古丁染黄了。

“很遗憾，霍夫曼先生不太舒服，但我恐怕无论如何都得和他谈谈，我老远从加州飞来，不能白跑一趟。”

“噢，那是当然。你要和他谈什么事？”

“他女儿的命案。希望他能帮助我了解案情。”

“我以为已经破案了。”

“还没有。”

“那个女学生解除嫌疑了？”

“这事还在进行中。”我特意措辞模糊，“你和我晚点可以再细谈，现在我急着先和霍夫曼先生说话。"

"如果你坚持，那好吧。只怕你没办法让他神志清醒。"

哈格提带我走进屋子，走到他所谓的"厄尔的窝"，我就明白他的意思了。那个空间里有张掀盖书桌，一把扶手椅，一张沙发床。隔着混了威士忌酒气的烟雾，我看见一个魁梧的老人穿着橘色睡衣瘫在沙发上，头枕着靠枕。阅读灯的强光打在他呆滞的脸上，那双眼睛好像抓不到焦距，手却握着杂志，杂志封面也是橘色的，和他的睡衣挺配。墙上的装饰品是来福枪、猎枪和手枪。

他哑着嗓子说："因为想起，如斯岁月，都已逝去。"

老警察不会说那种话，厄尔·霍夫曼也不像特例。他块头很大，像走下坡以后的职业足球员或摔跤选手。鼻梁断过，灰发剪得很短，嘴看起来很硬，像块弯曲的铁。

"那是首美丽的诗，伯特。"他说。

"应该是吧。"

"伯特，你这位朋友是是谁？"

"亚彻先生，从加州来的。"

"加州，呃？就是我可怜的小海伦送命的地方。"

他啜泣了一声，也可能是打嗝。然后猛然坐起，光脚用力踏在地上。

"你认得……你认得我家海伦吗？"

"认得。"

"很杰出对吧。"他摇摇摆摆起身，用双手紧握我的双手，靠我撑住身子，"海伦是个杰出的女孩，我刚刚还重读她的诗，她十几岁念大学的时候写的。来，我拿给你看。"

他费力地找了好久，才发现刚才无意从手中掉落的那本橘色杂志就平躺在地上，杂志名称叫《布里吉顿之声》，看起来像份校刊。

伯特·哈格提拾起杂志递给他。

"别费事了，厄尔，那不是海伦写的。"

"不是她写的？是她写的。上头有她名字的缩写。"厄尔·霍夫曼翻到那一页，"看到没有？"

"那是维莱恩的诗，她只是译者。"霍夫曼把杂志塞到我手里，"你看看这个，你看可怜的小海伦多有天分。"

我就看了：

当秋风的小提琴

开始叹息

凄凉

撕裂我心

当钟塔

传来报时的声音

我落泪

因为想起

如斯岁月

都已逝去

终是

我随风

如树上落下的

枯叶一片

且让风带我

四处飘零

霍夫曼斜着那双失焦的眼睛看我。

"亚彻先生，这诗很美吧？"

"很美。"

"要是我懂就好了。你懂吗？"

"我想应该懂吧。"

"那就给你，你留着它，纪念可怜的小海伦。"

"我不能收。"

"怎么不能，留着。"他从我手上夺过杂志，卷起来，塞进我外套口袋里，威士忌气味喷到我脸上。

"收下吧。"伯特·哈格提在我身后低声说，"顺他的意，别惹他。"

"听见了吗？别惹我。"

霍夫曼无奈地对我笑笑，举起拳头，检查坏了没有，然后一拳打在自己胸上。他走过去掀开掀盖书桌，桌上有几瓶酒，还有一个用过的酒杯。霍夫曼拿起一瓶五分之一加伦的波本，倒出半杯，喝掉大半。他女婿低声说了些什么，却没出手阻止。

一口下肚，霍夫曼脸上就冒出了汗，这酒好像倒令他清醒了些。他的目光聚焦在我身上。

"喝一杯？"

"好啊，要加冰块和水，麻烦你了。"我早上通常不喝酒，但今天情况特殊。

"伯特，拿冰块和杯子来，亚瑟先生要喝酒。你耍大牌不跟我喝，亚瑟先生跟我喝。"

"我叫亚彻。"

"那就拿两个杯子。"他傻傻张着嘴笑，"亚彻先生也要喝，坐吧。"他对我说，"让腿放松一点。跟我说说可怜的小海伦。"

我们坐在沙发上，我把命案的情形很快讲了一遍，包括之前的恐吓，还有海伦觉得布里吉顿追去的事。

"她这样说是什么意思？"他笑容的纹路还在，像小丑的妆，但样子却已经变成了龇牙咧嘴。

"我打老远来就是指望你解释这个问题。"

"我？找我有什么用？我从来就不知道她在想什么，她从来不让我知道。她比我聪明太多了。"他陷入醉鬼的自怜当中，"我做牛做马供她去念我当年念不起的书，她却不肯理这个老爸，连问她现在几点她都不理我。"

"我知道你们大吵一架，她就离家出走了。"

"她告诉你了，嗯？"

我点点头，决定不说是霍夫曼太太告诉我的。他是那种不愿意让太太占先的男人。

"她跟你说她怎么骂我了吧？渎职的纳粹走狗？我只不过是尽我应该尽的职责而已。你也是警察，一定明白被家人扯后腿是什么感觉。"他斜眼看我，"你是警察没错吧？"

"当过。"

"现在做什么？"

"私家侦探。"

"为谁？"

"一个叫金凯德的，你不认识。我认识令爱，我想查出是谁杀了她，而且我认为答案就在布里吉顿。"

"怎么会，在去年春天之前，她有二十多年没踏进这小镇一步，去年也只是回家跟她妈妈说要离婚而已。跟他离。"他指向屋子后方，我听见敲冰块的声音。

"她有没有跟你说过什么？"

"我就只见到她那么一次，她说'哈啰，你好吗'如此而已，没别的。她跟她妈说要和伯特离婚，她妈怎样都改变不了她的决定。伯特追到雷诺去劝她回来，也没用。他真不是个男人，连个女人都抓不住。"

霍夫曼喝光杯里的酒，把杯子放到地上，身体保持前倾的姿势不动，我有点担心他要吐，或是朝我发飙。但他一分钟后就恢复坐姿，口中喃喃说些要帮我之类的话。

"好，路克·狄娄尼是谁？"

"我朋友，战前在镇上是大人物。她也跟你说了他的事？"

"你能跟我说更多，小队长，我听说你的记忆力跟大象一样好。"

"海伦这么说？"

"是的。"说这句谎话我一点也不会良心不安。

"至少她对老爸还有一点点敬意？"

"不只一点，很多。"

他松了一口气。这种感觉终会消逝，借酒消愁的人什么也留不住，但至少此刻感觉很好。眼前这一刻，他相信女儿在他们持续一生的激烈对抗中对他终究有一点认可。

"路克1903年出生于春日街，"他说得非常认真，"在2100多号那个街区，在南边，和我小时候住的地方隔一个街区。我们是在小学里认识的。他是那种会送报存钱送班上所有同学情人节卡片的人。他真的是那么做的。他的头脑很好，校长带他到各班教室去展示过他心算的本事。他跳了两级，前途无量。"

"他爸爸是水泥工，战后建筑大量使用水泥，这行生意兴旺，路克就拿出积蓄，买了一部搅拌机，自己开了家公司，在20年代大展宏图。全盛时期在全州有500多名员工，就连大萧条时期也不减风采，是个会盘算又有冲劲的创业者。当时致力于公共建设，他就大力争取联邦和州政府的合约，还娶了奥斯本参议员的女儿，这婚姻对他很有帮助。"

"听说狄娄尼太太还健在？"

"当然。现在她住参议员1901年在山景大街北面盖的房子，103号吧，我想。"他很努力想要表现得像百科全书，不愿辱没好名声。

我把地址记进脑中。人未到声先到，铿锵铿锵的，伯特·哈格提捧着放有冰块、水和杯子的托盘，走了进来。我在桌上清出块位子让他把托盘放下。根据上面的字样，那个托盘原本为布里吉顿旅馆所有。

"你动作也太慢了。"霍夫曼不客气地说。

哈格提僵住，眉头皱了起来。

"别这样对我说话，厄尔，我不是佣人。"

"不高兴的话请便。"

"我知道你醉了，可是凡事都有个限度……"

"谁醉了？我可没醉。"

"你已经连喝了二十四小时了。"

"那又怎么样？借酒消愁是男人的基本人权，而且我头脑清醒得很，不信你问这位亚瑟先生，呃，亚彻先生。"

哈格提大笑起来，笑得很不快乐，好假。那笑声太诡异，我想拍马屁缓和一下气氛。

"小队长刚刚跟我说了些小时候的事，他的记性好得跟大象一样。"

但霍夫曼的好心情已经一去不返。他笨重的身子站起来，逼向我和哈格提，两只眼睛一只看我，一只看哈格提。我觉得自己好像跟一只病熊以及养熊的人关在同一个笼子里。

"有什么好笑的，伯特？你觉得我难过很好笑，是吗？你如果是个男人，有办法留她在家，她就不会死了。你为什么不把她从雷诺带回来？"

"你不能什么都怪我。"哈格提也有点失控了，"我跟她处得总比你跟她好，要不是她有恋父情结……"

"少来这套，你这破烂知识分子，没用的家伙，没用的知识分子。不是只有你会用四个音节的字。还有，别再叫我厄尔，我们之间已经没有关系了。当初要是有我说话的份，你一开始就不会跟我有任何关系。现在你是个不相干的人，却跑来我家窥探我的私人生活习惯，你是什么东西，是个老太婆吗？"

哈格提一时语塞，无助地望着我。

"我会扭断你的脖子。"他岳父说。

我向前一步，把两人隔开。

"我们别使用暴力，小队长，留下记录不好看啊。"

"这窝囊废胡说八道，他说我醉了，你告诉他，他错了。叫他道歉。"

我对哈格提眨眨眼。

"霍夫曼小队长很清醒，伯特，他酒量很好。你最好在出事之前先走吧。"

他很乐意。我送他到走廊。

"这已经是第三次还是第四次了。"他低声说，"我不是故意惹他生气的。"

"让他先消消气吧，我先陪他坐一坐，晚点也想跟你聊聊。"

"我就坐在车上等。"

我回到关熊的笼子里，霍夫曼坐在沙发上，手撑着头。

"一切都变得烂透了，"他说，"那个娘娘腔伯特·哈格提真让人生气，不晓得干什么老缠着我。"他心情好多了，"幸亏你没丢下我，来，自己弄杯酒喝。"

我调了杯很淡的威士忌苏打，拿着酒回到沙发上。虽说酒后吐真言，但红酒也许还行，威士忌……尤其像霍夫曼这种灌法，只会招来一堆幻想，跟老鼠似的顺着腿向上爬。

"你刚说到路克·狄娄尼成长的故事。"

他斜眼看我。

"我不知道你为什么对狄娄尼这么感兴趣，他都死了二十二年了，二十二年又三个月。他自己开枪射死了自己，你知道吧？"他眼中闪过一丝理智，专注地看着我的脸。

我对着那丝理智说："海伦和狄娄尼之间有没有什么？"

"没有，她对他没兴趣。她迷恋那个叫乔治的电梯小弟，所以才逼我给他那份工作。当时狄娄尼大楼算是我在管的，我跟路克·狄娄尼之间有那份交情。"

他想把中指勾在食指上，老勾不住，最后得靠另一只手来帮忙。他手指很粗，颜色不匀，很像未经烹调的早餐肠。

"路克·狄娄尼有点花心。"他露出溺爱的表情，"可是不会去动朋友的女儿，而且也不喜欢年轻的，他太太比他大个十岁吧。总之，他不会碰我女儿的，他知道我会杀了他。"

"你杀了他吗？"

"这问题太烂了，先生，要不是我喜欢你，会一拳把你头打掉。"

"无意冒犯。"

"我对狄娄尼毫无敌意，他对我很好很公道。总之，我跟你说过了，他是自己射中自己的。"

"自杀？"

"不是，他为什么要自杀？他什么都有了，有钱、有女人，还在威斯康星有间打猎用的小木屋。他私下带我去过不止一次。那起枪击完全是场意外，记录上是这么写的，不会改变。"

"事情怎么发生的？"

"他在清理点三二自动手枪。因为他常身怀巨款，所以需要有枪防身，这把枪的持枪许可证是我帮他弄到的。他把弹夹拿了出来，但一定是忘了弹壳还在枪膛里，就射到自己的脸上。"

"哪里？"

"穿过右眼。"

"我是说，意外发生的地点在哪里？"

"在他公寓的一间卧室里。狄娄尼大楼的顶楼他留下自用，我不止一次跟他在那上头喝酒。喝的可是战前的缘河威士忌啊，小子。"他拍拍我膝盖，看见我手上整杯未动的酒，"把酒喝掉。"

我一口吞下半杯，这不是战前的缘河。

"枪击案发生的时候，狄娄尼在喝酒？"

"是吧，我想是吧。他很懂枪，头脑清醒的时候不会犯这种错。"

"当时公寓里有没有别人？"

"没有。"

"你确定？"

"我确定。负责办这案子的人就是我。"

"有没有人跟他一起住那间公寓？"

"永久的是没有啦。路克·狄娄尼有很多女人，我每个都查了，但出事的时候她们全都在一里之外。"

"哪种女人？"

"从妓女到受人尊重的已婚妇女。当时她们的名字没列入记录，现在也一样。"

他说得有点像咆哮，这话题就到此为止了。倒不是说我怕霍夫曼，我比他年轻十五岁，又没喝那么多酒，可是如果动起手来，我怕不得不伤他。

"那狄娄尼太太怎么样？事情发生的时候她在哪儿？"

"在家，在山景路，离很远。他们算是分居状况，她不能接受离婚。"

"有些时候，不能接受离婚的人，倒能接受谋杀。"

霍夫曼挑衅地动了动肩膀。

"你的意思是说，我压下了一起谋杀案？"

"小队长，我对你没有半点指责的意思。"

"最好是没有。别忘了，我是警察，死也是警察。永远都是警察。"他举起拳头，在眼前转了转，当那是催眠工具似的，"我这辈子都是个好警察，我年轻的时候是镇上最好的警察，我要敬自己一杯。"他拿起杯子，"一起喝？"

我说好。这样下去，我们大概离冲突不远了。酒精也许能软化冲突，或是醉倒他。我把酒喝掉，把杯子递给他。他在杯里斟满纯威士忌，斟满杯，然后给自己也倒一杯。坐下来深深望进那棕色的液体，仿佛那是一口井，他的一生都沉在井里。

"干杯。"他说。

"放轻松，小队长，你可不想自杀。"话说出口我才想到，也许他正有此意。

"你是什么东西，另一个娘娘腔？干杯。"

他把他那杯干了，打个冷战。我把我那杯拿在手里，过了一会儿，他发现了。

"你的酒没喝，你想干吗？想要我？想侮辱我这个主……主……"他的嘴巴已经笨到连"主人"这个词都讲不完。

"我没有侮辱你的意思。我不是来参加酒会的，小队长，我是真的很想查出杀死令爱的凶手。假使狄娄尼死于谋杀……"

"他不是。"

"假使他是的话，那么杀死海伦的可能也是同一个人。我听了很多，她的话和别人说的话加在一起，让我觉得这很有可能，你不觉得吗？"

我试图操控他的心智，包括酒后多愁善感的部分、酒后狂暴易怒的部分，以及埋藏在最深处的理性。

"狄娄尼的死是意外。"他明确而倔强地说。

"海伦不这么想，她说那是谋杀，而且目击者她认识。"

"她说谎，想让我没面子，她一直就想让老爸没面子。"

他提高了音量，我们坐在那里听这话的回声。他让手里的空杯子落到地上，在地毯上弹了一下，紧紧握住拳头，那好像成了他最主要的表达工具。我准备好接拳了，但他并没向我挥拳。

他的拳头重重打在自己脸上，一打再打，打眼睛、打脸颊、打嘴巴、打下巴。他原本面如土色，现在脸上出现了一块块红印子，下唇裂了。

霍夫曼流着血说："我打了我可怜的小女儿，她被我赶出了家门，再也没有回来。"

他肿肿的眼睛里滚出了蒸馏酒色的泪珠，流过受伤的脸。他斜倒在沙发上，没死，心脏跳得很大声，我帮他把身体拉直放平（那双腿重得像沙包），在他头下面垫个靠枕。他睁眼瞪着天花板上的灯，发出了鼾声。

我把掀盖书桌盖好，用桌上的钥匙把酒锁起来，关上灯，带着钥匙走出屋外。

伯特·哈格提坐在雪佛兰双门轿车上等我，脸上挂着犯困的表情。我上车坐到他旁边，把钥匙交给他。

"这是什么？"

"酒的钥匙，你最好收着，霍夫曼不能再喝了。"

"他赶你出来？"

"不，他昏过去了。他打自己的脸，打得很用力。"

哈格提把他的高鼻子转过来对着我。

"厄尔干吗做这种事？"

"好像是要为多年前打女儿的事惩罚自己。"

"这事海伦跟我说过。她离家前厄尔揍过她，这事我一直没办法原谅厄尔。"

"他也无法原谅自己。海伦有没有说他们吵什么？"

"不清楚，只知道和布里吉顿这里某件谋杀案有关。海伦相信或假装相信她父亲刻意放过了凶手。"

"为什么说'假装相信'？"

"我那亲爱的过世的太太，"他说到这词时，脸还是抽搐了一下，"有种把事情讲得很戏剧化的天分，尤其是年轻的时候。"

"她离开布里吉顿之前你就认识她？"

"在那之前几个月，在芝加哥海德公园的派对上遇见的。当时我在芝加哥新闻社工作，她离家出走，我就帮忙让她当了个小记者。但我刚说过了，海伦有种把事情讲得很戏剧化的天分，没新闻写的时候她会促使某些事发生，或假装有事发生。她最喜欢的人物是女间谍玛塔·哈丽。"他笑了一声，却有点像哭。

"你认为谋杀是她编的？"

"我想当时我确实这么认为，根本没当回事。现在我不确定了，这重要吗？"

"有可能非常重要，海伦有没有跟你提过路克·狄娄尼？"

"谁？"

"路克·狄娄尼，死者。海伦家住的那栋公寓是他的，他留下顶楼自用。"

哈格提先点了根烟才回答，头两个字和烟一起吐出来。

"我不记得这个名字，就算海伦提过，我也没放在心上。"

"海伦的母亲似乎认为海伦迷恋狄娄尼。"

"霍夫曼太太是个好女人，我爱她一如亲妈，可是她有时候真会乱想。"

"你怎么知道这件事是乱想？海伦当时爱的是你？"

他深吸一口烟，像没断奶的孩子吸着空奶瓶。烟都快烧到他黄色的手指头了。他突然很生气地把烟头扔在街上。

"她从来没爱过我。刚开始我只是有利用价值，后来，从某方面来说，我是她最后的机会，是虔诚的跟随者，是进入沙漠之前最后的加油站。"

"沙漠？"

"爱的沙漠，无爱的沙漠。我的婚姻是一本枯燥乏味的编年史，就不细说了。总之这婚姻对我们两人来说，都不是幸运的事。我爱她，尽我所能的爱，但她不爱我。普鲁斯特说这是常态，我这学期教大二的普鲁斯特，如果还能打得起精神继续教书的话。"

"海伦爱的是谁？"

"那要问是哪一年，哪一年的哪一个月。"他虽没动手，但正在伤害自己，他正用残忍的话语狠揍自己的脸。

"我问的是一开始的时候，在她离开布里吉顿之前。"

"我不知道那算不算爱，她和一个大学同学关系很深，是属于年轻人的柏拉图式爱情，至少以前的年轻人会这样，交往期间多半都在朗读自己或别人写的诗给对方听。据海伦说，她从没想过要跟他上床，我确定她遇见我时还是处女。"

"他叫什么名字？"

"不记得了。这大概就是弗洛伊德所谓的压抑。"

"说得出他是什么样的人吗？"

"我没见过他，对我来说他纯粹是个传说中的人物。但他绝不会是你要找的那个凶手，如果是他，海伦肯定乐得见他脱罪。"他走出了回忆的痛苦，开始用几近轻浮的语气说话，就好像说是戏里的人，或正躺在牙医诊所里看天花板上的电影。

"既然要说谋杀，你就得跟我说说我前妻的死，她现在可真是我'过去'的太太了，她'过去'了，不是吗？"

我打断他无意义的字句，跟他说了部分详情，包括雷诺来的那人在雾中逃走，我想查出他身份。

"厄尔说去年夏天你去雷诺找你太太，有没有见到她哪些朋友？"

"当然有，海伦特地找朋友来，以免和我亲密谈话的机会。总之，我们见面那天晚上，她坚持要四个人一起，另外两个是个叫莎莉的女人和一个男的，号称是莎莉的弟弟。"

"莎莉·柏克？"

"应该没错。可恶的是，海伦把情况搞得好像要把我和莎莉凑成一对。她不难看，但是我们没有一点共同之处。我想跟海伦说话，她却整晚都和莎莉的弟弟跳舞。我总觉得太会跳舞的男人有问题。"

"多说一点那个弟弟的事，说不定他就是我们要找的人。"

"嗯，他一看就是个庸俗的家伙，也许是因为我嫉妒吧，他比我年轻，比我健康，比我好看。而且海伦好像很爱听他胡说八道，在我听来全都无聊至极，都是些车呀马呀赌博什么的话题。像她那样一个受过高等教育的女子，怎么会对那种人有兴趣……"他懒得说下去了。

"他们是情侣？"

"我怎么知道，她有心事又不会跟我说。"

"但你一定很了解她。"

他点起另一根烟，用力吸。

"我觉得他们不是情侣，只是玩伴。她想用他来打发我。"

"为什么？"

"因为我是她丈夫，因为我曾经是她丈夫。我和海伦分得很不愉快，我想去雷诺挽回婚姻，但她连一点兴趣都没有。"

"是什么毁了你们的婚姻？"

"一开始就有裂缝。"他望向我身后的房子，担心溺于过去的厄尔·霍夫曼正神志不清地躺在那房子里，"然后越来越糟。我们两个人都有错。我一直找她麻烦，停不下来；她也一直……做她所有做的事，停不下来。"

我静静地等他往下说。城中各处教堂响起钟声。

"她是个荡妇，"哈格提说，"校园荡妇。是我起的头，当她还是个十九岁娃娃的时候，是我在海德公园的树林里起的头。后来她继续发展，就用不着我了，最后她甚至收钱。"

"跟谁收？"

"自然是有钱人。我太太是个堕落的女人，亚彻先生，把她变成这样，我也有份，所以我无权批评。"他眼中闪着痛苦。

虽然为他感到难过，但该问的话还是要问："星期五晚上，你在哪里？"

"在家，在我们……在我枫园的公寓里，改作业。"

"能证明吗？"

"只有那些作业，那些作文是星期五交给我的，晚上我就改了。希望你别以为我会飞去加州，又飞回来。"

"女人死于谋杀，先问与她失和的丈夫当时在哪里，这是最基

寒颤

203

THE CHILL

本的推论。"

"好，那我告诉你了，不信的话可以去查，但只会浪费时间，不如省点事。直接相信我对你完全坦白，非常坦白。"

"我很感激。"

"你却还指控我……"

"问问题并不算指控，哈格提先生。"

"虽没直说，还不就是那个意思。"他说得好委屈，有点像唠叨的女人，"我还以为在雷诺的那个人是嫌犯。"

"她是其中之一。"

"我也是？"

"就别再提这个了，好吗？"

"是你起的头。"

"那就让我结束这个话题，拉回雷诺那人身上，你记不记得他们叫什么名字？"

"海伦当然正式介绍过，但我不记得他姓什么了，她们喊他贾德，不知道是真名还是昵称。"

"为什么你说他'号称'是莎莉的弟弟？"

"我觉得他们不像姐弟，他们互动比较像是……噢，照海伦计划行事的密友。我看见他们之间使过几次眼色。"

"能不能跟我说说那个男人长什么样子？"

"我尽量，我视觉记忆不太好，完全是靠需要记忆的那种人。"

在我不断追问之下，他慢慢拼凑出了那人的样子：年龄大约三十二或三十三，身高不到180厘米，体重约有80公斤，活泼健壮，没有疤。他穿着一套浅灰色真丝或人造丝的西装，还有黑色样式的尖头鞋。哈格提只知道那个叫贾德的家伙在雷诺到太浩湖一带的某家赌场工作，但不知道他在赌场做什么的。

我该上雷诺去了。我看了看手表，快11点了。在搭机之前，应该还来得及跟路克·狄娄尼的遗孀谈谈。如果找得到她的话，谈完再去雷诺也不算太晚。

我和哈格提一同进屋，打电话去芝加哥的奥黑尔机场订好傍晚的机票，然后打电话给狄娄尼太太，她在家，也愿意见我。

哈格提说要载我去，我说他最好留在岳父身边。霍夫曼的鼾声连在屋子外头都能隐约听见，像幽怨的哀歌。但他也随时都可能会醒过来，暴跳如雷。

21

山景大街迂回通往北区的北边，这一区的庄园都很大，几乎够得上资格算是乡村了。道路两旁都是大树，枝繁叶茂，有些甚至在空中交会。那些正在变色的叶子筛下来的日光，照在了不起的草坪上，全都是升华了的颜色。

我转弯从103号的砖造的门柱之间开进去，很快就看见一栋壮观的红砖老宅。车道向右，通往有砖柱和顶棚的下车处。我还没下车，穿制服的黑人女仆就开门出来。

"亚彻先生？"

"是的。"

"狄娄尼夫人在等您，在楼下的客厅。"

她坐在窗边，望着外头的乡村风景，红色的漆树独擅胜场，压倒了旁的颜色。她留一头短短的白发，身穿一件蓝色丝质套装，像出自上个世纪的时尚设计师莉莉·达许之手；脸上很多皱纹，但仍能看出优雅的轮廓。她自有一种美感，就像古董无论状况如何，都还是美的。她在沉思，没察觉我们进来。

女仆说："狄娄尼太太，亚彻先生到了。"

她起身的姿态跟年轻女子无异，轻松自然，放下手里的书，伸手给我，同时定定地看着我。那双眼睛与蓝丝质套装同色，很有灵气。

"你千里迢迢从加州来见我，一定失望了吧。"

"恰恰相反。"

"不用哄我开心。二十岁的时候，我跟随潮流，打扮得跟大家一样；现在七十几岁了，有我自己的样子，也算是得到了自由。请坐，这把椅子最舒服，也是我父亲奥斯本参议员最喜欢的。"

她指的是一把红色皮面扶手椅，长年使用下颜色变深发亮。她自己坐的是正对面的梯背摇椅，固定在上头的靠垫都破了。屋里其他家具也都相当陈旧低调，不知这是不是她用来留住过去的地方。

"你大老远来，"她提醒自己，"我应该给你点吃的喝的。"

"多谢，不用。"

她让女仆退下。

"只怕你要失望的事不只一桩，对于我丈夫自杀的事，官方资料之外我也一无所知，帮不上什么忙。案发之前我和路克已经很久不来往了。"

"您这就已经提供了新资讯了，"我说，"根据官方资料，那是意外。"

"是啊，我都忘了。当初只觉得最好别公开说自杀。"

"谁认为这样最好？"

"大家都这么认为，尤其是我。以先夫在州里的地位，他自杀的消息会引起商业和政治上的影响，对个人而言也很难看。"

"有些人也许会认为，篡改一个人的死因才更难看。"

"也许吧。"她端出了贵妇姿态，"但是他们不会当着我的面说。总之，没人篡改事实，只改了报告。我一辈子都得面对丈夫自杀的事实。"

"您完全相信那是事实？"

"是的。"

"我和负责这起案件的霍夫曼小队长谈过，他说您丈夫当时正在清理一把自动手枪，意外中枪死亡。"

"那是我们讲好的说法，霍夫曼小队长自然不会改口。你也没理由要在这么多年后企图改变它。"

"假如狄娄尼先生遭人谋杀，那就有理由了。"

"当然，但那不是谋杀。"她的目光迎向我，表情没变，但似乎更严厉了。

"是谁胡说八道？"

"霍夫曼小队长的女儿海伦。她说认识凶杀案的目击者，说不定她自己就是那个目击者。"

她脸上浮现不安，随即转为冷冷的愤怒。

"她凭什么说这种话，我要她立即住嘴！"

"已经有人让她住嘴了。"我说，"有人在星期五晚上用枪封住了她的嘴，所以我才会到这里来。"

"原来如此。她在加州哪里遇害的？"

"太平洋角，在洛杉矶南部海边。"

虽然轻微，但她的眼睛确实抽动了一下。

"我没听过那个地方，也不认识那个女孩。很遗憾她死了，但我保证她的死和路克绝对没有关系。你找错方向了。"

"我很怀疑。"

"无须怀疑，我丈夫自杀之前给我写了张纸条，霍夫曼小队长亲自交到我手上，除了他和他的长官之外没有别的人知道，我原本也没打算告诉你。"

"为什么？"

"因为这很难看。他把他这么做的原因怪罪在我和我家人头上，当时他财务危机，在股票和别的东西上输了钱，事业又扩张过度。我们基于个人和现实两方面考量，拒绝帮他。他自杀是一种反击。他成功了，即使照你的说法，我们篡改了事实，他还是达到了目的。"她将手放到扁平的胸部，"他确实伤到了我。"

"当时奥本斯参议员还健在？"

"你历史不好吧。"她责备我，"我父亲过世是1936年的12月14日，比我丈夫自杀早了三年半。也好，免得蒙羞。"

"您刚提到家人。"

"那指的是我妹妹利蒂希娅和现在已经过世的叔叔史考特，他是我们信托基金的监护人。我和他拒绝帮助路克，下决心的人主要是我，我们的婚姻已经结束了。"

"为什么？"

"原因就是最常见的那一个，我不想讨论。"她起身走到窗边，望向窗外，像个士兵似的直挺挺站着，"1940年，我的婚姻结束，我丈夫的生命结束，我妹妹利蒂希娅也在那年夏天去世，我为她哭了一整个秋天。如今秋天又到了。"她叹了口气，"以前每年秋天我们都一起骑马，她骑马是我教的，那年她五岁、我十岁。是上个世纪的事了。"

她的心飘到遥远而不那么痛苦的地方去了。

我说："抱歉，狄娄尼太太，我得问您，不知道那张遗书还在不在？"

她回过头来，努力抹去脸上的悲伤，却怎么都办不到。

"当然不在，我烧掉了。但我可以保证信上确实是那样写的。"

"我不是不相信您，但是，您确定那张纸条是尊夫写的？"

"是的，他的笔迹我不会认错。"

"若是伪造得好，谁都会认错。"

"没那回事，那种事只有戏里才会发生。"

"那种事在真实世界里天天上演，狄娄尼太太。"

"可是谁会去伪造自杀遗书？"

"就有其他凶手做过。"

她猛然转过头来俯视我，她的白发和声音都让我联想到一种岛。

"我的丈夫没有遭人谋杀。"

"您似乎太过重视区区一张有伪造可能的手写字条了。"

"不可能是伪造的，我有证据，里头提到的某些事只有我和路克知道。"

"我不打算告诉你，或任何人。况且，路克说要自杀已经说了好几个月，尤其是喝酒的时候。"

"您刚说当时跟他已经有好几个月没有来往。"

"没错，但别人会跟我说他的事情，我们有共同的朋友。"

"霍夫曼也是其中之一？"

"不算，我没当他是朋友。"

"但他们却为你隐瞒了尊夫自杀的事，如果真是自杀的话。"

"他是奉命行事，别无选择。"

"奉谁的命令？"

"大概是局长吧，他是我的朋友，也是路克的朋友。"

"因此他下令在记录上作假就没关系？"

"这种事天天都有，每个城市都有。省省吧，亚彻先生，不必对我说教，罗伯森局长去世多年，这案子也早已尘埃落定。"

"对您来说也许如此，但对霍夫曼而言却无比沉重，如今女儿遭人杀害，更唤起了他的记忆。"

"我为他们感到遗憾，但我没办法为了迎合你的假设而修改过去。亚彻先生，你想证明什么呢？"

"没什么特定的目标，只是想查出死者生前说的话是什么意思。她说布里吉顿追上了她。"

"她指的一定是某件私人的事吧，女人都有些隐私，但我刚说过了，我不认识海伦·霍夫曼。"

"她和尊夫有染吗？"

"没有。请不要再问我如何能够确定，我们在路克的坟上刮太多土了，你不觉得吗？那底下除了自杀之外没有藏别的东西。我也算帮凶就是了。"

"您指的是不肯提供财务协助？"

"正是。你该不会以为我说的是开枪杀他吧？"

"不，"我说，"但您想杀他吗？"

她皱起脸来，露出有点凶狠的笑容。

"好，那我说开枪杀他的人是我，你要怎样？"

"不怎样，我不相信。"

"如果不怎样，我为什么要这么说？"某些女人有的时候会返老还童，耍这种小孩子把戏。

"也许你确实想开枪杀他，这我不怀疑。但是如果你真做了，就不会说。"

"有何不可？你又不能拿我怎样。我在这个城市里有太多朋友，黑白两道都有，你如果坚持要翻旧账，就会吃不了兜着走。"

"我要把这当恐吓吗？"

"不，亚彻先生，"她皮笑肉不笑地说，"除非你对工作或许狂热，否则我不会找你麻烦。人家怎么死的真有这么重要吗？死了就是死了，我们早晚全都会死，只是有些人死得早些罢了。我在这世上仅存的时间也有限，我想我已经给你够多了。"

她按铃唤女仆进来。

22

还有时间，我打算再找霍夫曼问问，于是开车回头穿越市区。今天是安息日，市区人车较少。狄娄尼太太提出……或是答不出的问题，像鱼钩似的卡在我心上，后头拖着一段钓鱼线，线的那一头原本系着过去，现在断了。

我几乎可以确定狄娄尼不是自杀的，既不是意外死亡，也并非刻意自杀。我几乎可以确定他死在某人手里，而且狄娄尼太太知情。至于遗书，有可能是假的，有可能是编的，也有可能是误读或记错，到底是哪一种状况，也许霍夫曼知道。

转进樱桃街时，我看见一个街区有人背对我走路，穿着蓝色西装，步伐沉重有力，一看就是个警察，只是不时会踉跄一下或给自己的脚绊到。开到近处，才认出那是霍夫曼，橘色睡裤的裤脚还露在蓝长裤外面。

我跟在他后面慢慢开，穿过贫民区，越往南走，越是破败。街上男男女女看见霍夫曼都自动让开，他是个会走路的麻烦。

他走得不太稳，让破损的栅栏绊得跌了一跤，双手双膝着地，栅栏后跑出几个小孩，跟在后头叫闹。气得他回头挥舞双臂赶人，然后又继续往前走。

离开黑人区之后，我们进入另一个区域，到处都是由三层楼非常老的房子所改装成的公寓和商店，其间夹着几栋较新的公寓，霍夫曼的目的地是其中一栋。

那是栋六层的混凝土建筑，有些衰败的迹象。百叶窗发黄裂开，下方还有棕色的水渍。霍夫曼走了进去。我看见水泥拱门上刻着：狄娄尼公寓，1928年。我把车停好，跟着霍夫曼走进这栋楼。

他显然搭电梯上楼了。电梯门上方脏脏的黄铜箭头缓缓顺时针转向7，然后停在那里不动。霍夫曼可能让电梯门一直开着，我按了一会儿按钮，没有用，只好找防火梯爬上去，好不容易才爬到顶楼的铁门前，喘得要命。

我把门打开一条缝，只听见附近其他屋顶上的鸽子叫。没有别的声音。一面绿色亚克力玻璃板和顶楼公寓的墙呈直角，加上盆景，就成了个小小的屋顶花园。

有一男一女在那里晒太阳，女的是个金发美女，面朝下趴在充气床垫上，比基尼的胸罩是解开来的。男的坐在折叠式躺椅上，身旁桌子上的可乐喝了一半。他肩膀很宽，皮肤颜色很深，从胸口到肩膀都长了粗黑的毛，左手小指戴着钻石戒指，说话带点希腊口音。

"所以你认为来餐厅很低级？你说这种话等于是咬喂你食物的手，要不是这间餐厅，你哪来的貂皮？"

"我又没那么说。我只是说呀，做保险生意干干净净的多好。"

"难道餐厅就脏吗？我的餐厅可不脏，马桶还有紫外线……"

"别说脏话。"她说。

"马桶又不是脏话。"

"在我们家是。"

"别再老说你们家了，我听得都想吐了，你要再提那个连一技之长都没有的弟弟迪欧，我就真要吐了。"

"没有一技之长？"她坐起身来，系上肩带，那对珍珠色泽的乳房有一瞬间一览无遗，"迪欧去年的业绩可是进了百万美元俱乐部呢。"

"是谁买保单把他提上去的？当初又是谁介绍他进保险公司的？是我。"

"天啊。"她的脸就像一张美丽的面具，连说这话表情都没变，"是谁在家里走来走去。我吃完早饭就叫罗西回家了。"

"也许她又回来了。"

"听起来不像罗西，像是男的。"

"说不定是迪欧，想叫我买今年的俱乐部保单。"

"不好笑。"

"我觉得非常好笑。"

他笑了几声，来证明。但是看见厄尔·霍夫曼出现在亚克力挡风玻璃后面，他就笑不出来了。阳光把霍夫曼脸上所有伤痕都照得一清二楚，橘色的睡裤长得盖住了鞋。

那男人从躺椅上起身，双掌隔空往霍夫曼的方向一推。

"走开，这里是私人屋顶。"

"我不能走，"霍夫曼一副很讲理的样子，"我们接获报案，说这里有具死尸。死尸在哪里？"

"在地下室，去找吧。"男人朝女人眨眨眼。

"地下室？他们说在顶楼呀。"霍夫曼受了伤的嘴机械化地开开合合，像假人，又像过去附在他身上讲话，"你移动死尸了，移动死尸是违法的。"

"你快把自己移开吧。"男人回头对裹上了黄色浴袍的女人说，"进去打电话，你知道该打给谁。"

"我就是那个你们该通知的人。"霍夫曼说，"那个女人不许走，我有话要问。你叫什么名字？"

"你管不着。"她说。

"没有我管不着的事。"霍夫曼手一挥，差点失去平衡，"我是调查谋杀案的警探。"

"是吗，警徽拿出来看看。"

男人伸出手，但人没朝霍夫曼那边移动。他们谁也没移动位置。女人跪在地上，满脸惊恐望着霍夫曼。

他在衣服里掏了掏，掏出一枚50分硬币，很挫折地拿在手上看了看，扔出墙外。我听见它落在六层楼下人行道上微弱的响声。

"八成忘在家里了。"他温和地说。

女人打起精神，往屋里冲，动作虽然笨拙，可是很快。霍夫曼一把将她拦腰抱住，她没挣扎，就在他臂弯里站得直挺挺的，脸色苍白。

"别跑这么快，宝贝，我有话要问你。你这女人是不是和狄娄尼睡过？"

她对男人说："你要让他这样对我说话？叫他放开我。"

"放开我太太。"男人的语气并不强硬。

"那你叫她乖乖坐下，合作一点。"

"乖乖坐下，合作一点。"男人说。

"你疯啦？他闻起来跟座酿酒厂似的，醉得一塌糊涂。"

"我知道。"

"那就赶快行动呀。"

"我这不就在行动吗？遇上这种人就得迁就一下。"

霍夫曼对他笑了笑，那是公仆忍受不公平批评的无奈笑容。他受伤的嘴唇和心灵使得笑容看起来好古怪。女人想推开他，却给搂得更紧，他的肚子顶在她的侧腹。

"你长得跟我女儿海伦有点像，你认不认识我的女儿海伦？"

女人疯狂摇头，头发甩得蓬蓬的。

"她说命案有目击者，宝贝，命案发生时你在场吗？"

"我连你在说什么都不知道。"

"你当然知道。我说的是路克·狄娄尼呀。有人射穿了他的眼睛，伪装成自杀。"

"我记得狄娄尼。"男人说，"我在我爸的汉堡店帮忙的时候，他光顾过一次。他在战前就死了。"

"战前？"

"是啊。警探，你这二十年都去哪儿了呀？"

霍夫曼不知道。他茫然四顾，这城中的屋顶都显得好陌生。

那女人喊道："放开我，肥猪。"

听见这话，他回过神来。

"你对老爸说话放尊重点。"

"你要是我老爸，我会自杀。"

"不许再对我乱说话，我受够了你这些胡言乱语，听到了没？"

"听到了。你是个老疯子，别碰我，把你的脏爪拿开。"

她用手指头抓他的脸，留下了三道平行抓痕。他一巴掌把她打得坐到了地上。男人拿起还剩半瓶的可乐，作势要扔向霍夫曼，瓶子里面的褐色液体顺着手臂流下。

霍夫曼伸手从外套里掏出一把左轮手枪，朝男人头顶上方开了一枪。附近屋顶上的鸽子受惊飞起。男人松手让可乐瓶掉在地上，双手高举。女人停止啜泣，安静了下来。

霍夫曼瞪着阳光耀眼的天空，鸽子渐飞渐远渐小，他又看看手上的左轮枪。我的目光也紧盯着同一样东西，走到阳光下。

"厄尔，要不要我帮忙处理这些证人？"

"不用，我能处理，一切都在控制之中。"他眯起眼睛看我，"你叫什么来着？亚瑟？"

"亚彻。"我踩着碎石子地走向他，步步紧逼自己矮胖的影子，"你这下子可要出名了？厄尔，单枪匹马搞定狄娄尼命案呢。"

"是啊，没错。"他眼中有很深的迷惑。他知道我在胡说八道，也知道自己胡来，可是他没办法承认，就连对自己承认都做不到。

"他们把死尸藏到地下室去了。"

"也就是说，我们得去挖出来。"

"大家都疯了吗？"男人高举着双臂说。

"你别吵。"我说，"厄尔，你最好打电话叫人来支援，枪给我，以防他们乱来。"

他犹豫了好一会儿，才把左轮枪交给我，走进顶楼房间，肩膀还重重撞到了门框。

"你是谁？"男人问。

"我是他的监护人，别紧张。"

"你是从精神病院逃出来的吗？"

"还不是。"

那男人的眼睛像是给深深按进生面团的葡萄干，他扶起妻子，笨拙地拍掉她袍子上的灰尘，她忽然在他怀中哭了起来，他用戴钻石的那双手拍她的背，用希腊语说了些安慰的话。

门开着，我听得见门内霍夫曼讲电话的声音："6个人，带铲子，还要一部能钻水泥的钻孔机。她的尸体藏在地下室的地板下面。十分钟内赶不到这里，就有人要倒大霉了。"

他用力放下话筒，话却没停，声音时高时低，起伏如风，聚集起往事的碎片，又一口气吹散。

"他没碰过她，他不会碰朋友的女儿。她也是个好女孩，是个属于爸爸的纯洁小女孩。记得她还是小婴儿的时候，我常帮她洗澡，她软得像只兔子，我把她抱在怀里，她叫我'巴'。"他哽咽了，"后来到底怎么了？"

接着先是沉默，然后大叫一声。我听见他重重摔在地上，连屋子都震动，赶紧进去一看，他背靠厨房的炉子坐在地上，努力想把裤子脱掉。看见我来，他挥手叫我走开。

"躲我远点，我身上有蜘蛛。"

"我没看见蜘蛛。"

"在我衣服里面。黑寡妇。凶手想用毒蜘蛛咬死我。"

"凶手是谁？"

他脸上的表情出了变化。

"我没查出谁是杀狄娄尼的凶手。上头下令不许查这个案子，我又能……"他又自喉中发出一声尖叫，"天啊，有好几百只蜘蛛在我身上爬。"

他把衣服撕开。警方到达时衣裤已经成了蓝色和绿色碎片，他那摔跤选手似的身体光溜溜地在亚麻油地上痛苦地扭动。

赶来的两位巡警认得厄尔·霍夫曼。我连解释都不用。

23

飞机降落在群山阴影之中时，红色的太阳也骤然西沉。我预先拍电报到华特斯侦探社，告知了估计到达的时间，所以菲莉丝在机场等我。

她拉住我的手，让我亲她脸颊。那张白里透红的脸晒了太多太阳，微笑的眼睛完全不透明，颜色像印度瓷釉。

"你看起来好累，不过真的还活着。"

"别提了，越说我越累。你看起来倒不错。"

"越老越难维持啦，不过也有些事情越老越容易。"她没说是哪些事。

我们在骤然变暗的暮色中走向她的车。

"你跑去伊利诺伊州做什么？我以为你查的是太平洋角的案子。"

"两处都有事。我发现伊利诺伊州有一起战前的命案跟我手上的案子密切相关，别问我是什么关系，那说来话长，而我们有更重要的事情得先做。"

"没错，确实有事，你8点半和莎莉·柏克太太有晚餐约会，你是我从洛杉矶来的老朋友，做哪行的我没说，接下来就交给你了。"

"你怎么搞定的？"

"不难。莎莉喜欢免费的晚餐和单身男子。她想再婚。"

"但你怎么认识她的？"

"昨天晚上我在她常去的酒吧和她偶遇，一起喝了个烂醉。至少我们之中有一个醉了。她聊到有个弟弟叫贾德，说不定就是你要找的人。"

"就是他。他住在哪里？"

"南滨那一带。你知道的，那边我要找人很难，阿尼现在正在找。"

"带我去见他姐姐。"

"听起来真像小羊叫人带它去找屠夫。其实她人很好，长得又漂亮，"她一副女人要帮女人的样子，"没什么脑子，可是有心。她很爱她弟弟。"

"鲁克蕾齐亚·波吉亚也是。"

菲莉丝用力关上门，我们开车前往雷诺，在那个城市我从没遇过好事，但愿这次不同。

莎莉·柏克太太住在莱街一栋两层老房子的二楼，菲莉丝8点29分在门口放我下车，逼我答应晚上要回她和阿尼的家。柏克太太全副武装站在楼梯转角处等我：黑色紧身衣、狐狸毛皮、珍珠项链、耳环，以及四寸高跟鞋。她的头发有棕金两种颜色，仿佛是要表现出复杂的个性。我走上楼梯时，她棕色的眼睛上下打量我，就好像南北站前的农场主人在拍卖场上监视一名身强体壮的奴隶。

但不管怎样，她闻起来香香的，带着渴望的友善笑容很讨人喜欢。我们彼此问候，交换姓名，她要我喊她莎莉就好。

"恐怕不能请你进去坐，家里太乱，我星期天老是做不了什么事，不是有首老歌叫《忧郁的星期天》吗？我离婚之后天天都是星期天。菲莉丝说你也离婚了。"

"没错。"

"对男人来说就不一样。"她有点愤愤不平，"但我看得出，你需要一个女人来照顾你。"

我见过那么多人，她算是动作最快却最没效率的，我的心都沉到靴子里去了。她的眼睛正看着我的靴子，还有我穿着在飞机上睡觉的衣服，心里盘算着，即便衣着如此，但我身强体壮，上楼梯不需要别人帮忙。

"要吃什么呢？"她说，"河畔餐厅不错。"

是不错，而且很贵。但两杯酒下肚，我就让莎莉·柏克的谈话内容吸引住，不再担心会花艾力克斯太多钱了。如果她的话可信，那么她前夫就是吸血鬼德古拉、希特勒和尤莱亚·希普的综合体。他在西北部做外务，每年收入超过25000美元，但是她不止一次被逼得去查扣他的薪水，才拿得每个月600美元的赡养费。她的生活很拮据，尤其最近，她弟弟刚失去了在夜总会的工作。

我为她再点一杯，以示同情。

"贾德是个好孩子。"她说得好像有人否认似的，"他在华盛顿州踢足球，踢得很好，波斯坎市有好多人都认为，他若在比较有名的学校踢球，一定能进国家美式足球联会。可惜他从没得到应得的赏识，从来没有。他失去教练工作纯粹是因为政治因素，他们指控的事情完全是胡说八道，他跟我说的。"

"什么指控？"

"没什么。全都是胡说，真的。"她喝光第四杯马丁尼，耍起我一眼就能看穿的小心机，"卢，你好像没跟我说你是做哪行的啊？"

"还没。我在好莱坞经营一家小经纪公司。"

"太妙了，贾德向来对演戏有兴趣，虽然没有经验，可是大家都说他长得帅。贾德上星期才去过好莱坞呢。"

"想找演戏的工作？"

"什么工作都可以。"她说，"他工作意愿很强，问题是没受过任何训练。我是说在他失去教练证书、舞蹈工作室又倒闭以后。你想你能在好莱坞帮他找份工作吗？"

"我想跟他谈一谈。"这是真话。

她有点微醉，又满怀希望，所以看我对她弟弟有兴趣，完全没有疑心。

"我来安排一下。"她说，"其实他现在就在我家，我可以打电话叫他过来。"

"先吃饭吧。"

"我不介意帮贾德付饭钱。"她发觉自己犯了战略上的错误，立刻拉回正轨，"噢，三个……不，双人行还是比较好。"

晚餐中她讲了太多弟弟的事，其实跟他本人在场也差不了多少。她把他过去在足球场上的成绩背给我听，感同身受地告诉我他和女人相处的本事，以及贾德有过多少未能付诸实际行动的好主意。其实我最喜欢的一个就是把曾经做成简明版，把所有令人反感的部分都去掉，以适合各家阅读。

莎莉不太能喝酒，饭还没吃完就已经垮了。她想接了弟弟再去夜总会玩，我想的和她不一样。我送她回家，出租车上她睡着了，靠在我肩上，这我并不介意。

莱里街到了，我叫醒她，扶她进屋上楼。她全身无力，还挺沉的，那条狐狸毛皮又一直滑下来。我觉得自己好像整个周末都在照顾醉酒的人。

一个穿着衬衫和合身长裤的男人打开了她的家门。我扶着莎莉，很快打量了一下眼前的人：他是个什么特质都只有一半的人。英俊只有一半，迷失只有一半，娇纵只有一半，聪明只有一半，危险性也只有一半。他脚上的意大利尖头鞋在脚趾处有些磨损。

"需要帮忙吗？"他对我说。

"帮什么忙？"莎莉说，"我好得很。亚彻先生，见过我弟弟贾德·佛里。"

"你好。"他说，"你不该让她喝酒的，她很容易醉。来，交给我吧。"

他技术熟练，把她一只胳臂搭到自己肩上，紧搂住她的腰，扶她走过客厅，走进一间亮着灯的卧室，放到床上，然后关上了灯。

发现我还在客厅，他好像不太高兴。

"晚安，亚彻还是什么的先生，我们要打烊了。"

"你不太懂得待客之道。"

"对，我姐姐懂。"他不以为然地环顾这间小客厅里满是烟灰的烟灰缸、不太透明的脏杯子、散乱的报纸，"我没见过你，也不想再见到你，何必管什么待客之道？"

"你确定之前没见过我？好好想想。"

他棕色的眼睛仔细审视我的脸、我的身体，然后不安地抓了抓发量不多的头，摇摇头说："要是我见过你，一定是在喝醉的时候。莎莉是不是在我喝醉的时候带你回来过？"

"没有。上星期五晚上你喝醉了？"

"我想想。那天晚上我应该不在镇上。对，我星期六早上才回来的。"他极力想说得自然，装出不在意的样子，"你遇到的一定是另外两个人。"

"我不这么认为，贾德。我遇上了你，或者该说你遇到了我，是上星期五晚上在太平洋角的事。"

惊惶像闪光灯一样打亮了他的脸。

"你是什么人？"

"我在海伦·哈格提的家的车道上追着你跑，记得吗？你跑太快，我花了两天才追上。"

"你是警方的人？"他喘得像刚跑完。

"我是私家侦探。"

他一屁股坐在丹麦风格的椅子上，紧紧抓住扶手，这么用力，我好担心扶手会给抓坏。他笑了笑，笑得像哭。

"是布莱萧的主意，是吗？"

我没回答，清出把椅子坐下。

"布莱萧说他能接受我的说法，现在却又派你来搞我。"他眯起眼睛，"我想你跟我姐套出了一些我的事吧。"

"她不太需要套话。"

他坐在椅子上扭过身去朝她房间恨恨地看了一眼。

"我真希望她对我的事情能闭上嘴巴。"

"自己做的事别怪到她头上。"

"可我他妈什么事都没做。我跟布莱萧说了，他也信了。至少他说他相信。"

"你说的是罗伊·布莱萧？"

"不然还有谁？那天晚上他认出我来了，也或许是猜的。天那么黑，我根本不知道撞到了谁，只想赶快离开那里。"

"为什么？"

他耸起双肩，低着头说："我不想惹上官司。"

"你去海伦家干什么？"

"她自己叫我去的。可恶，我就跟好撒马利亚人一样，是出于善心才去的。她打电话到圣莫妮卡的汽车旅馆给我，要我去她那里过夜，而且简直是在求我。为的不是我美丽的蓝眼睛，她只是害怕，想要人陪。"

"几点打给你的？"

"大约7点或7点半，我刚吃完东西回到旅馆。"他的肩膀放松下来，"这些你不都知道了吗？不都听布莱萧讲过了吗？干吗要我再说一遍，想看我会不会说错话？"

"也是，你想你会说错什么话？"

他摇摇头，开口说话还继续摇。

"我不知道。我的意思是，说错什么话我都承担不起。"

"逃跑已经铸成大错。"

"我知道，可是当时惊慌失措，想不到那么多。"他又摇了摇头，"她躺在那里，脑袋上有个弹孔，我明摆着得替人背黑锅，听见你们来过，就慌了手脚。你一定要相信我。"

他们每一个都这么说。

"我为什么要相信你？"

"因为我说的是真话，我无辜得跟小孩一样。"

"那还真无辜。"

"别的事我不敢说，可是这件事上我真的很无辜，我大老远对海伦伸出援手，干吗还要害她，没道理呀，我'喜欢'她，她跟我有很多共同点。"

这对他们两个来说恐怕都不是赞美，伯特·哈格提说他的前妻堕落，而眼前这个男人很难说是好是坏，虽然戴着好看的面具，但其实早已破烂不堪，就好像曾在阶梯上痛苦地滚落了好几阶。除此之外，我对他的说法半信半疑，这个人所说的话，我顶多只会信一半。

"你和她有什么共同点？"

他抬眼对我一瞥。一般问话不会这样接着问。他想了一会儿才说："运动、跳舞、玩乐。我们真有过一段开心的日子，真的。那天晚上看到她变成那样，我难过死了。"

"你怎么认识她的？"

"我知道你在干吗。"他不耐烦地说，"你是帮布莱萧工作的，对吧？"

"这么说吧：我和布莱萧是一伙的。"我想知道布莱萧在贾德脑海中为何有这么大的阴影，但别的问题更重要，"就配合一下，先说说你是怎么认识海伦的。"

"很简单。"他大拇指朝下一指，像颓废的皇帝下令杀人，"今年夏天她租了楼下的房子，住了六星期，跟我姐姐一见如故，后来我也加入了，三个人常常一起出去玩。"

"坐莎莉的车？"

"当时我自己有车，是辆1962年的银河五百。"他认真地说，"那是8月的事，当时我还没失业，还付得起贷款。"

"你怎么失业的？"

"你不会有兴趣的，那跟海伦一点关系也没有。"

他不肯说，反倒令我起疑。

"你原本是做什么的？"

"我就说你不会有兴趣啦。"

"我要查你之前工作的地方易如反掌，你还是自己说吧。"

他垂着眼睛说："我当时在接龙俱乐部的筹码处工作，出错了太多次。"

他看着自己强壮厚实却很笨拙的手。

"后来就想在洛杉矶找工作？"

"没错。"能把话题转开，不再追究失业的原因，让他松了一口气，"还没找着，但我一定要离开这个地方。"

"为什么？"

他抓抓头发。

"我没办法继续跟我姐一起生活，她太唠叨，我受不了。我要再去洛杉矶找找机会。"

"先讲这一次吧，你说海伦星期五晚上打电话去汽车旅馆找你，她怎么知道你在那里？"

"我上星期打过电话给她。"

"为什么？"

"就很正常的原因啊，我以为可以碰个面，开心一下。"他一直说开心，但看起来明明就一副好几年不开心的样子，"可是海伦那天晚上有约，星期三晚上，跟她有约的人是布莱萧，他们要去听音乐会，她说改天再回我电话。后来也确实打来了，就是星期五的晚上。"

"电话里她怎么说？"

"她说有人说要杀她，她吓坏了。我从没听过她那样子说话，她说她没别人能找，只能向我求救。但等我赶到的时候已经太迟了。"他好像挺伤心的，但又不完全是那么回事，有点像他觉得海伦之死是场诈骗，而他是受害者。

"海伦和布莱萧走得近吗？"

"我不会这么说。我想他们和我们是在差不多的情况下碰到的，那是去年夏天的事。总之，他星期五晚上没空，要在某个了不起的宴会上演讲，至少今天早上他是这么跟我说的。"他回答得很谨慎。

"那是事实。布莱萧和海伦是在雷诺这里认识的？"

"不然呢？"

"我以为布莱萧夏天人在欧洲。"

"错，他在这里一直待到8月底。"

"他在这里做什么？"

"他说是在内华达大学做某种研究，没说是哪一种。我其实根本不怎么认识他，之前两次是和海伦一起遇见的，再来就没见过了，直到今天。"

"你说他星期五认出是你，所以今天跑来这里问你话？"

"对，他今天早上跑来，狠狠审问我一番。现在连他都相信人不是我杀的，真不知道为什么你不相信。"

"我要先跟布莱萧谈一谈再做决定。知不知道他现在在哪里？"

"他说他住在湖景旅馆，在北滨。现在还在不在我就不知道了。"

"我去看看。"我起身开门。

我建议贾德留在原地别动，因为再逃一次会让他很难看。他还在点着头呢，身体却冲向我，厚实的肩膀重重撞在我肋骨上。我的背狠狠撞到门框，一时喘不过气。

他一拳打向我的脸，我转头，他的拳头就打在墙上，痛得直叫。他另一只手打我小腹，我贴着门软倒在地。他踢我，又一拳扫我下巴。

这逼得我不得不站起来了。他朝我打过来，我让开身子，顺手在他后颈劈了一下。他扑了个空，就一路冲出门，摔下楼，在楼梯尽头躺着，动也动不了。

但警察来时他意识清醒，我陪着去了警局，以确保他跑不了。抵达警局不到五分钟，阿尼来了，他和警方很熟，警方以伤害之类的罪名将贾德收押，答应会好好关住他。

24

阿尼开车载我到湖景旅馆，那是一大栋加州哥特式建筑，想必建于本世纪初，历经了好几代旅客的踩踏，失去了原本有过的魅力。这不像罗伊·布莱萧会住的地方。

但是年长的夜班柜台人员说，布莱萧确实住在这里。他从背心口袋里掏出一只铁路表，看了看。

"现在很晚了，他们可能已经睡了。"

"他们？"

"他和他太太。如果需要，我可以上楼去叫他。我们的房间没有装电话。"

"我自己去就好，我是布莱萧的朋友。"

"他是博士？"

"对。"我说，"他住在几号房？"

"31，在顶楼。"那老人松了一口气，不用他爬楼梯了。

我把阿尼留在柜台，自己走上楼，31号房的气窗透出灯光，还能听见模模糊糊有人说话。我敲敲门，里面先是一阵静默，接着响起拖鞋声。

罗伊·布莱萧在门后问：“哪位？”

“亚彻。”

他迟疑了。走廊对面房间睡觉的人，大概是被我们吵到了，开始打鼾。布莱萧说：“你怎么会来这里？”

“我得见你。”

“不能等到明天早上？”他说得不耐烦，暂时丢掉了哈佛腔。

“不能。我得问你点意见，看要怎么处置贾德·佛里。”

“好吧，我换件衣服。”

我站在昏暗的窄小走廊上等候，这里隐约有种老旅馆夜复一夜人来人往后留下的怪味，一种属于过客的味道。打鼾的人边打鼾边说梦话，有个女人叫他翻个身，之后就安静了。

布莱萧屋里有急促的交谈声，女人好像在要求什么，布莱萧不肯。我想我听出那个女人是谁了，但不能确定。

布莱萧终于开门出来的时候，我确定了。他不想让我看见房间里面，但我瞥见了萝拉·萨瑟兰。她穿着剪裁得很短的佩斯利漩涡纹睡袍，直挺挺坐在被褥零乱的床上。头发放了下来，脸上有红晕，非常美丽。

“好，你知道了。”布莱萧一把将门拉下。

他穿着宽松的长裤和黑色高领毛衣，看起来更像大学生了。虽然紧张，但似乎还挺开心。

“我不知道我知道什么。”我说。

“这不是什么不正当的私通，相信我。我和萝拉早就结婚了，只是暂时保密，暂时而已。我要请你别改变现状。"

"为什么要保密？"我没有否认。

"我们有我们的理由。依照学校规定，我们结婚，萝拉就得放弃职位。她不是不打算这么做，只是没这么快。还有我妈，我不知道要怎么跟她说这件事。"

"直说不就好了，她会活下去的。"

"说得容易。不可能。"

之所以不可能，我想，是因为妈妈有钱吧。有钱还想继承更多的钱，是中年男子的通病。但我心中暗自对布莱萧多了点欣赏，看不出来，他还有点自己的生活。

我们下楼，走过大厅，阿尼和夜班柜台正在玩金罗美式纸牌游戏。酒吧是个阴暗的洞穴，只不过墙上挂的不是钟乳石，而是鹿角，石笋也由酒客取代。其中一位已经喝多了的客人是当地人，头戴棒球帽，身穿风衣，想请我和布莱萧喝酒。酒保告诉他，太晚了，他该回家了。令人意外的是，他真走了，大多数的其他客人也跟着散了。

我们在吧台坐下。布莱萧点了杯双份波本，坚持帮我也点一杯。我并不想喝，可是他很坚持。我发现了他的秘密，又把他从妻子的床上拖走，他在记恨。

"说吧，"他说，"贾德·佛里怎么了？"

"他告诉我，你星期五晚上认出他来了。"

"我当时有种直觉，觉得那可能是他。"布莱萧的哈佛腔回来了，他拿这腔调当面具用。

"为什么没说？省得跑这一趟，也省钱。"

"我得确定，当时我很不确定。我不能连自己都还不确定，就控诉别人，还叫警察去追他。"他拿着酒，严肃地看着我。

"所以你就来这里确定？"

"也是凑巧。你觉不觉得一个人一辈子都会有一切顺利的时候？"他认真的表情里闪过一丝欢心，"我和萝拉早就计划要抽空来这里度个周末，开会给了我们机会。找贾德是顺便的，但当然也很重要。今天早上我找他详细问过，依我看他是无辜的。"

"在什么事情上无辜？"

"海伦的命案。贾德去她家是想保护她，但他到场的时候已经保护不了她了。他吓坏了，才会逃走。"

"他怕什么？"

"怕受冤枉，他称之为陷害。之前他吃过一些官司，好像是在踢足球的时候放水之类的。"

"你怎么会知道。"

"他告诉我的。"布莱萧略显得意地笑了一声，"我挺有本事让这些……呃……与社会脱节的人产生信任感，所以这人对我十分坦白，我深思熟虑后认为，他与海伦的命案毫无关系。"

"也许你说得对，但我想再多知道点他的事情。"

"我对他所知甚少，他是海伦的朋友。我只见过他一两次，都是和海伦在一起。"

"在雷诺？"

"是的。我夏天有段时间在内华达州，那是另一件我不能公开的事。"他有点含糊地说,"男人总能有点私生活吧。"

"你的意思是,萝拉和你在这里?"

他垂下目光。

"有一段时间在。当时我们还没下定决心结婚,那是很大的决定,意味着她要放弃事业,而我要放弃……和妈妈一起的生活。"他说得有点心虚。

"你不想张扬,我能理解,但你真不该把上个月在雷诺见过贾德和海伦的事瞒着我。"

"没错,真对不起,应该要告诉你的,我保密都养成习惯了。"接着他改了口气,热情地说,"我深爱萝拉,不想让任何事破坏我们的浪漫情境。"

这措辞既正式又老套,但藏在话语以后的感情似乎是真的。

"贾德和海伦之间是什么关系?"

"只是朋友,没别的。老实说,我有点意外她竟与这种人为伍。不过他比她年轻,也许是种吸引力。带得出去的男伴在雷诺是供不应求的,我就花了不少力气去抵挡各种女人的猛攻。"

"海伦也是其中一个?"

"我想是吧。"他表情阴郁,但我察觉到一抹微微的红晕,"当然她并不知道我……我和萝拉这件事。这事我谁也没说。"

"因此你才不愿贾德被警方抓去讯问?"

"我没这么说。"

"我问你呢。"

"我想那是部分原因吧。"他沉默了好一会儿,"但你如果认为有这个必要，我不会反对。我和萝拉并没有什么见不得人的事。"

酒保说："把酒喝完吧，两位，我们要打烊了。"

我们把酒喝掉，走出酒吧。布莱萧在大厅匆匆握了我的手，紧张兮兮地说要回去陪太太，就一步两阶踮着脚上楼去了。

我等阿尼打完他的金罗美。他能当一流侦探，靠的几样本事之一就是这个，几乎哪一种人他都能混熟，哪一种环境他都能融入，他很能和陌生人聊天。我们离开旅馆的时候，他还和夜班柜台握手道别。

上车之后，他告诉我："跟你朋友一起登记的女人，是个漂亮的棕发妞，身材有料，讲起话来像本书。"

"是他太太。"

"布莱萧结婚了？你没告诉我。"他有点生气。

"我刚刚才知道。那是个秘密。那个可怜虫有个控制欲很强的妈妈，更重要的是，老太太有钱，我想他很怕失去继承权。"

"他最好赶快老实招认，也许坦白从宽。"

"我就是这么劝他的。"

阿尼换挡开车，顺着湖边先向西再向南，一路跟我讲了个很长的故事，主角是战前他帮旧金山平克顿侦探社服务的客户，她是个六十岁的富孀，和三十几岁的儿子一起住在旧金山湾区的系尔斯博罗。儿子总在午夜回家，很少提前，做母亲的很想知道他晚上都在做些什么。结果原来他已经结婚五年，太太婚前是个女服务生，现在由他养，和三个小孩一起住在南旧金山的连栋房屋里。

阿尼好像认为故事这样就讲完了。

我问：“后来这些人怎么样了？”

“老太太爱上了孙子孙女，为他们接受了儿媳妇，从此大家住在一起，过着幸福快乐的日子，花她的钱。”

“可惜布莱萧结婚不够久，还没生小孩。”

车子静静开了一会儿，离开湖岸，开进了林间，浓荫夹道，夜色仿佛凝固成了甜甜的绿果冻。我一直在想布莱萧和他令人意外的男子气。

“阿尼，我想要你去查一下布莱萧。”

“结婚的事让他变成了嫌疑犯？”

“对我来说没有，至少现在还没有。可是他隐瞒了去年夏天在雷诺见过海伦的事，我想知道8月他究竟在这里做什么。他跟贾德说他在内华达大学做研究，但那不太可能。”

“为什么？”

“他的博士学位是在哈佛拿的，正常来说，他要做研究会在哈佛，要不就在柏克莱或斯坦福。贾德也查一下吧，如果可以的话，查清楚接龙俱乐部为什么要开除他。”

“那应该不难。他们的保安头子是我的老朋友。”他借仪表板的光看看表，“我们现在就可以过去，可是这么晚了，又是星期天，他可能不会当班。”

“明天也行。”

菲莉丝准备了吃的喝的等着我们。我们傻气地在她厨房里熬夜，喝啤酒喝到微醉，分享回忆与疲劳。话题绕了一大圈，最后又回到海伦身上。凌晨3点我还在大声读她登在《布里吉顿之声》

的翻译诗，讲秋风小提琴那首。

"太悲哀了，"菲莉丝说，"虽然只是翻译，但她当年一定是个很杰出的女孩。"

"她爸爸就是这么形容她的。杰出。他也很杰出，只是方式不同。"

我试着把生下海伦的那个刚毅、心碎、烂醉老警察的故事讲给他们听，这一说，不知不觉就过了3点。菲莉丝头趴在餐桌上的酒瓶之间，像一朵萎靡的大丽花。阿尼开始收酒瓶，蹑手蹑脚，生怕吵醒菲莉丝，等着收完再叫她。

人在很累很累、情绪却又被搅得很激动的时候，直觉常常特准。现在我一个人待在客房里，就突然有种直觉，觉得霍夫曼把那本校刊给我，一定有他的道理，里面一定有什么东西是他想要我看的。

我只穿内衣，坐在散发着清新气息的床边，看那本小杂志，一直看到睡着为止。知悉了二十二年前布里吉顿城市学院的各种学生活动，可惜全都看不出和我的案子有什么关系。

不过我看到了另一首我喜欢的诗，署名是缩写——G.R.B。内容是这样的：

如果光明是黑暗
而黑暗是光明，
月亮是明亮夜空中的
一个黑洞。
渡鸦的翅膀

明亮如锡，

那么你，我的爱，

就比罪更黑。

　　吃早饭的时候，我大声朗读这首诗。菲莉丝说她嫉妒诗里的那个女人。阿尼抱怨炒蛋太干。他年纪比菲莉丝大上一截，所以特别敏感。

　　吃完早饭，我们决定让贾德暂时离开一会儿。要是桃莉·金凯德真让警方逮捕控告了，至少辩方还有贾德这个意料之外的证人。阿尼送我去机场，我搭太平洋航空的班机回洛杉矶。

　　我在国际机场买了份洛杉矶报纸，在南部新闻中发现一篇海伦·哈格提命案的简短报道，得知警方想要讯问今年从圣昆丁监狱获释的杀妻凶手汤玛斯·麦基，正在搜寻他。文中并未提及桃莉·麦基。

25

中午的时候，我走进杰瑞·马克思的办公室。秘书说，周一是公布本周待审案件的日子，杰瑞整个上午都会在法院，现在可能在法院附近吃饭。是的，金凯德先生星期天和马克思律师取得联系，聘用了他。

我在一切开始时和艾力克斯共进午餐的那家餐厅找到了他们。艾力克斯挪出身边的位置让我坐，这位置面街。店里生意真好，一进门的地方都排起小队了。

"我很高兴你们相处愉快。"我说。

杰瑞不以为然地挥挥手说："其实我什么都还没能做。今天早上我有另一件案子得解决。吉尔·史蒂文那边我去打听过，可是他叫我去看审理记录，这我打算下午做。至于金凯德太太，"他斜眼看了看艾力克斯，"她难以讲通的程度并不亚于史蒂文。"

"你找桃莉谈过了？"

他压低音量说："我试过，昨天的事。我们得在警方抓走她之前先了解状况。"

"警方会把她抓走？"

杰瑞四下里看了看，到处都是法院的人，他把声音压得更低了。

"根据消息来源指出，他们打算今天行动，只等弹道测试结果出炉。可是好像有事耽搁了，警长和他找来的专家到现在还在法院下面的射击场。"

"子弹大概碎了，打在头上常有这种结果。也或许他们把目标转移到另一个犯罪嫌疑人身上了。我看报上说他们发出了全境通告，正在搜索汤玛斯·麦基。"

"对，昨天开始的。说不定他已经逃到墨西哥去了。"

"杰瑞，你认为他是最大的嫌疑人？"

"我得先看过去法院记录才知道。你认为呢？"

这问题挺难回答，幸亏有件事转移了我们的注意力，我也就不用回答了。两位年长女性，一位穿着朴实的黑衣，一位穿着时尚的绿衣，站在玻璃门外朝里看，看见里头在排队，就没进来。穿黑衣的是霍夫曼太太，海伦的母亲。另一位则是路克·狄娄尼的遗孀。

我向同桌的人说声抱歉，起身去追。她们已经过了街，朝市中心走去，在当作法院围篱的巨丝栏下身影一会儿亮，一会儿暗。两人虽然持续交谈，但看起来却像陌生人，脚步和感觉都不一致。狄娄尼太太年纪虽然大得多，但昂首阔步像个女骑士，霍夫曼太太跟得很吃力。

我没过马路，留在街的这一边，保持距离，跟住她们。我心跳得很快，狄娄尼太太到加州来，印证了我的看法。她丈夫和海伦的命案有关，而且她知道。

她走过两个街区，到了主街，遇到第一家餐厅就走了进去。那家店是骗观光客的，从玻璃窗外就能看见里面没什么客人。斜对面有家开放式的雪茄店，我看了看架上的平装书，买了一包烟，在旧式瓦斯灯上点燃。抽了三四根，最后还买了一本讲古代希腊哲学的书，站着看完了讲芝诺的那一章。两位老太太吃个午饭吃得还真久啊。

"亚彻永远追不上那两个老太太。"我说。

柜台店员手贴着耳朵问："你说什么？"

"没什么，自言自语，不小心把脑子里的话讲出来了。"

他笑着说："这是自由国家，我不上班的时候也喜欢自言自语，在店里这样做就不太合适。"嘴里的金牙灿烂得像珠宝。

两位老太太走出餐厅后，分道扬镳。霍夫曼太太往南，慢慢朝她的旅馆走。狄娄尼太太大步往相反的方向，没了同伴的牵绊，她走得好快，远远望去好像是个任性染白头发的年轻人。

她在主街上走了一会儿，转往法院方向，走不到半个街就走进了一栋水泥和玻璃帷幕建造的大楼。入口旁的黄铜牌子说这是"史蒂文与奥格威法律事务所"。我走到下一个街角，坐在公车的长椅上，读我新买的书里讲赫拉克利特的篇章。他说，所有的事物都像河一样，是流动的；没有什么是静止不变的。帕梅尼德斯却持相反的看法，相信一切都是亘古不变的。只是看起来变了而已。我觉得这两种说法都很有说服力。

有辆出租车在史蒂文与奥格威法律事务所门口停下，狄娄尼太太走出来上了车，然后车子就载着她走了。我先抄下车牌号码，然后走进大楼。

那是间很大的事务所，而且很忙。等候区后面一整排工作隔间里不断听见打字机的声音。一个穿着法兰绒西装的新手律师正在教柜台前的中年女子如何打摘要。

他走开后，她蓝灰色的眼睛和我四目相对，相视一笑。她说："他还在娘胎的时候我就会打摘要了，还用他教？你有何贵干呀？"

"我十分想见吉尔·史蒂文先生，我叫亚彻。"

她看了看行事历，又看了看表。

"史蒂文律师再过十分钟就要去吃午饭了，今天不会再进办公室，抱歉。"

"这关系到一件谋杀案。"

"这样啊，那我想办法把你塞进去，五分钟有用吗？"

"聊胜于无。"

她用电话和史蒂文讲了一下，挥挥手让我走过那排小办公室，进入走道尽头宽敞豪华的办公室。史蒂文坐在红木桌后的皮椅上，旁边有个放快艇奖杯的玻璃柜。他有张狮子脸，还有张威严的大嘴。两道眉毛高高挂在额头上，再上头是白色断翅似的中分刘海，略带一点黄。浅蓝色的眼睛似乎早就看遍了世事，现在不过是重看一遍。他身穿花呢西装，打了个红领结。

"把门关上，亚彻先生，请坐。"

我在皮沙发上坐下来，开始说明来意，但他深沉有力的声音打断了我。

"我只有几分钟的时间。我知道你是谁，也知道你的打算，你想跟我讨论麦基的案子。"

"还有狄娄尼案。"我投个曲球给他。

他挑起双眉，挤出额头上的皱纹。有时候，你想获得讯问就得先丢讯息出去。我把发生在路克·狄娄尼身上的事告诉了他。

"你说这和哈格提谋杀案有关？"他坐在椅子上，身体前倾。

"当然，海伦·哈格提就住在狄娄尼的公寓里，她说她认得狄娄尼命案的目击者。"

"怪了，她怎么没提啊？"这话不是对我说的，他在自言自语，那个"她"指的是狄娄尼太太。然后他想起我还在，又说："你来跟我说这些做什么？"

"我以为你会感兴趣，因为狄娄尼太太是您的客户呀。"

"她是我的客户？"

"我想应该是吧。"

"你爱怎么想是你的事。我想你是跟踪她来这里的吧。"

"我正巧看见她走进来。不过我好几天前就想和你聊聊了。"

"为什么？"

"你是汤玛斯·麦基的辩护律师。他太太之死是这三起系列命案中的第二件，前一件是狄娄尼命案，后一件是海伦·哈格提。如今他们想方设法要把哈格提命案算在麦基或他女儿桃莉头上。我相信麦基是无辜的，我相信他一直都是无辜的。"

"12人陪审团并不这么想。"

"为什么呢，史蒂文先生？"

"我可不想讨论过去的错误。"

"过去跟现在有很大的干系。麦基的女儿承认她在证人席上说谎了。她说她的谎言害父亲坐了牢。"

"她现在这么说？现在才说有一点太晚了。我当初应该交叉质问，可是麦基不肯，我错就错在不该尊重他的意愿。"

"他不肯的动机是什么？"

"谁知道？或许是父爱吧，也或许他觉得那孩子受的苦够多了。太过体贴是要付出代价的，他因此过上了十年的牢狱生活。"

"你相信麦基无辜？"

"噢！是啊，就算之前有些怀疑，既然他女儿承认说谎，也就毫无疑问了。"史蒂文把一根抽过的雪茄从玻璃管里拿出来，剪一剪，将它点燃，"我想你告诉我的这件事需要保密吧？"

"正好相反，我希望这件事能够公开，说不定麦基知道了会愿意回来。你知道他在逃吧。"

史蒂文对此不置可否，坐着不动。就像笼罩在蓝色云雾里的一座山。

"我想问他一些问题。"我说。

"什么问题？"

"例如，那另一个男人，康妮爱上的那一个男人，我知道他在你的案子里有一定的分量。"

"他原本是我假设的另一个嫌疑犯。"史蒂文皱起脸，露出一个带悔恨的笑容，"可是法官只许我在总结中提及，除非让麦基上证人席。这么做似乎并不明智，那男人是把双刃剑，既是嫌犯，也可能是麦基杀妻的动机。我错在不该争取无罪开释。"

"我有点听不懂了。"

"没关系，都过去了。"他挥挥手，烟雾围着他飘，好像老人一层又一层的回忆。

"另外那个男人是谁？"

"别闹了，亚彻先生，你随随便便跑进来，就想要我竭尽所知全盘托出？我可是当律师当了四十年耶。"

"你怎么会接麦基的案子？"

"麦基当年常帮我打些船上的工，我挺喜欢他的。"

"不想帮他洗刷冤屈？"

"不想因此牵连另一个无辜的人。"

"你知道那个人是谁？"

"如果麦基的话可信，那我就知道是谁。"他依旧稳稳坐在椅子上，却像魔术师消失在镜中似的离我而去，"可是我嘴很紧，不会泄露别人告诉我的秘密，所以他们才来找我。"

"要是他们把麦基送回圣昆丁监狱，或送进毒气室，那就糟了。"

"当然，可是我觉得你找我主要是自己的原因，不是麦基。"

"你对我们很有用。"

"'你们'是谁？"

"麦基的女儿桃莉、她的丈夫艾力克斯、杰瑞·马克思律师，还有我。"

"你的目的是什么？"

"破解这三件命案。"

“说得简单。”他说，“人生从来不简单，总有些不尽完美之处，有时候得任由它纠结混乱。”

“那是狄娄尼太太想要的？”

“我那话不是替狄娄尼太太说的，我也不想代表她发言。”他把一小块雪茄渣弄到舌尖上吐掉。

“她找你打听麦基的事？”

“不予置评。”

“这意思大概就是‘是’吧，那就更进一步表示麦基案和狄娄尼案有关了。”

“我们不讨论这个。”他简洁地说，“你提议要我加入你们，杰瑞·马克思今天早上也提出了同样的想法，我跟他说我会考虑。在此同时，我要你和杰瑞思考一件事情：麦基和他女儿在这件事上有可能是对立的。十年前就是如此。”

“当时她还是个小孩，受大人操纵。”

“我知道。”他站起身来，浅色花呢西装使他看起来好巨大，“和您谈话很有趣，但是我有午餐会议，已经迟了。”他经过我身边走到门口，用雪茄指指门，“一起走吧。”

　　我走主街去太平洋旅馆找霍夫曼太太。她刚刚退房，没说搬去哪里。帮她拿行李的小弟说，她是和一位穿绿外套的老太太搭出租车走的。我给他5美元，外加我汽车旅馆的地址，要他查出她们的去向后再来领另外5美元。

　　已经过2点了。弹道测试的射击场以及疗养院的那扇锁起来的门后面究竟现况如何？在我调查这两位难以捉摸的老太太的时候，时间不断流逝，就像赫拉克利特的河一样，经我身边流走。打给杰瑞，秘书说他还没回办公室。

　　"时间抓得真准，亚彻，我查到了。"

　　"哪一个？布莱萧还是贾德？"

　　"两个人的事算是一起查到了吧。你想知道贾德为什么会丢掉接龙俱乐部的工作，答案是，他利用兑换筹码的职务之便，去查布莱萧有多少身家。"

　　"怎么办到的？"

　　"你知道那些俱乐部帮客人开账户的时候都会调查客人吧，

他们会询问客人的银行，大概了解一下他有多少存款，根据那个数目来设定他的信用额度。'三低'表示存款只有三位数，而且不到500美元，所以只能借几百块；'高四'也许就能借个七八百；'低五'也许只有两三千，布莱萧就在这个档次。"

"他是赌徒？"

"不是，问题就在于他不是。他从来没在接龙俱乐部或别的地方有过户头，但是贾德却去问银行他有多少存款。俱乐部发现这件事之后，就调查贾德，然后开除了他。"

"这闻起来有勒索的味道，阿尼。"

"正是，"他说，"这一点贾德算是承认了。"

"承认了些什么？"

"目前没别的。他宣称消息来自一位朋友。"

"海伦·哈格提？"

"贾德没说。他大概想有所保留，好谈条件。"

"谈吧，反正他伤得比我重，我不想告他。"

"犯不着跟他谈条件，亚彻。"

"谈吧。如果是勒索，我觉得是，那么问题就在于，布莱萧有什么事情让人能拿来勒索。"

"也许是离婚的事，"阿尼接得很顺，"你想知道7月中旬到8月底之间布莱萧在雷诺做了什么，答案就在法院记录里。他为了要跟一个叫利蒂希娅·麦奎狄的夫人办离婚，必须在雷诺居留。"

"利蒂希娅什么？"

"麦奎狄。"他把这个姓拼给我听，"我还没查到这个女人的资料，根据经办这起离婚的律师说，布莱萧也不知道她现在住在哪里。她最后为人所知的住址在波士顿。诉讼的正式通知给退了回来，注明'已迁出，未就新址'。"

"布莱萧还在太浩湖一带？"

"他跟新太太今早退房，回太平洋角去了，所以现在他是你的人了。"

"不知道他妈妈清不清楚他上一次结婚的事。"

"可以直接问她。"

还是先找布莱萧谈谈吧。我把车开出法院停车场，前往学校。林荫大道和走廊上的学生，尤其女生，见了我都面无表情。死亡和审判的阴影入侵了校园，而我觉得自己好像就是代表。

院长室外的金发秘书看起来一直处于紧绷状态，好像一切全靠她的意志力撑住，否则不仅她自己，就连全校都会崩解。

"布莱萧院长不在。"

"度周末还没回来？"

"当然回来了。"她立即为他辩解，"布莱萧院长今天早上在办公室待了一个多小时。"

"现在他在哪里？"

"我不知道，大概回家了吧。"

"你好像挺担心他的？"

她以机关枪扫射似的打字作为回答。我退到走廊对面萝拉·萨瑟兰院长的办公室，她的秘书说她今天上午打电话说身体不太舒服，不来了。希望不是什么严重的病，像是死亡或天谴之类的。

我开回山麓街，然后沿街走去布莱萧家。风吹得树叶发出沙沙的声音，雾已经完全散去，下午的天空好亮，蓝得令人心痛。蓝天下的群山也给照得清清楚楚，纹理分明。

我平常没这么注意这些，今天特别注意，却有种隔阂感。可能是因为对布莱萧和他的新太太有点同情，怕同理心会使自己受伤，所以不想太过感性吧。我走过了头才发现，只得借下一个路口转回来，听见拉丁裔的玛丽亚说布莱萧不在家，而且整天都不在家的时候，居然有松了一口气的感觉。

布莱萧太太在楼上用破锣嗓子喊："是你吗，亚彻？我有话要跟你说。"

她穿着棉睡袍和布拖鞋下楼来，一个周末就老了好多，看起来好憔悴。

"我儿子三天没回家。"她抱怨，"而且连一通电话都没打，你觉得他是怎么了？"

"这个问题我想私下跟你谈谈。"

玛丽亚原本聚精会神在听，这下子只好气呼呼扭着屁股走了。布莱萧太太带我进了一间我之前没见过的房间，是个面对着屋侧院子的小客厅。家具式样很旧，很正式，让我想到狄娄尼太太家的客厅。

这个空间最主要的装饰品是壁炉上方的油画。那是一幅全身像，几近真人大小。画中人物是一位英俊的绅士，留着全白的八字胡，穿着长礼服，黑色的眼睛仿佛一直看着我，随我走到客厅的另一头。那里有把扶手椅，布莱萧太太指定要我坐那把椅子。她自己坐有软垫的摇椅，穿着拖鞋的脚搁在小矮凳上。

"我一直是个自私的老女人。"想不到她会这么说，"我考虑好了，决定付钱给你，我不喜欢他们这样子对待那个女孩。"

"您知道的可能比我多。"

"有可能。我在城里有些好朋友。"她没有多做解释。

"我很感激，但我的钱已经有人出了，桃莉的丈夫回来了。"

"真的？我好高兴。"她想靠这个念头让自己心情好些，可惜没有成功，"我很担心罗伊。"

"我也是。"我决定把知道的事告诉她，至少告诉她一部分。无论如何很快她就会知道他不只结了婚，还结了两次，"您不用担心他的生命安全，我昨晚在雷诺见过他，他很好。今天他也去过学校。"

"那他的秘书跟我说谎了。真不知道他们是想对我怎样，还是我儿子有什么打算。他去雷诺究竟是要干什么？"

"他说要参加会议是真的，同时他还查了一下海伦·哈格提命案的嫌犯。"

"他居然做到这种地步，一定是很喜欢她。"

"他确实和哈格提小姐有关系，但不是恋爱关系。"

"要不然是什么？"

"财务上的。他付她钱，还透过萝拉·萨瑟兰帮她在学校里找了工作。简而言之，这个叫哈格提的女人勒索你儿子，也许她对自己说这不是勒索，但其实就是。她来这里之前先让雷诺那边的损友查过他的银行存款，那个损友就是罗伊这次去雷诺找的人。"

我很怕布莱萧太太会气到疯掉，可是并没有。她以沉重的语气说："这些是事实，还是你凭空想出来的？"

"我真希望是我凭空想出来的，可惜不是。"

"可是罗伊有什么好勒索的？他的生活清清白白，只有奉献，我是他母亲，我很清楚。"

"也许是这样没错，可是对于不同的人有不同的标准。身为学院管理者，必须跟百合一样白。一段不幸的婚姻，就可能会害他失去您先前所说的成为大学校长的机会。"

"不幸的婚姻？罗伊从来没有结过婚呀。"

"他恐怕是结过了。"我说，"您听过利蒂希娅·麦奎狄这个人吗？"

"没听过。"

她说谎。听到这个名字，她的眼睛缩成了明亮的黑点，嘴巴变成束口袋。她不但听过这个名字，而且讨厌这个名字，说不定还很怕利蒂希娅·麦奎狄这个人。

"这个名字对你应该有意义才对，布莱萧太太，这个叫麦奎狄的女人是您儿子的媳妇。"

"你一定疯了，我儿子没结过婚。"

她说得如此肯定，我都不禁要怀疑自己错了。但是阿尼不太可能会错，他很少犯错。会不会有两个罗伊·布莱萧？不，阿尼找过布莱萧在雷诺的律师，一定确认过了。

我说："人得要先结婚才能离婚。罗伊几个星期之前在雷诺离婚了。他从7月中旬到8月底都住在那里，就是为了取得在内华达州的离婚资格。"

"那我确定你真的疯了。他那个时候人在欧洲，我有证据。"她勉强起身，全身发出嘎吱嘎吱的声音，走到墙边，打开秘书桌，用颤抖的手拿出一沓信件和明信片，"这些是他寄给我的。你自己看看，他确实人在欧洲。"

我看了看那些明信片，大约15张，依次是：伦敦塔（伦敦邮戳，7月18日）、博德立图书馆（牛津，7月21日）、纽约大教堂（纽约，7月25日）、爱丁德堡（爱丁堡，7月29日）、巨人堤道（北爱尔兰的伦敦德里，8月3日）、艾比剧院（都柏林，8月6日）、天涯海角（英国西南部海港小镇圣艾维斯，8月8日）、凯旋门（巴黎，8月12日），以及瑞士、意大利和德国的各个景点。慕尼黑（英国花园一景，邮戳盖的是8月25日）那张上面写着：

亲爱的妈妈：

昨天我去了希特勒的老巢贝希特斯加登，地方很美，真可惜和那么恐怖的人以及事物有关。今天搭巴士去一个完全相反的地方，演出耶稣受难复活剧的欧伯阿玛高，村民真的就像圣经里的人那样简朴，让我叹为观止。整个巴伐利亚乡间到处都是漂亮至极的小教堂。真希望您也在这里！很遗憾今年夏天的看护令您不快，不过夏天很快就要结束了，我很高兴能和壮丽的欧洲告别，回到家的怀抱。谨此献上我所有的爱。

我问布莱萧太太："这是令郎的笔迹？"

"是的，不会错，我确定明信片是他写的，信也是。"

她拿起几封信，在我鼻子下头挥舞。我看看邮戳：伦敦，7月19日。都柏林，8月7日。日内瓦，8月15日。罗马，8月20日。柏林，8月27日。阿姆斯特丹，8月30日。最后一封内容是："亲爱的妈妈：草草写了几个字给您，这信可能会比我晚到，只是想告诉您，我好爱您那封写画眉鸟……"布莱萧太太一把抽走我手上的信。

"请不要看信的内容。我和我儿子很亲，把我们的信给陌生人看，他会不高兴的。"她把信和卡片整理好，锁回秘书桌里去，"我已经提出证据，证明你所说的那个时间罗伊并不在内华达了。"

她说她很确定，声音里却充满疑问。

我说："当时您也写信给他？"

"是的，不过关节不允许我常写，所以大多时候都让那个我忘了她叫什么的小姐代笔。夏天罗伊不在家，就请看护陪我。想起来了，她叫魏德里，跟另外几个一样，她也是个只关心自己的年轻女人……"

我插嘴说："您有封信里提到画眉鸟？"

"是啊，上个月我们遭到画眉鸟入侵，所以我就写了个幻想的故事给他，跟那首把画眉鸟放在派里烤的童谣有关。"

"那封讲画眉鸟的信您寄到哪儿去了？"

"他8月20日应该在罗马，而画眉鸟的信是8月30日在阿姆斯特丹回的。"

"亚彻先生，你记性真好，但我不明白你这话的重点在哪儿？"

"重点在于，收信和回信之间至少有十天的空档，可以让他的共犯在罗马收信，寄去雷诺，在阿姆斯特丹收到他的回信再寄来这里给您。"

"我才不信。"其实她半信半疑，"他为什么要费这么大的功夫欺骗自己的妈妈？"

"因为他羞于承认他当时正在雷诺和那个麦奎狄的女人离婚，他不想让您或任何人知道。从前他去过欧洲吗？"

"当然，战争刚结束时我带他去的，那时候他还在哈佛念研究生。"

"你们有没有去这些地方？"

"有，没去德国，但其他地方几乎都去了。"

"那么他要编出这些内容就不难，至于明信片，一定是他的共犯在欧洲买好寄给他的。"

"我不喜欢你把'共犯'这个词跟我儿子联系在一起，这件事无论如何都跟犯罪没有关系，顶多就是……欺瞒，纯属私事。"

"希望如此，布莱萧太太。"

她一定听懂了我的意思，露出强咽下的痛苦表情，转身背对我，朝窗走去。几只白眼画眉在院子里的瓷砖上走路，她好像视而不见，伸手梳头，一遍又一遍，把头发弄得好翘，像正在换毛的鸟。终于转过身来的时候，布莱萧太太双目半闭，仿佛受不了阳光的摧磨。

"亚彻先生，这件事我想请你为我保密。"

罗伊昨晚也说过这类的话，要我别泄露他和萝拉结婚的事。

"我尽量。"我说。

"请务必保密。罗伊的事业可不能让年轻的轻率行为给毁掉，那只不过是……你知道的，只是年少轻狂，要是他父亲还在，能给他指引，就绝不会发生那种事。"她指指壁炉上的画像。

"您指的是和叫麦奎狄的女人结婚的事。"

"是的。"

"所以您认识她？"

"我认识她。"

承认此事似乎用尽了她的力气，她瘫回摇椅上，头靠着高高的椅背，松垮的脖子看起来十分脆弱。

"麦奎狄小姐找过我一次，"她说，"当时我们还没离开波士顿，战争还没结束，她找我要钱。"

"勒索？"

"可以这么说吧。她向我要钱，说要去内华达州办离婚。她在波士顿的斯科雷广场跟罗伊搭讪，然后耍手段让他和她结婚。我怕她毁掉他的未来，所以付了2000美元。看来她没办离婚。把钱花在自己身上了。"她叹了口气，"可怜的罗伊。"

"我没告诉他。我以为付了钱就解决了，只想快快忘掉这事，不想为此母子反目。可是看来她还是一直困扰着他啊。"

"您是说真人还是指阴影？"

"谁知道？我以为我了解儿子，了解他所有的生活琐事，原来我错了。"

"她是什么样的女人？"

"我只见过她一次，就是她去我贝尔蒙特的家找我那次。我对她印象非常不好。她自称演员，待业中的，可是从打扮和谈吐看来，比较像从事更古老的一种行当。"她刻薄得哑了嗓子。

"我得承认那个红发荡妇虽然粗野，但的确漂亮，只是完全不适合罗伊，她自己心里当然也清楚。他是个天真的小伙子，才二十出头，而她显然是个有阅历的女人。"

"她当时多大年纪？"

"比罗伊大很多，至少三十岁。"

"所以现在快五十了？"

"至少。"

"有没有在加州见过她？"

她摇摇头，用力到脸上的皮都在抖。

"罗伊呢？"

"他从没跟我提过她，我们都当那个叫麦奎狄的女人从来就不存在。我拜托你，别把我跟你说的告诉罗伊，那会毁掉我们之间的信任。"

"布莱萧太太，现在这不是最需要担心的。"

"还有什么比这个重要？"

"他的脖子。"

她坐在椅子上，肿胀的脚踝交叉放着，整个人吓呆了。那臃肿的身体一点也不性感，看起来像尊破旧的佛像。她压低声音说："你该不会怀疑我儿子杀人吧？"

我说了些语意不清的话来安慰她。画像里的男人目送我离开。想到接下来可能对罗伊做出的事，我很庆幸他的父亲已经过世。

27

我早饭以后就没吃东西，回市区的路上在免下车的餐厅点了个三明治。等餐的时候用外头的公用电话给阿尼·华特斯打了通电话。

阿尼和贾德谈好了条件，要查布莱萧财务状况的人是海伦。贾德不能或不愿肯定地说她打算勒索，但就在他把消息告诉海伦后不久，她突然发财了。以贾德的标准来看，那算发财。

"她付给贾德多少钱？"

"50美元，他说的。现在他有受骗的感觉。"

"他永远都会有这种感觉。"我说，"她有没有告诉贾德，布莱萧落了什么把柄在她手上？"

"没有。看来她很小心不让他知道。不过既然她没跟贾德说布莱萧结过婚，也没提离婚的事，就表示这条信息可能很值钱。"

"有可能。"

"还有，海伦和布莱萧不是在雷诺认识的，他们早就认识了。"

"在哪里？怎么认识的？"

"贾德说他不知道，我相信。我说，只要他告诉我，我就付他钱。他恨不得能做成这笔生意，所以难过得要命。"

我在法院二楼的法律图书馆找到了杰瑞，他面前堆了好几大沓打字稿，手上都是灰，鼻子侧边也有一抹。

"杰瑞，有什么新发现？"

"我得出了一个结论。麦基犯罪的证据很薄弱，主要只有两项，一是他之前家暴，一是那小女孩的证词，有些法官根本不会予以采用。我在研究她的证词，因为有机会可以在她使用喷妥撒麻醉剂的状况下问她问题。"

"什么时候？"

"今晚8点，在疗养院。葛德温医师要到那个时候才有空。"

"我想在场。"

"我没问题，只要能说服葛德温医师就好。我是她的律师，都好不容易才得到许可。"

"我想葛德温隐瞒了些事情。现在到8点之间有些事得做，也许该我做，但你是本地人，能做得比我快。查清楚布莱萧在海伦遇害那天晚上的不在场证明是不是毫无漏洞。"

"我该怎么做？"杰瑞坐直了身子，用食指把鼻侧摸得更脏一点。

"布莱萧星期五晚上的不在场证明是一场校友晚宴，我想知道他能不能趁别人演讲的时候溜出来，或是及时离场杀她。你有权从警方和病理学那里取得死亡时间等资料。"

"我会尽力。"他把椅子向后推。

"还有，杰瑞，弹道测试结果出来没？"

"据说他们还在弄，原因不明。你是不是怀疑他们想动什么手脚？"

"不，弹道测试要作假没那么容易。"

我留他在原处收那些打字稿，自己走路去市中心的太平洋旅馆。旅馆小弟已经联络上了狄娄尼太太的出租车司机，打听到那两位老太太住进了浪花旅馆，以此换取我另外5美元的赏金。我买了快干衬衫、内衣和袜子，回汽车旅馆洗澡更衣。我需要先进行这些程序，才能去与狄娄尼太太二度交涉。

走出浴室，有人敲门，敲得十分温和，像怕把门敲坏似的。

"哪位？"

"麦姬·哈戈迪。让我进去。"

"等我穿个衣服。"

这花了点时间，我得拿掉新衬衫上的别针，而且我的手抽筋。

"请让我进去。"那女人站在门边说，"我不想让人看见。"

我拉上裤子，光着脚走过去开门。她推开我走进来，仿佛后头有暴风追她，她那过于闪亮的金发被风吹乱了，湿冷的双手紧紧抓住我的手。

"警察在监视我家，我不知道他们有没有跟着我到这里来，我走海滩来的。"

"请坐。"我拉了把椅子给她，"警方要抓的不是你，是你的男朋友贝格利·麦基。"

"不要这样叫他，听起来好像在取笑他。"这是爱的告白。

"那你要我叫他什么？"

"我还是叫他查克，男人有权更改自己的名字，尤其他们以前那样对他，现在又对他这样。更何况他是作家，作家都用笔名。"

"好，那我就叫他查克。你不是来跟我讨论他的名字的吧？"

她手指头按在下嘴唇上，左右推过来推过去。她今天没涂口红，也没抹别的化妆品，看起来年轻多了，也更天真。

"有查克的消息？"我问。

她点点头，轻到几乎看不出来。好像太用力会给他招来危险似的。

"他在哪里？"

"在一个安全的地方。我不能告诉你，除非你保证不告诉警方。"

"我保证。"

"他有话跟你说。"她淡淡的眼睛亮了起来。

"有没有说是什么事？"

"我没跟他本人讲到话，是他在港口的朋友打电话告诉我的。"

"所以他人在港口附近？"

她又轻轻点点头。

"都说到这儿了，就全说了吧。我非常想和麦基见面。"

她皱起脸，决定说了。

"他在史蒂文律师的快艇上，那条船叫作'阴魂号'。"

"他怎么上得了那艘船？"

"我不确定。他知道史蒂文周末在巴波亚赛船，我想他大概去那里找他了。"

麦姬不想再一个人走出去，也不想坐我的车，我就让她留在我房间里。我开车从海边的大路去港口。港口外侧有几艘拖船和钓鱼船，停在码头范围内的船只大多是私人快艇或游艇。

今天是星期一，船出海的不多，但地平线上还是有几片白帆，船头都朝着陆地，像做着归乡的梦。

玻璃守望亭里的港务人员把史蒂文的快艇指给我看。虽然它在外码头的边上，但是因为桅杆很高，所以很容易看见。我走浮动船坞过去。"阴魂号"船身很长很时髦，有流线型船舱和比赛用的驾驶坐舱，漆面平滑干净，黄铜擦得很亮。它在水上轻轻摇晃，像一只发抖要跑的动物。

我走上船，敲敲舱门。没有回应，但一推就开。我爬下短梯，经过一些短波无线电设备，和一个飘着焦香咖啡味的小厨房，走进了寝室。阳光从舷窗照进来，变成一个椭圆形的亮点，随船身摇晃而往反方向移动位置。好像一个明亮的活物拍打着舱壁。我对着它说："麦基？"

上铺的东西动了一下，一张脸出现在和我眼睛同高的位置，有这张脸的人真适合在这艘叫"阴魂号"的船上工作。麦基刮掉了胡子，下半部分的脸有种刮胡后的苍白。他看起来变老变瘦，也不那么有自信了。

"你自己一个人来的？"

"当然。"

"那表示你也相信我没罪。"他沦落到连这点小小的希望都要了。

"还有谁？"

"史蒂文律师。"

"这是他的主意？"我指指麦基和我自己。

"他没说我不该跟你谈话。"

"好，那么，你有什么打算？"

他躺在那里看我，动也不动，噘着嘴，眼里闪着哀求的光。

"我不知道该从哪里开始讲。我活在自己的念头里十年了，十年太久，这一切感觉不像真的了。我知道我发生了什么事，但不明白为什么。坐十年的牢，因为我不肯认罪，所以不得假释。我怎么能认？我是冤枉的。如今，当年陷害我的人又要陷害我一次。"

他抓住双层床光滑的红木边。

"我不能回牢里去，我已经蹲十年苦牢了，最苦的莫过于为别人犯的错受刑，天啊，那时间过得真慢。牢里没多少活好忙，我有一半的时间什么事也没得做，只能坐在那里想事情。"

他说："他们要是想送我回去，我宁可自杀。"

他是认真的。我回答的也是真心话。

"麦基，我跟你保证，不会让那种事发生。"

"真希望我能相信你。相信别人的习惯是会改掉的，人家不相信你，你也就不相信别人。"

"你太太是谁杀的？"

"我不知道。"

"你认为凶手是谁？"

"我不想说。"

"你若不想说，何必费事又冒险，把我叫到这里来。我们从头讲起吧，麦基，你太太为什么离开你？"

"是我离开她。她死之前我们已经分居好几个月了，那天晚上我根本不在印第安泉，我在太平洋角这里。"

"为什么离开她？"

"因为她要我离开，我们合不来。自从我退伍返乡以后，我们一直都合不来。康妮和孩子战时和她姐姐住，战后适应不了和我一起生活。我承认我有一阵子脾气不好，可她姐姐爱丽丝促使我们的关系变得更糟。"

"为什么？"

"她认为这场婚姻是个错误，我认为她想独占康妮，我挡了她的路。"

"挡路的还有别人吗？"

"所有障碍她都会排除吧。"

我问得更明确点："康妮的生命中有别的男人吗？"

"有。"他有些羞惭，好像出轨的人是他似的，"这些年我想了又想，这事现在不该再重提了。那家伙和她的死并没有关系，这我确定，他疯狂爱她，不可能会伤害她。"

"你怎么知道？"

"在她死前不久，我和他谈过她的事。那孩子把他们俩的事告诉我了。"

"那孩子指的是你女儿桃莉？"

"对。康妮每个星期六带桃莉去看医生的时候都会和他见面。有一次我去看小孩的时候……事实上那也就是最后一次，她把他们见面的事告诉了我。当时她才十一或十二岁，并不真的懂，但她知道有些可疑的事正在发生。"

"每个星期六下午，康妮和那家伙都带她去看两场连映的电影，把她单独留在电影院，然后去别的地方，也许是汽车旅馆之类的。康妮要孩子掩护她，孩子就照办。那男人还付钱叫她骗爱丽丝说，电影是康妮和她一起看的。我觉得那么做真是太烂了。"麦基努力想让自己为旧事生气，但是他受了太多的苦，想了太多，已经都气不起来了。那张脸挂在床边，像一轮冷月。

"我得知道他的名字。"我说，"是葛德温吗？"

"怎么可能，当然不是。是罗伊·布莱萧，他当时是那所学院的教授。"他悲壮地加了一句，"现在是院长了。"

我心想，他现在乌云罩顶，这院长当不了多久了。

"布莱萧也是葛德温医师的病人。"麦基说，"他和康妮就是在葛德温医师的诊所室认识的。我想医生也鼓励他们在一起。"

"为什么会这么想？"

"布莱萧跟我说，医生说这对他们有好处，有助情绪健康。怪的是，我去找布莱萧本来想叫他放弃康妮，就算要揍他我也做得到，可是听他讲完以后，我居然被说服了一半，有点相信他和康妮才是对的，而我错了。直到现在我还是不知道谁对谁错，只知道我没给过她真正的幸福，除了第一年。也许布莱萧给了她真正的幸福吧。"

"因为这个缘故，你就没把他扯进审判里？"

"这是其一。何必把事情搞得更乱呢？只会让我更没面子。"他顿了一下。然后从心底深处发出了更深沉的声音，"况且，我爱她。我爱康妮。我只能这样来证明我爱她。"

"你知不知道布莱萧和另一个女人结婚了？"

"什么时候？"

"都二十年了。他几星期前才刚离婚。"

麦基着实吃了一惊，他这么长的时间靠幻想维生，我简直是在断他的粮。他翻身躺回床里，离开我的视线。

"她叫利蒂希娅·麦奎狄·布莱萧。你听过这个名字没有？"

"没有。他怎么可能是已婚男子？他跟妈妈住在一起呀。"

"婚姻有很多种。"我说，"他可能很多年没跟妻子见面了，也可能常常见面。他可能让她就住在这镇上，只是不让母亲和朋友知道。我想实情很可能就是最后这一种，所以才要跑那么远去办离婚。"

"我看不出这和我有什么关系。"麦基的声音颤抖又充满困惑。

"关系恐怕大了。如果那个叫麦奎狄的女人十年前在镇上，就有动机杀你太太，她的动机和你一样强。"

"我没有动机，我不会伤她一根汗毛。"他不想去想那个女人，他太习惯想他自己了。

"可是你伤过她，一次或两次。"

他不说话了。我看得见的，就只有他那假发似的波浪状灰发，还有那双不诚实但努力想要诚实的大眼睛。

"我是打过她两次，我承认，事后我也很痛苦。你要了解，我喝醉以后会变得刻薄。所以康妮才要分手，我不怪她。我什么都不怪她，只怪我自己。"他深吸一口气，再缓缓呼出来。

我给他一根烟，他不要。我自己点了一根。那块动来动去的椭圆形日光爬上了舱壁，天很快就要黑了。

"原来布莱萧有太太。"麦基总算把这话听进去了，"那他还跟我说他打算娶康妮。"

"也许他确实有这个打算，所以那女人的动机就更强了。"

"你真觉得是她干的？"

"她是头号嫌犯，布莱萧居次。你女儿一定也认为他有嫌疑，才会申请进他的学校，还进他家工作，就近监视。那是你的主意吗？"

他摇摇头。

"我不明白她在这中间扮演什么角色，她又不肯解释。"

"我知道。"他说，"从以前到现在，桃莉说了很多谎。但是小孩子说谎和大人说谎是不一样的。"

"你是个心胸宽大的人。"

"噢，不，我不是。那个星期天我去找她的时候，心里很气，我看见她和丈夫的照片登在报上，心想，她对我做了那种事，凭什么还能有幸福婚姻？去的时候是这样想的。"

"你把心里想的告诉她了？"

"是啊，我说了。可是我的气一下子就消了。她长得跟她妈妈好像。时间仿佛倒退了二十年，回到我们刚刚结婚的那段幸福时光。我在海军那年我们真的很幸福，当时康妮正怀着她。"

他的思绪一直回避当下的问题，这不能怪他，但我得拉他回来。

"那个星期天，你没给女儿好气受，对吧？"

"一开始是这样没错，我承认。我问她为什么要在法庭上说谎，我会这样问也算合理吧？"

"应该是。她如何反应？"

"她歇斯底里地说她没有说谎，说她看见我拿枪什么的全是真的，还听见我和她妈妈吵架。我告诉她，没那回事。我那天晚上根本就不在印第安泉。她听见了之后就安静了。"

"然后呢？"

"我问她为什么要说谎。"他舔舔嘴唇，压低声音，"我问她，她妈妈是不是她自己杀的？也许是意外，爱丽丝的枪收得很随便。这是个可怕的问题，这问题在我心里放太久了。"

"从你受审到现在？"

"比那更早。"

"所以你才不肯让史蒂文律师交叉质问？"

"对。我当时就应该放手让他去做，却在十年后才自己跑去问她。"

"结婚呢？"

"她歇斯底里得更严重了，又哭又笑。我看了难过得不得了。她的脸白得像纸，眼泪一颗颗流下来。那眼泪看起来好纯净。"

"她怎么说？"

"她当然说不是她。"

"有可能是她吗？她懂得用枪吗？"

"懂一点，我教过她，爱丽丝也教过。扣扳机没什么难的，更何况是意外。"

"你依然认为事情是那样的？"

"我不知道，所以才想找你谈。"

他把这些话说出来似乎就解除了某些束缚，从上铺爬下来，面对我在狭窄的走道上站定。他穿着船员穿的高领毛衣、牛仔裤和橡胶底的甲板鞋。

"你可以去问她。"他说，"我不能，史蒂文不肯，但是你可以去问她当初到底发生了什么事。"

"或许她也不知道。"

"是的。那个星期她被搅得很乱，天晓得，我并不想扰乱她，只问了几个问题，但她似乎分不清楚事实和她在法庭上陈述的事之间有什么差别。"

"她在法庭上说的……她承认那是捏造的？"

"她捏造的那些事应该多亏爱丽丝大力帮助，我能想象得出事情经过。爱丽丝会说：'事情就是这样发生的，对不对？你看见你老爸拿着枪，对不对？'过一会儿那孩子就会照她说的说了。"

"爱丽丝会陷害你？"

"她不会这样对自己说。对她而言我横竖有罪，她所做的一切只不过是要让我得到惩罚。她教小孩说那些话的时候说不定根本就没意识到自己在犯法。反正我亲爱的大姨子总爱和我过不去。"

"她也和康妮过不去？"

"康妮？她对康妮简直是溺爱。爱丽丝不像她姐姐，倒像她妈。她俩相差十四岁或十五岁。"

"你说她想把康妮留在自己身边，如果发现布莱萧的事，她对康妮的感受就会改变吧？"

"变不了多少。更何况，谁会告诉她呢？"

"令爱。既然她会告诉你，就也有可能会告诉她。"

"你想太多了。"麦基摇摇头。

"我必须多想。这案子很深，到现在还看不见底。就你所知，爱丽丝有没有住过波士顿？"

"我想她一直住在这里。她是'本土女儿'，我也是土生土长的男儿，可没人给我奖章。"

"即使是本土女儿也有可能去波士顿。爱丽丝有没有当过演员，或嫁过叫麦奎狄的人，或者染过头发？"

"这些都不像爱丽丝会做的事。"

想到她那间粉红色的卧室，我还真不敢说。

"这听起来倒像是……"麦基说到一半就住口，警醒地沉默了一会儿，"你刚要给我的那根烟，还是给我吧。"

我给他一根烟，帮他点上。

"你刚本来想说什么？"

"没什么，我在自言自语。"

"想到了谁？"

"你不认识的人。忘了吧，好吗？"

"少来，麦基，你应该要对我坦诚才对。"

"脑子里保留一点隐私总行吧，在牢里我就靠这点自由活下来的。"

"你已经出狱了，还想留在外面吗？"

"拜托，你现在又想掩护谁？"

"没有谁。"

"麦姬·哈戈迪？"

"你疯啦？"

从他身上问不出别的了。漫长的牢狱生涯逼得人变了形，麦基变成了一个诡异的圣人。

28

看来他又要倒大霉了。我爬出船舱，见到三个人走浮动船坞过来，他们的身体和戴着帽子的头，逆着耀眼阳光都黑得像铁。

其中一人向我亮出警徽和枪，他用枪指着我，其他人下了船舱。我听见麦基大叫一声，接着就戴着手铐让人用枪押着踉跄走了出来。他只看了我一眼，眼神充满恐惧与反感。

他们没给我上手铐，可是将我押上了警车的后座，和麦基一同前往法院。我想跟他讲话，但他不肯理我，也不肯往我这边看。他认为是我害他被抓，我虽无此意图，但也许确实害了他。

我在警方监控下坐在讯问室外。里面传出各种问话的声音，一会儿高，一会儿低，一会儿咆哮，一会儿谄媚，一会儿威严，一会儿利诱，一会儿拒绝，一会儿哄骗，无所不用其极。克瑞恩警长来了，看起来很疲倦，却依然趾高气扬，站到我面前，挺着肚子露出笑容。

"你朋友现在麻烦可大了。"

"还能比过去十年更惨吗？你应该最清楚，搞成这样也有你的份。"

他两颊的血管亮了起来，像许多错综复杂的红外线灯管。他弯腰朝我吐出带着马丁尼气息的字句："你说话给我小心点，否则光凭这话我就可以送你去坐牢。你知道这回你朋友会上哪儿吗？他会被直接推进绿房间。"

"那他也不会是第一个无辜进瓦斯房的人。"

"无辜？我们有证据可以证明，麦基杀的人不止一个。我的专家花了一整天才搞定。海伦死尸上的子弹和当年麦基他太太的那颗是同一把枪射的，就是他从印第安泉的爱丽丝·詹克斯家偷走的那一把。"

我顺利从警长口中套出了话，又乘胜追击。

"你无法证明枪是他偷的，也无法证明枪是他开的，更何况，这十年来他把枪藏在哪儿？"

"他肯定是把枪藏在某个地方了，说不定就藏在史蒂文的船上。也或许有共犯帮他藏。"

"然后他再把枪藏在女儿床垫下陷害她？"

"他就是这种人。"

"真是疯子（nuts）！"

"不许跟我这样讲话。"他向我逼近，拿那像炮弹似的大肚子来威胁我。

"不许这样跟警长说话。"守在一旁的警察说。

"我不知道有哪一条法律禁止说'坚果'（nuts）。而且我上快艇去跟麦基讲话也没违反任何一条加州法规。我和一位本地律师合作调查，我有权尽其所能取得资讯并且予以保密。"

"你怎么知道他在那里？"

"我消息灵通。"

"史蒂文告诉你的？"

"不是，与他无关。警长，我可以和你交换情报，你怎么知道他在那里的？"

"我不和嫌犯谈条件。"

"我有什么嫌疑？非法使用'坚果'这个词？"

"不好笑，你是和麦基一起抓来的，我有权拘留你。"

"我有权打电话给律师，你敢不让我行使权利就试试看，我在沙加缅度有朋友。"

那并不包括首席检察官或相关人等，但我喜欢让话听起来有那种感觉。克瑞恩警长就不喜欢了，他是半个政客，这一类的人都没什么安全感。他想了一想就说："你可以打电话。"

警长走进讯问室加入拷问行列，门开着，我瞥见麦基在灯下驼着背脸色发灰。看守我的人带我走进一间小房间，把我和电话单独留在里面。我拿起电话，打给杰瑞。他正要去赴葛德温医师和桃莉的约，但他说他会立刻来法院，如果史蒂文能来的话，会带他一起来。

不到十五分钟，他们两个就到了。史蒂文从他那两道断翅似的白色刘海下面给我使了个眼色，要我假装不认识他。我猜这个老律师劝过麦基和我谈谈，说不定见面的事就是他安排的。麦基所说的某些事，他不能用，但我可以。

寒颤

T H E   C H I L L

杰瑞拿申请人身保护令来温和地威胁警方，顺利把我弄了出来。史蒂文的当事人就没那么好脱身，老律师只好留下，和警长与一名检察官继续周旋。

月亮像一颗违反地心引力的水果，落到一半悬在屋顶上方，好大，有点扁。

"真漂亮。"杰瑞在停车场说。

"我看像个烂橘子。"

"是美是丑都由看的人决定，这道理我从小就懂，是某个有名的政治家说的。"每次拿法学院学到的东西出来用，成功了，杰瑞的心情就会好得不得了。此刻他脚步特别轻快，走过去上了车，发动引擎。

"我们和葛德温有约，已经迟了。"

"你抽空去查布莱萧的不在场证明没？"

"查了。看来牢不可破。"他在路上把详情讲给我听，"验尸根据尸温状况、血液凝结程度等资料判断哈格提小姐的死亡时间不会晚于8点半。布莱萧院长从7点左右到9点半左右，也许坐着，也许站着致辞，但总之都与一百多名证人同在。我找其中三位谈过，三位校友是随机找的，全都说他那段时间内没离开过讲者桌。所以凶手不是他。"

"那么看来凶手不是他。"

"你怎么有点失望？"

"有点失望，也松了一口气。我原本相当确定布莱萧就是凶手，但又挺喜欢他的。"

在抵达疗养院之前，我把从麦基和警长那里听来的事告诉他，杰瑞吹了声口哨，没有发表意见。

葛德温医师出来开门，身穿干净的白袍，脸上挂着委屈的表情。

"你吃饭了，律师，我正打算取消呢。"

"刚才发生了一点紧急状况，汤玛斯·麦基今晚7点左右被捕，当时亚彻先生恰好在场，所以也一起被捕了。"

葛德温问我："你和麦基在一起？"

"他找我去，跟我说了些事，我想拿来和他女儿的说法比较一下。"

"你恐怕不能……呃，不能参加。"葛德温说得有点不太好意思，"我之前就跟您说过，您并没有专业豁免权。"

"我有。只要杰瑞派我参加，我就有。"

"亚彻先生说得没错，我派他参加。"

葛德温勉强让我们进去了。对他这个幽暗的王国来说，我们是外人，是闯入者。我对他这种善意的专制有点失去信心，但暂时只想把这念头放在心里。

他带我们到诊疗室，桃莉在那里等。她坐在铺了垫子的台子上，穿着医院的无袖白袍。艾力克斯站在她身边，将她两手都握在手里。他的眼睛只看她，充满渴望与仰慕，仿佛她是女祭司或女神，而这教派很怪，只有一名教徒。

她的头发光滑闪亮，面容冷静，唯独眼神有点焦躁不开心，仿佛在想心事。那双眼睛明明看见了我，却好像完全不认得我。

"桃莉，准备好了吗？"葛德温碰碰她肩膀。

"应该好了吧。"

她躺下来，艾力克斯还是握着她一只手。

"金凯德先生，假如你想留下，没有问题，但你不在场事情也许会容易些。"

"我不觉得。"桃莉说，"他在场我比较有安全感。我想要艾力克斯知道所有和……所有的事。"

"好的。我想留下。"

葛德温在她的手臂上插入一根皮下注射针，用胶带固定住，并且让桃莉从100开始倒数，数到96的时候，她的身体就不再紧绷，脸上那股内在的光也消失不见。但听见医生的声音，那光又回来了，只是变得有点怪异，医生问："桃莉，听得见我说话吗？"

她喃喃说："听得见。"

"大声一点，我听不清楚。"

"听得见。"她讲得有点含糊。

"我是谁？"

"葛德温医师。"

"你记不记得小时候常来我这里看病？"

"记得。"

"是谁带你来的？"

"是妈妈。她开爱丽丝阿姨的车载我来。"

"那时候你住在哪里？"

"印第安泉，爱丽丝阿姨家。"

"妈妈也住在那里吗？"

"妈妈也住在那里，她也住在那里。"

她脸红红的，像个喝醉酒的小孩。医生转身对杰瑞做了个交接的手势。杰瑞的眼睛露出了忧伤的表情。

他说："你记不记得那天晚上，妈咪被杀的那天晚上？"

"我记得。你是谁？"

"我是杰瑞·马克思，你的律师。跟我讲没有关系。"

"没有关系。"艾力克斯说。

女孩睡眼惺忪地望着杰瑞："你要我说什么？"

"说实话就好。不用管我要什么，不用管任何人，只要把你记得的事说出来就好。"

"我尽力。"

"你有没有听见枪声？"

"听见了。"她皱起脸，好像现在正在听，"我……我当时好害怕。"

"有没有看见什么人？"

"我没有马上下楼，我吓坏了。"

"有没有从窗口看见什么人？"

"没有。我听到车子开走的声音。在那之前我听到她逃走的声音。"

"听到谁逃走？"

"她一开始在门口跟妈咪讲话的时候，我还以为是爱丽丝阿姨。但是不可能是爱丽丝阿姨，她不会开枪打妈咪。而且她的枪不见了。"

"你怎么知道？"

"她说是我偷的，所以拿梳子打我。"

"她什么时候打你的？"

"星期天晚上，她从教堂回来以后。妈咪说她不可以打我，爱丽丝阿姨就问妈咪，枪是不是她拿的。"

"是她吗？"

"我在场的时候她没说不是，之后她们就叫我去睡觉了。"

"你有没有拿那把枪？"

"没有，连碰都没碰过。我很怕它。"

"为什么？"

"我很怕爱丽丝阿姨。"

她的脸变成了玫瑰色的，还冒出汗来。她挣扎着想用手肘撑着坐起来。医生扶住她的背，让她躺回去，又调整一下针头的位置。她放松下来，杰瑞又说："在门口跟你妈咪说话的人，是不是爱丽丝阿姨？"

"我起初以为是，听起来很像她，讲话很大声又很可怕。可是那不可能是爱丽丝阿姨。"

"为什么不可能？"

"就是不可能。"

她转头做出倾听的样子，一缕头发掉在半闭的眼睛上，艾力克斯伸手温柔地把头发拨到后面。她说："门口那个女士说，妈咪和布莱萧先生的事绝对是真的。她说她听爹地亲口说的，而爹地是听我说的。然后她开枪打妈妈，然后跑掉了。"

现场一片静默，只听得见那女孩沉重的呼吸。一颗泪珠缓缓在眼角形成，慢得像蜜，顺着太阳穴流下来。艾力克斯用他的手帕擦擦那露出青筋的太阳穴。杰瑞在另一边低头问她："那你为什么说是爹地杀了妈咪？"

"爱丽丝阿姨要我说的。她没说，但我知道。而且我怕她会以为开枪的人是我，我没偷枪，可是她说我偷了，还打我。我说是爹地，她就逼我说了一遍又一遍。"

这下眼泪就不只一滴了。她的流泪，既为当年那个因为害怕而撒谎的小孩，也为在痛苦中成长的这个女人。艾力克斯帮她擦眼泪，看起来自己也快哭了。

我说："那么，为什么之前要跟我们说妈妈是你杀的呢？"

"你是谁？"

"我是艾力克斯的朋友，卢·亚彻。"

"没有错。"艾力克斯说。

她抬起头，又让记忆倒回去。

"我忘记了，你刚问什么？"

"你为什么说妈妈是你杀的？"

"因为都是我的错，我把她和布莱萧的事告诉爹地，才会发生后来的事。"

"你怎么知道？"

"门口那个女士说的，她听爹地说了那件事，才会来开枪杀妈咪。"

"你知不知道她是谁？"

"不知道。"

"是你爱丽丝阿姨吗？"

"不是。"

"是你认识的人吗？"

"我不知道，也许认识。"

"她说话的样子听起来像跟你认识吗？"

"她叫她的名字。"

"什么名字？"

"利蒂希娅，她叫她利蒂希娅。我听得出来妈咪不喜欢她，妈咪怕她。"

"之前你为什么不说出来？"

"因为全都是我的错。"

"不是的。"艾力克斯说，"你只是个小孩子，大人做的事不该你负责。"

葛德温把手指放到唇上，要他噤声。桃莉把头摇过来又摇过去。

"都是我的错。"

"时间够久了。"葛德温悄声对杰瑞说，"她有进步，我想让这种状态保持下去。"

"但我们还没问哈格提的案子。"

"那请长话短说。"葛德温对那女孩说，"桃莉，你愿意谈上周五晚上的事吗？"

"发现她的那部分我不要讲。"她皱起脸，眼睛眯得都快不见了。

"不用说发现死尸的详情。"杰瑞说，"但是你去那里做什么呢？"

"我去找海伦聊天。我常上山找海伦聊天，我们是朋友。"

"你们怎么交上朋友的？"

"刚开始我故意去讨海伦欢心。"她很坦白，但面无表情，很怪，"我觉得她可能是那位女士……开枪杀死我妈妈的那个女人，学校传言说她和布莱萧院长走得很近。"

"你进那所学校是想找出那个女人？"

"是的。可是海伦不是那个人，我发现她才来镇上不久，而且她跟我说，她和布莱萧之间什么都没有。我真不应该把她拖下水。"

"你怎么拖她下水的？"

"我把所有的事告诉她，我妈和布莱萧的事，谋杀的事，还有门口那个女人。海伦就是知道得太多才会死的。"

"有可能。"我说，"但她不是听你说才知道的。"

"当然是！我把所有事都跟她说了。"

"不要跟她争，她虽然正在快速清醒，但意识还不太清楚。"葛德温拉拉我的袖子。

"海伦有没有问你问题？"

"有。她问了我问题。"

"那些事不是你硬要她听的。"

"不是，她想知道。"

"她想知道什么？"

"布莱萧院长和我妈妈之间所有的事情。"

"她有没有说为什么？"

"她想帮我打这场圣战，我那天在旅馆和爹地谈过以后，就发动了一场圣战，孩子的圣战。"她的笑声还没离开喉咙就变成了哭声，"结婚唯一成就的是我好朋友海伦的死，我发现死尸的时候……"

她双眼圆睁，接着张大了嘴，身体僵直，好像在模仿死尸似的，维持了十五到二十分钟。

"那就好像再一次看见了妈妈的死尸。"她说得很小声，然后整个人醒了过来，"还好吗？"

艾力克斯说："很好。"

他扶她坐起来。她倚靠着他，头发披在肩上。几分钟后，她走回自己的房间，整个过程中依然一直倚靠着他。他们走路的样子就像夫妻。

葛德温关上诊疗室的门。

"希望两位得到你们想要的了。"他不太高兴。

"她说得很坦率。"一番折腾下来，杰瑞累坏了。

"那并不意外，我已经让她为此准备三天了。我之前跟两位说过，使用硫化喷妥撒纳剂并不见得就一定能问出实话。如果病人打定主意要说谎，药也阻止不了她。"

"你的意思说，她说的不是实话？"

"不，我相信她说的是实话，但不知道她所知道的是不是事实。现在我的问题是要扩大她的知觉，好让她完全清醒。所以容我请两位先生离开吧。"

"等一下。"我说，"请再给我一分钟好吗？我花了三天时间，外加金凯德的一笔钱，才查出了你早就知道的事。"

"是吗？"他冷冷地说。

"是的。如果您早点把布莱萧和康妮·麦基外遇的事告诉我，我就用不着费那么大的事了。"

"我不是为了帮侦探省事而存在的，这牵连到职业道德问题，或许你不了解，但律师应该了解吧。"

杰瑞嘴里说着，"我不了解"，身体凑过来挡在我们两人之间，好像担心会打起来。他碰碰我肩膀。"亚彻，我们走吧，让医生做他的事，他很配合了，你知道的。"

"很配合谁？布莱萧？"

葛德温脸都白了。

"我的首要任务是维护病人。"

"即使他们谋杀别人？"

"即使是那样。但是我和罗伊·布莱萧很熟，我可以跟你保证他不可能杀任何人，当然更没杀康妮·麦基，他和她当时还在热恋当中。"

"热恋是一把双刃剑。"

"他没杀她。"

"两天前你还说是麦基杀的，医生，你也会犯错。"

"我知道，但是罗伊的事我不会错，他的人生十分悲惨。"

"说来听听。"

"这得他自己跟你说。亚彻先生，我不是联邦调查局的新手探员，我是医生。"

"那他最近离婚的那个女人呢？叫蒂什还是利蒂希娅的？你

认识她吗？"

　　他望着我不发一语，眼神像是知道什么令人难过的事，好一会儿才终于说："他的事你得去问罗伊。"

29

杰瑞要去法院找麦基问问题，让我在港口下车，我的车还停在那里。月亮高挂天空，已经恢复了应有的形状和颜色。快艇在月光下变成了那艘叫作"飞行荷兰人"的幽灵船。

我回汽车旅馆，想跟麦姬·戈哈迪聊聊。她蒸发了，我仅存的威士忌也蒸发了。我坐在床边，打电话去她家，没人接。

再打给布莱萧。老布莱萧太太好像已经永久占据了电话旁的位子，电话铃响第一声就接了起来，颤抖地说："请问是哪位？"

"只是亚彻。罗伊还没回来吗？"

"还没，我好担心。从星期六一大早到现在，我一直没见到他，也没他消息，打电话问他朋友……"

"我可不会那么做，布莱萧太太。"

"我总得做点什么。"

"有时候什么也不做还比较好。别轻举妄动，静静等吧。"

"我办不到。你这话的意思是说，出大事了吗？"

"我想您心里有数。"

"这和那个恐怖的女人……那个叫麦奎狄的女人有关？"

"是的，我们得查出她在哪里，我相当确定令郎能告诉我们，但现在他让我们连他都找不着了。您确定离开波士顿后没见过她？"

"相当确定。我只见过她一次，就是她来找我要钱那一次。"

"能不能描述她的样子？"

"我不是说过了吗？"

"请再说详细一点，这非常重要。"

她想了一想，我听得见电话那头呼吸的声音，那是种有节奏的声音。

"嗯，她个头挺大的，比我高，红头发，身材很好，很丰满，五官也很好看，俗丽的那种好看。她的眼睛是绿色的，我很不喜欢那种阴沉的绿眼睛。她妆化得很浓，适合上舞台，不适合上街，那身服装更是过了头。"

"她穿什么？"

"都过二十年了，当时穿什么已经无关紧要了吧。我记得她穿了一件貂皮……假貂皮外套，里面好像是条纹衣服，鞋跟高得离谱，还戴了一堆夸张的假首饰……"

"她说起话来什么样子？"

"就是那种贪婪、有侵略性、淫荡的女人。"她说得如此义正词严。如此愤慨，我并不意外。毕竟这女人差点抢走罗伊，而且可能还会来抢。

"如果再见到她，换了衣服，头发染成别的颜色，您还认得出吗？"

"我想应该可以，如果有机会细看的话。"

"等我们找到她以后，会有这个机会的。"

我心想，人想换眼睛的颜色没有换头发颜色那么简单，与案子有关的女人当中，只有一个绿眼女人，就是萝拉·萨瑟兰。她有引人注目的好身材，五官也好看，但其他没有半点符合。不过，也许她变了，有些女人短时间里就变得让人完全认不出来，我可是见识过的。

"布莱萧太太，你认识萝拉·萨瑟兰吗？"

"一点点。"

"她像不像那个叫麦奎狄的女人？"

"为什么这么问？"她提高了声调，"你怀疑萝拉？"

"不至于，但您还没回答我的问题。"

"不可能是她，两个人完全不同类型。"

"但是基本外形特征很相似吧？"

"是有点像。"她起疑了，"罗伊很容易受那种一看就是哺乳动物的女人吸引。"

我心想，那是母亲的形象。

"我还得再问您一个问题，比较私人的问题。"

"哦？"她似乎抱住了自己，担心要面对痛击。

"我想您应该知道罗伊是葛德温医师的病人吧？"

"葛德温医师的病人？我不相信，他不可能瞒我。"虽然她说了那么多酸话，好像很了解他本性的样子，可是其实他有很多事情她都不知道。

"葛德温医师说的，他在那里看病很多年了。"

"一定是弄错了，罗伊的心理没问题。"之后的沉默紧绷到几乎出现回声。她问，"有吗？"

"我原本还打算要问您呢，很抱歉提起这个话题，别紧张，布莱萧太太，放轻松一点。"

"儿子有难，我怎么轻松得起来？"

她不想让我太快挂电话，想听我对她的老耳朵多说些安慰的话，可是我说声晚安就把电话挂了。一名嫌犯可以删除了，麦姬·戈哈迪不符合描述，怎样都不可能是她。至于萝拉，还很难说。

当然这很不合理，布莱萧何必和她离婚又立刻娶她一次。不过和萝拉新婚的事我只听过布莱萧的一面之词。我已经渐渐发觉他讲的话就跟橡皮筋一样，可以扯很长，也容易断。我查到萝拉住在学院岗，正把地址抄到笔记本上的时候，电话响了。

是杰瑞打来的。麦基说他没跟利蒂希娅或任何人讲过布莱萧和他太太的事，他只跟一个人讨论过，就是布莱萧。

"或许是布莱萧自己跟她讲的，"我说，"也或许麦基讲的时候被那女人听见。"

"有可能，但可能性很小。麦基说他们是在布莱萧家里面谈的。"

"他说不定在妈妈不在家时带她回来。"

"你认为她住在这附近？"

"总之一定在南加州某处，我相信布莱萧过着分裂的生活，其中一半和她在一起。麦基和哈格提命案应该都是她干的。我刚从布莱萧的母亲那里取得了她比较详细的描述，最好传给警方，让他们去找。你手边有没有纸笔？"

"有，我就坐在警长的书桌旁。"

我把利蒂希娅的样子说给他听，但是没有提萝拉·萨瑟兰的事，我想自己去找她谈谈。

大学高地离市区比学校还远些，是块独立的郊区，像盘大杂烩，有兄弟会宿舍，也有公寓房子，还有些房前的空地插着待销售牌子。有一间亮着灯的兄弟会宿舍里，男孩抱着吉他唱：这块土地属于你和我。

萝拉住的是比较好的公寓，有花园，有中庭，还有游泳池。一名穿着衬衫在游泳池旁躺椅上打蚊子的男子指给我看她家是哪一户，还挺得意地告诉我这地方是他的。

"有人和她一起吗？"

"应该没有，之前有位访客，但他已经回家了。"

"他是谁？"

"先生，那是她的私事。"那人盯着我看了看。

"我想那位访客应该是布莱萧院长。"

"既然知道又何必问？"

我走到中庭后面，敲她的门，她开了门，却没把门锁取下，脸上原本美丽的玫瑰色不见了，身上穿着深色衣服，好似在服丧。

"很晚了，您有何贵干？"

"只是说个话也嫌晚吗？布莱萧太太。"

"我不是布莱萧太太。"她这话没什么说服力，"我还没结婚。"

"罗伊昨晚才说你们结婚了，说谎的是谁？"

"拜托别这样，我房东在外面。"她取下门锁，后退一步，"非谈不可的话，就进来谈吧。"

她关上门，挂上门锁。我盯着看的是她，不是房子，可以感觉得出这个家布置得很有品位，间接光源柔和地照在木制品和陶器上。我在她脸上寻找另一种人的痕迹，遍寻不着。她没有皱纹，也没有放浪生活留下的眼袋，只有不安。她看着我的眼神像看着抢匪。

"你在怕什么？"

她用吓坏了的声音说："我没怕。"还伸手按住脖子，想控制语气，"我很生气，你闯进我家，还乱发表意见。"

"是你请我进来的。"

"那是因为你说话不小心。"

"我以您的夫姓称呼您，有错吗？"

"没错。"她露出苦笑，"我以此为傲，但是我和我丈夫目前还不想让人知道。"

"怕利蒂希娅·麦奎狄发现？"

她对那名字没什么特别的反应。我想这名字也不可能是她的，无论多么保养体态或皮肤，她都还是太年轻了。布莱萧和利蒂希娅结婚的时候，萝拉顶多是个十几岁的小女孩吧。

"利蒂希娅什么？"她问。

"利蒂希娅·麦奎狄，也叫蒂什。"

"我不知道你在讲什么。"

"你若真想知道，我就说给你听。我可以坐下吗？"

"请坐。"她语气很冷淡。我是送坏消息来的信使，古时候这种人会被杀掉的。

我坐在一个皮矮凳上，背靠着墙，她依旧站着。

"你爱罗伊·布莱萧对吧？"

"如果不爱，就不会嫁给他了。"

"你什么时候嫁给他的？"

"两星期前的星期六，9月10日。"想起那天，她脸上的血色就回来了一点，"那时候他刚从欧洲旅游回来，我们临时起意跑去雷诺结了婚。"

"在那之前，今年夏天里，你和他在雷诺待过吗？"

她既生气又困惑，摇了摇头。

"去雷诺结婚是谁的主意？"

"当然是罗伊，不过我也愿意。我早就想嫁给他了。"她很坦率地说。

"是什么阻碍了婚事？"

"其实没有阻碍，只是想晚一点再说。原因有好几个。布莱萧太太是占有欲很强的母亲，罗伊除了薪水之外一无所有。也许这听起来像是为了钱……"她有点不好意思地顿了一下，想找出比较好的说法。

"他母亲年纪多大？"

"六十几岁吧，怎么了？"

"她虽然有些小病，但精力充沛，可能还能活很长的时间。"

她眼中那冰山之火又点燃了。

"我们不是在等她死，你想错了……我们只是在等一个比较适合的时机。罗伊希望能劝她以比较合理的眼光来看待……我。同时……"她突然打住，不信任地望了我一眼，"这些全都与你无关。你说要告诉我那个麦奎狄的事，利蒂希娅·麦奎狄？这名字听起来好像假的。"

"我保证真有其人。你的丈夫与你结婚前才和她离婚。"

她走到椅子旁，颓然坐下，好像双腿突然失去了力气。

"我不相信，罗伊从来没有结过婚。"

"他结过。就连他母亲经过一番挣扎之后都承认了。那是段不幸的婚姻，是他还在哈佛念书的时候结的，直到今年夏天才结束。他半个7月和整个8月都在内华达州居留，就是为了以后要在那里离婚。"

"那你肯定搞错了。罗伊那段时间人在欧洲。"

"想必你有信件和明信片可以证明。"

"是的。"她松了一口气，笑了。

她去另一个房间，拿来一叠用红色丝带系好的邮件。我将明信片照顺序排好：伦敦塔（伦敦邮戳，7月18日）、博德图书馆（牛津，7月21日），一直到慕尼黑（英国花园一景，邮戳盖的是8月25日）。最后一张明信片背后，布莱萧写的是：

亲爱的萝拉：

昨天我去了希特勒的老巢贝希特斯加登，地方很美，真可惜和那么恐怖的人事物有关。今天搭巴士去了一个完全相反的地方，那里叫欧伯阿玛高，就是演出耶稣受难复活剧之地，村民真的就像圣经里的人那样简朴，让我叹为观止。整个巴伐利亚乡间到处都是漂亮至极的小教堂。真希望你也在这里！很抱歉让你过了一个寂寞的夏天，不过夏天很快就要结束了，我很高兴能和壮丽的欧洲告别，回到家的怀抱。仅此献上我所有的爱。

罗伊

我坐在那里把这段不可思议的字句再读了一遍，几乎和布莱萧太太给我看的那份一模一样。我努力要自己站在布莱萧的立场，用他的角度来理解他的动机，但我无法想象一个人如何能够分裂至此，嘲弄自己、利用自己到这种地步，写出两张几乎一模一样的明信片，分别寄给母亲和未婚妻。

"有什么不对吗？"萝拉问。

"几乎每件事都不对。"

我把邮件还给她，她珍惜地接过去。

"别想跟我说这些不是罗伊写的，我认得出他的笔迹和口气。"

"他在雷诺写了这些，"我说，"寄去欧洲，再由在欧洲的朋友或共犯帮他从欧洲寄回来。"

"你确定？"

"是的。你知不知道他有哪个朋友可能帮了他忙？"

她咬咬下唇。

"葛德温医师今年夏天在欧洲旅行，他和罗伊很要好，事实上罗伊给他看诊很长时间了。"

"他请葛德温医师治疗什么病？"

"我们没谈过，真的，可是我想应该和他过度……过度依赖母亲有关。"怒意缓缓在她颈上、脸上升起了一股红晕，她转开话题，"可是两个成年男人玩这种无聊的传信游戏做什么？"

"这我还不清楚，也许和你丈夫在事业上的企图心有关，看来他不想让任何人知道他之前那段不快乐的婚姻和离婚的事，宁可跑大老远去办，以求不为人知。同样的明信片他也寄了一套给他母亲，也许利蒂希娅也收到了一套。"

"她是谁？她在哪里？"

"我想就在这镇上，至少上周五晚上在，过去十年应该也在。我意外的是你丈夫竟能保密到这种程度，连对你也没说。"

她仍站在我面前，我仰头看着她，她眼神沉重，摇了摇头。

"或许也没什么好意外的，他能同时活在几个不同的阶层中，很擅长骗人，说不定也骗自己。妈宝经常是这样的，他们住在温室里，也需要有几个紧急出口。"

她深吸一口气，胸部鼓了起来。

"他不是妈宝，也许早年有些问题，但现在他已经是个强壮的男人了，我知道他爱我。他做这一切一定有他的理由。"她低头看着手上的信和明信片。

"我相信，而且那理由一定和我们这两件谋杀案有关。利蒂希娅·麦奎狄是这两件案子的头号嫌犯。"

"两件谋杀案？"

"其实有三件，时间横跨了二十二年……上周五晚上的海伦·哈格提、十年前的康妮·麦基，还有战前在伊利诺伊州的路克·狄娄尼。"

"狄娄尼？"

"路克·狄娄尼。你不可能知道他，但我想利蒂希娅知道。"

"他和浪花旅馆的那位狄娄尼太太有关吗？"

"她是他太太，你认得？"

"不认得，但罗伊出门前和她通过电话。"

"说了什么？"

"就只说他要过去见她。我问她是谁，他赶着出门，来不及解释。"

我站起身来。

"请允许我告辞，我要赶去旅馆看看能不能找到他，我已经找他一整天了。"

"他一直待在这里，和我一起。"她不由自主地微微一笑，但眼中还是有困惑，"请别跟他说我刚告诉你那些事，请通通别跟他说。"

"我会尽量，但可能很难避免。"

我走到门边，门锁使我花了点时间。

"等一下，"她在我身后说，"我想起来了，他在借我的书上写了一些东西。"

"什么东西？"

"她的名字。"

她进房间的时候屁股撞上了门框，布莱萧的明信片和信都从手中掉到地上，她没停下来捡。

她拿来一本翻开的书，塞给我。那是本著名的《叶芝诗选》，翻开的那页印的是《在学童当中》这首诗，第四节的头四句下面用铅笔画了线，布莱萧还在旁边的空白处写了一个名字，"利蒂希娅"。

那四行诗写的是：

她现时的模样飘进我心

仿佛出自十五世纪画家之手

双颊凹陷，莫非以风为酒

以散乱的影子为肉？

我说不太懂这诗的意思。

萝拉痛快地说："意思就是，罗伊依然爱她。叶芝写的是茅德·冈，他爱了一辈子的女人。罗伊借我这本《叶芝诗选》，说不定就是故意要让我知道利蒂希娅，他还真婉转。"

"也许是他很久以前写的，早就忘了。如果他还爱她，就不会跟她离婚，跟你结婚。但我得提醒你，你的婚姻有可能不合法。"

"不合法？"她是个保守的女人，这种可能性她受不了，"我们结婚是在雷诺由法官公证的，怎么会不合法。"

"他和利蒂希娅的婚事也许可以是无效的，我猜布莱萧做这件事可能没有适当的通知她，也就是说，依加州的法律，如果她不愿意离婚，那么他们的婚姻关系就还存在。"

她摇着头夺过我手中的诗集，用力丢到一把椅子上，有张纸从书里掉了出来，我伸手拾起。

又是一首诗，布莱萧亲手抄的。

献给萝拉
如果光明是黑暗
而黑暗是光明，
月亮是明亮夜空中的
一个黑洞。

渡鸦的翅膀
明亮如锡，
那么你，我的爱，
就比罪更黑。

今天吃早餐时我才对着阿尼和菲莉丝朗读过这首诗，二十多年前登在《布里吉顿之声》上，作者名字缩写是G.R.B.，我恍然大悟，布里吉顿和太平洋角终于穿越时间连起来了。G.R.B.就是乔治·罗伊·布莱萧。

"萝拉，这首诗他什么时候写给你的？"

"去年春天，他把这本《叶芝诗选》借给我的时候。"

我走了，她还在那里独自读诗，试图重温去年春天的美好时光。

30

我穿过浪花旅馆大厅的时候，发现海伦的母亲独自坐在墙角，低头沉思，没看见我。

"霍夫曼太太，这么晚还没睡。"

"没办法。"她忿忿不平地说，"我和狄娄尼太太同住一栋小屋，是她的主意，现在却要我待在外面，好让她和朋友独处。"

"你说是罗伊·布莱萧？"

"他找我自称罗伊，但当年我认识的乔治·布莱萧是个有顿热饭就开心的人，我可在自家厨房请他吃过好几顿饭呢。"

"这一切真是太巧了。"我拉把椅子过来，坐在她身边。

"是啊，可是我不应该讲的。"

"谁说不应该？"

"狄娄尼太太。"

"你听她吩咐？"

"不是，只是她对我这么好，把我从太平洋旅馆的烂房间接出来，然后……"她想了一想。

"然后放到这个大厅来？"

"这只是暂时的。"

"人生也只是暂时的。你和你的丈夫要一辈子听狄娄尼太太这种人的吩咐，到死为止？你什么也得不到，得到的就只有受人摆布的特权。"

"没人摆布厄尔。"她抗议了，"别把厄尔扯进来。"

"他有没有跟你联络？"

"没有，我很担心厄尔，连续两晚打电话回家都没人接。我怕他一直喝酒。"

"他在医院。"我说。

"生病了？"

"他喝太多威士忌，把自己搞病了。"

"你怎么知道的？"

"我帮忙送他去了医院。昨天上午我在布里吉顿，你丈夫对我说了很多，到最后十分坦白，他承认路克·狄娄尼是让人谋杀的，但上级下令要他变成意外死亡。"

她羞愧地环顾四周。大厅里没什么人，就只有柜台人员和一对看起来没结婚的情侣正在办理入住，但霍夫曼太太还是紧张得跟拥挤地板上的蟋蟀似的。

"你也把知道的全告诉我吧。"我说，"让我请你喝杯咖啡。"

"我会整晚睡不着觉。"

"那就来杯可可。"

"好吧。"

我们走进咖啡馆。有几个穿着浅色外套的乐手在吧台喝咖啡，用他们的语言抱怨酬劳太低。我和霍夫曼太太坐卡座，我面对玻璃门，以防布莱萧在我们谈话时离开。

"霍夫曼太太，你怎么认识布莱萧的？"

"海伦从城市学院带回来的。我想她迷恋过他一阵子，但我看得出来，他没迷恋她，他们比较像朋友，有共同兴趣。"

"例如诗？"

"诗和演戏都是。海伦说，以他的年纪来看，算是很有天分的，可是他当时穷到差点念不下去。我们帮他安排了打工的机会，在公寓里管电梯，一星期赚5美元，他也乐意做。我当初认识他的时候，他瘦得像根扫把，而且一贫如洗。他说自己出身于波士顿的有钱人家，在哈佛念一年级的时候离家出走，想自食其力。我当初并不相信，以为他觉得穷很丢脸，就瞎编故事，现在想想可能都是真的。听说他妈妈很有钱。"她的眼神里有个问号。

"是的，我认识她。"

"为什么一个年轻人会想逃离那么多钱呢？我这一辈子辛苦努力还不就为挣一点钱。"

"钱上通常绑着线。"

我没多做解释。服务生送上霍夫曼太太的可可和我的咖啡。我等她回到吧台后面，才问："你认不认识一个叫麦奎狄的女人？利蒂希娅·O.麦奎狄？"

霍夫曼太太的手抖到杯子里的棕色液体都溅到盘子上了。但她不可能是利蒂希娅·麦奎狄，她嫁给厄尔·霍夫曼都四十多年了。

她在杯子下面垫了张折好的餐巾纸，好把溅出来了的可可吸干。

"我跟她只有点头之交。"

"在布里吉顿？"

"我不能讨论跟利蒂希娅有关的事，狄娄尼太……"

"你女儿都进冰柜里了，你还在担心狄娄尼太太。"

她低头看着光亮的美耐板桌面。

"我怕她，"她说，"我怕她会对厄尔不利。"

"你该怕的是她已经对他做了的事。她和她那些政客朋友逼他了结了狄娄尼案，这事在他心里生了脓。"

"我知道，那是厄尔这辈子第一次在工作上放水。"

"你承认？"

"这件事厄尔从没说过，但我知道，海伦也知道，所以才会离开我们。"

也许这也是海伦误入歧途的原因。

"厄尔对路克·狄娄尼有很好的敬意。虽然路克有些凡人的弱点，但是他算是个造福大众的人，他的死对厄尔是很大的打击，那之后厄尔就开始喝酒，我是说酗酒。我很担心他。"她伸手过来，用她干燥的指尖碰我的手，"你觉得他会没事吗？"

"继续喝酒就不行。这一回他应该会挺过去，现在有人妥善照顾他。但是没人照顾海伦。"

"海伦？现在谁还能再为她做什么？"

"你能，你能为她说出真相。她的死至少有一个解释。"

"可是我不知道杀她的是谁。如果知道，我会跑到屋顶上去喊给所有人听。警方好像在查那个杀妻的凶手麦基。"

"麦基是清白的。他的妻子是利蒂希娅·麦奎狄杀的，令爱可能也是。"

她严肃地摇摇头。

"先生，你搞错了，那是不可能的事。利蒂希娅·麦奎狄，不，利蒂希娅·奥斯本死掉的时候这两件案子都还没发生。我承认，确实有谣言说她杀死路克，可是之后她自己就出了事，可怜哪。"

"你刚说'利蒂希娅·奥斯本'？"

"是呀，她是奥斯本参议员的女儿，狄娄尼太太的妹妹。你载我从机场过来的路上，我跟你说过他们以前骑马去猎狐的事。"她想起过去，微微一笑，仿佛眼前闪过了童年看见的红外套。

"霍夫曼太太，关于她的谣言是怎么说的？"

"说路克·狄娄尼死前曾经和她好过，还有人说开枪杀他的就是她，但我从来不信。"

"她真的和路克·狄娄尼搞过外遇？"

"她常待在他公寓里，这不是秘密，路克和狄娄尼太太分居以后，她算是那里非正式的女主人。我在这上面倒没想太多。她已经和维尔·麦奎狄离婚了，又是路克的小姨子，我想她有权待在他那里。"

"她的头发是红色的吗？"

"比较偏红棕色吧，我觉得。她那头红棕色的头发很漂亮。"霍夫曼太太不自觉摸了摸自己那头染过的卷发，"利蒂希娅·奥斯本是个活力十足的女人，当初听说她死了的时候，我好难过。"

"她怎么了？"

"我也不太清楚。纳粹占领法国的时候，她死在欧洲。狄娄尼太太到现在还不能接受这个事实，今天还在讲她妹妹过世的事。"

我觉得好像有蜘蛛用湿湿的脚从背后爬上我的脖子，令我汗毛直竖。利蒂希娅的亡灵或某个冒用她名号的女人（或男人？）十年前敲开了印第安泉一户人家的门，那是德国占领法国十几年后的事。

"霍夫曼太太，你确定她死了？"

她点点头。

"不少报纸都登了，就连芝加哥的报纸都登了。利蒂希娅·奥斯本当年是布里吉顿之花，我还记得她二十出头时办的派对多出名。她嫁的那个人叫维尔·麦奎狄，外婆家是做肉品包装的，非常有钱。"

"他还活着吗？"

"我最后一次听到他的消息，是他在大战期间娶了个英国女人，住在英国。他不是布里吉顿人，我也不认识他。报纸我只看社交新闻和讣闻版。"

她喝她的可可。她的外表，她独善其身的态度，显露出她是个幸存者。她女儿海伦比她聪明，利蒂希娅·奥斯本比她有钱，但她才是最后活下来的人，她可能也会活得比厄尔久，说不定还会把书房里他放酒的那个掀盖桌变成神盒。

好了，搞定一位老太太，另外那位恐怕难搞。

"狄娄尼太太为什么要飞过来？"

"我想有钱人都会突发奇想吧，她说想帮助我渡过难关。"

"你跟她很要好吗？"

"我根本不太认识她。厄尔跟她还比较熟。"

"海伦跟她熟吗？"

"不熟。据我所知她们没见过面。"

"狄娄尼太太大老远跑来帮助一个如此陌生的人。除了换旅馆之外，她还帮了你什么？"

"请我吃午餐和晚餐。我不想让她付，但她坚持。"

"她帮你付饭钱和住宿费，你要拿什么回报？"

"什么都不用。"

"没要求你别说妹妹利蒂希娅的事？"

"这倒是有。我不该让她和路克·狄娄尼在一起，也不该让谣言说他是她杀的。她很在乎妹妹的名誉，对这种事情很敏感。"

"也太敏感了吧，假如利蒂希娅真的已经死了二十多年的话。你会跟谁讲这些事呢？"

"谁都有可能。尤其是你。"

她紧张得笑了笑，举起杯子，把笑声埋进了剩下的可可里。

　　我走进旅馆的庭院，月亮稳稳挂在高高的天上，也映在西班牙风格花园的水池中。狄娄尼太太那栋小屋的窗子里透出黄光，谈话的声音太过小声，偷听不到。

　　我敲敲门。

　　她说："哪位？"

　　"服务。"我回答道。

　　"我没叫东西。"

　　她还是开了门，我顺势从她身边溜进去，靠墙站好。布莱萧坐在壁炉旁的英式沙发上，正对着我。壁炉里有小火，火光照得黄铜零件发光。

　　"你好。"他说。

　　"你好，乔治。"

　　他吓得差点跳起来。

　　狄娄尼太太说："出去。"

　　她方形的白脸上瞪着一双正圆的蓝眼睛，骨架明显的脸上写满了毅力。

"你不走，我就叫人来。"

"叫呀，想把事情闹大就叫呀。"

她关上了门。

"我们就告诉他吧。"布莱萧说，"总得跟人讲呀。"

她摇头的动作太大，身体差点失去平衡。她后退两步，重新鼓起勇气，看看我又看看布莱萧，仿佛我们都是她的敌人。

"我坚决反对，"她对他说，"什么都不能说。"

"反正瞒不住了，不如我们自己说吧。"

"怎么会瞒不住？为什么？"

"原因之一。"我说，"是你不该跑来这里，狄娄尼太太，这里不是你的地盘，你没办法像在布里吉顿那样只手遮天。"

她转身直挺挺背对我。

"乔治，别理他。"

"我的名字叫罗伊。"

"罗伊。"她更正了，"这人昨天在布里吉顿就想吓唬我，但他什么都不知道，我们只要保持沉默就好。"

"然后呢？我们会得到什么？"

"平静。"

"我已经受够了这种平静。"他说。

"这些年来我受够了，这么多年没有联络，你根本不知道我过的是什么样的日子。"他仰头靠在椅背上，眼睛望着天花板。

"你要是毫无保留全说出来，只会比现在更惨。"

"至少会和现在不一样。"

"你这个没担当的傻瓜，我不会让你毁掉我这辈子仅存的宝贝，如果你真说了，我就再也不会给你经济上的援助。"

"就算那样我也在所不惜。"

但他很小心，并没透露半点我想知道的事。面具戴得太久，已经卡在他脸上，掌控了他说话或思考的习惯。就连那个背对着我的老女人也好像当我是观众。

"这样的争论很不切实际，"我说，"纸是包不住火的。狄娄尼太太，我知道你妹妹利蒂希娅枪杀了你丈夫，也知道之后她在波士顿嫁给了布莱萧。他母亲告诉我……"

"他母亲？"

布莱萧坐直了身子。

"我是有母亲没有错。"他眼睛看着那女人，用诚恳又有教养的声音说，"我现在还跟她住在一起，这整件事应该把她也考虑进去。"

"你的人生还真复杂。"她说。

"我天性复杂。"

"很好，年轻的复杂先生，球是你的，接好了。"她走到离我们两人等距离的角落，在一把情人椅上坐下。

"我还以为球是我的呢，"我说，"不过你要的话欢迎拿去，布莱萧，你可以从最早的狄娄尼命案讲起。海伦说的目击者就是你，对不对？"

他点了下头。

"我不该拿这么沉重的事去困扰海伦，可是当时我太难过，而她又是我在这世上唯一的朋友。"

"除了利蒂希娅以外。"

"对，除了利蒂希娅以外。"

"你在那场谋杀中扮演什么角色？"

"我就只是人在现场而已。而且说起来那也不是谋杀，那是自卫杀人，跟意外差不多。"

"那岂不是回到原点了。"

"是真的，他发现我们两个在顶楼的床上。"

"你和利蒂希娅有一起上床的习惯？"

"那是第一次。我为她写了一首诗，校刊登了出来，我就在电梯里拿给她看。在那之前，我一整个春天都在注意她、爱慕她。她比我大很多，可是她好迷人，她是我的第一个女人。"他讲她的时候依然带着敬畏之意。

"顶楼的卧室里发生了什么事？"

"正如我刚才所说的，他发现我们在床上，就从抽屉里拿出一把枪，用枪托打我。利蒂希娅想阻止他，脸也被他用枪托打伤。她不知怎么抓住了枪，子弹击发射中了他。"

他摸一下右眼皮，对那老女人点了点头。她在角落远远看着我们，好像身处在她的那个年代。

"狄娄尼太太把事情压了下来。那种状况之下，你不能怪她，也不能怪我们。事后我们去了波士顿，利蒂希娅花了几个月的时间进出医院做脸部重建，接着我们就结婚了。虽然年龄有差距，但我当时很爱她，也许我对自己母亲的爱为我预先做好了爱利蒂希娅的准备吧。"

他平日低调，此刻眼中闪烁的锋芒却几近疯狂，嘴都歪了。

"我们去欧洲度蜜月，我妈找法国侦探去追踪，我不得不把利蒂希娅留在巴黎，独自回家去和母亲谈，并重返学校，在哈佛念大二。就在那个月，欧洲开战，从此我再也没见过利蒂希娅，连她生病过世都是事后才知道的。"

"我不相信你，那么短的时间哪里容得下那么多事。"

"一切都发生得很快，悲剧向来如此。"

"你的悲剧除外，它拖了二十二年。"

"不。"狄娄尼太太说，"他说的是真的，我能证明。"

她走进房间，拿了一张皱巴巴的文件出来，递给我。那是波尔多发出的死亡证明，日期是1940年7月16日，以法文陈述利蒂希娅·奥斯本·麦奎狄得年四十五岁，死于肺炎。

我把证明还给狄娄尼太太。

"这东西你随身携带？"

"这会儿恰巧带在身上。"

"为什么？"

她想不出答案。

"我来告诉你为什么吧，因为你妹妹活得好好的，而你怕她会因罪受罚。"

"我妹妹没犯罪。我丈夫的死不是正当杀人就是意外，警察局长也明白这一点，否则绝不会愿意把案子压下来。"

"也许吧，但康妮·麦基和海伦·哈格提这两件枪击案就不是意外了。"

"我妹妹死得比她们还早。"

"你的作为正好否认了此事，比这张假的死亡证明有意义多了。举例来说，你今天去找史蒂文律师，问他麦基案的事。"

"他没帮我保密？"

"你们之间没有保密协定，你又不是史蒂文的客户，麦基才是他的当事人，现在还是。"

"他没告诉我。"

"何必告诉你，这里又不是你的地盘。"

她困惑地转过头看布莱萧，他摇摇头。我走到他面前站定。

"如果利蒂希娅安全地葬在法国，你又何必费那么大的事去和她离婚？"

"原来离婚的事你也知道，真会挖啊。我开始怀疑你对我的私生活是不是无所不知了。"

他坐在那里，既开朗又谨慎地仰望我，他的防守一下子全垮了，让我一时也放松了起来。

"你的私生活不只一份吧，精彩得都能写书了。你是不是有两个家，把时间分割成两份，一份陪母亲，一份陪妻子？"

"显然正是如此。"他语气平和地说。

"利蒂希娅也住在这镇上？"

"她住在洛杉矶，我不打算告诉你详细位置，而且我保证你找不到。不过你也不需要知道，因为她已经不在那里了。"

"这回她又死在哪里，死因为何？"

"她没死，那张法文证明是假的，你没猜错。可是你抓不到她的，星期六我送她上了飞往里约热内卢的飞机，现在早到了。"

狄娄尼太太说："这你没告诉我。"

"我原本没打算告诉任何人，可是，我得让亚彻先生认清现状，没必要再多费力气，我的妻子……我的前妻，是个老女人，而且有病在身，又超出引渡的范围。我会安排她在某个我不会说出名称的南美洲城市接受身体和心理治疗。"

"所以你承认她杀了海伦·哈格提？"

"是的，星期六我一早去洛杉矶看她的时候，她告诉我了。她开枪杀了海伦，把枪藏在我的门房里，我在雷诺去找贾德是想知道他有没有看见什么。我不想受他勒索……"

"我以为他早就勒索过你。"

"以前勒索我的人是海伦。"他说，"她得知我要在雷诺离婚，就骤下结论，认为利蒂希娅依然活着。我给她很多钱，又帮她在这里找了工作，都是为了保护利蒂希娅。"

"还有你自己。"

"还有我自己。我确实需要维护名誉，但我没做违法的事。"

"是呀，你很会安排别人代劳，不会弄脏自己的手。你把海伦弄来，是当诱饵的吧？"

"我不懂你的意思。"他不安地动了动身子。

"你故意带海伦出去几次，放出风声说你对她有意思，其实当然没有。你已经娶了萝拉，而且你恨海伦，你有理由恨她。"

"不是这样的。虽然她跟我要钱，但我们基本上还是朋友。她毕竟是我非常老的朋友，而且我忍不住会去同理她的心情，她理应在这世上得到某些东西。"

"我知道她得到了什么，射进脑袋里的一颗子弹，和康妮得到的一模一样。如果你没把海伦拉来当替死鬼的话，萝拉也会得到一颗。"

"恐怕你想得太复杂了。"

"对你这种天性复杂的人来说，这哪算复杂？"

他看看四周，好像觉得自己被关了起来，或被困进了复杂天性所形成的迷宫。"你绝对找不到任何证据来证明我是海伦命案的共犯。我听说那事的时候大受惊吓，利蒂希娅向我坦白的时候我又被吓了一次。"

"有什么好惊吓的，她杀死康妮·麦基的事你一定早知道了。"

"我星期六才知道的，我承认之前就怀疑，但不确定。利蒂希娅嫉妒起来总是十分凶猛。十年来，我活在那可怕的可能性之中，但求怀疑的事不是真的……"

"为什么不去问她？"

"我想是不敢面对吧。我们之间相处已经够难的了。若要问她，就等于承认了我对康妮的爱。"他听见自己说的话，沉默了一会儿，垂着眼睛，好像在看心里的一道缺口，"我当时真的爱她，你知道吗，她死时我差点活不下去。"

"可你不但没死，还又爱了一次。"

"男人就是这样的。"他说，"我不是那种没爱也能活的男人。就连对利蒂希娅，我也尽我所能想爱久一点，可是她变老了，又有病。"

狄娄尼太太发出"呸"的声音。他对她说："我想要一个妻子，一个能帮我生小孩的妻子。"

"老天保佑你的小孩，假如你有孩子，说不定也会抛弃。你违背了对我妹妹所有的承诺。"

"人人都会违背承诺。我并没有打算和康妮谈恋爱，但就是爱上了。在医生的候诊室遇见她完全是个意外。但我并没有背弃你妹妹，从来没有，我为她做的，比她为我做的更多。"

她轻蔑地看他，带着属于贵族第二代的优越感。

"我妹妹把你从烂泥里捡了起来，你原本是做什么的……电梯小弟？"

"我是大学生，当电梯小弟是我自己的选择。"

"最好是。"

他身体前倾，明亮的双眼紧盯住她。

"我家不是没钱，我只是想自食其力而已。"

"噢，你有个宝贝妈妈。"

"讲到我妈的时候，你小心点。"

他话中带刺，像冷冷的威胁，她便沉默了。我再一次感觉到他们在玩一种复杂如棋的游戏，在隐形的棋盘上比拼权力。我该逼他们开诚布公，但是现在正在理清案情，只要布莱萧还愿意往下讲，我就不想节外生枝。

"我不懂枪。"我说，"警方比对出来，杀死康妮和海伦的是同一把枪，一把原属康妮姐姐爱丽丝所有的左轮枪。利蒂希娅怎么拿到那把枪的？"

"我不知道。"

"你不可能完全不知道。是爱丽丝·詹克斯给她的？"

"很有可能。"

"胡说八道，布莱萧，你睁着眼睛说瞎话。那把左轮手枪是从爱丽丝家偷走的。"

"谁偷的？"

"只要狄娄尼太太离开这个房间，我就告诉你。"他用双手手指做出一个尖塔的形状，欣赏它的对称。

"为什么我要离开？"坐在角落的她说，"我妹妹能过得下去这种生活，我就听得下去。"

"我不是要避免你难受，"布莱萧说，"而是要避免我难受。"

她迟疑了一下，这已经成了意志力的考验。布莱萧起身打开房门，我看见门内的布置得低调奢华，床头柜上有个象牙色的电话，还有个皮质相框，照片里的人是位白胡子绅士，看起来有点眼熟。

狄娄尼太太像个不服指挥却不得不听指挥的士兵，走进了房间。布莱萧立刻把房间门关上。

"我开始讨厌老女人了。"

"你要跟我说枪的事。"

"是啊，没错。"他坐回沙发，"这故事有点丑陋。我要向你全盘托出，希望你能满意。"

"然后别把警方扯进来？"

"你还看不出来吗？把他们扯进来没有好处，那么做只会有一个效果，就是让镇上的人都竖起耳朵，伤害我好不容易才为这学校建立起来的形象，会毁掉的人还不止一个。"

"尤其是你和萝拉？"

"尤其是我和萝拉。天晓得，她一直在等我。而且就连我也不该只有这样的人生吧，我成人后一直在为年少时惹来的麻烦承受后果。"

"我需要一些支持。利蒂希娅并不好应付，她有动物似的暴力倾向，又对人颐指气使，有时候我都快给逼疯了。但是现在，一切都结束了。"他的眼神把这段话变成了问题与恳求。

"我没办法给你什么承诺，"我说，"先把故事说完，我们再来想下一步该怎么走。利蒂希娅怎么拿到爱丽丝那把左轮手枪的？"

"康妮从姐姐房里把枪偷出来，交给了我。我们有些疯狂的想法，想用它来解决解不开的难题。"

"你是说用它杀死利蒂希娅？"

"那个纯属幻想。"他说，"共同妄想。康妮和我就算再沮丧，也永不可能把那个疯狂的念头付诸实行。你不知道把自己分给两个妻子，两个爱人，是件多么痛苦的事。一个又老又霸道，另一个年轻又热情。葛德温医师警告过我，我有心灵死亡的危险。"

"得用谋杀这种特效药。"

"我不会那么做的，我办不到。事实上，葛德温逼我看清了这点，我不是个凶暴的男人。"

但是此刻他内心充满了施暴的欲望，虽然让惯有的恐惧紧紧箍住，但我感觉得出他恨不得杀了我。我正在逼迫他把所有的秘密说出来。

"康妮为你偷的枪后来怎么了？"

"我放在自以为安全的地方，却让利蒂希娅发现了。"

"在你的房子里？"

"那是我母亲的房子。有时候妈妈不在家，我会带她过去。"

"麦基去找你那一天，她也在？"

"对。"他和我四目相对，"想不到你连那一天的事都知道，查得真彻底。那天所有的事都到了临界点。我把枪藏在书房的保险箱里，利蒂希娅一定是发现了。她听见麦基怪我对他太太有兴趣，就拿枪去找康妮算账。也许这也算某种正义吧。"

布莱萧说得好像这是别人的过去，死的是历史或小说里的人物。他不再在意自己人生的意义，也许这就是葛德温所谓的心灵死亡。

"你还是要说直到上周六承认之后，你才知道康妮是她杀的？"

"我之前一直不想让自己知道。我只知道枪不见了，麦基来过，所以有可能是他拿的。当时检方的证据好像很充分，他极有可能就是凶手。"

"那些所谓的证据全都是拼凑起来的东西，你也知道。现在我最开心的是麦基和他女儿，他们的冤屈若不能洗刷干净，我是不会罢手的。"

"但那是办得到的，不需要把利蒂希娅从巴西拖回来。"

"只有你说她在巴西，"我说，"就连狄娄尼太太听了都很惊讶。"

"天啊，你就不能相信我吗？我都跟你掏心掏肺了。"

"你不会无缘无故掏心掏肺。布莱萧，依我看来你是个骗子，而且是个艺术家等级的骗子，懂得运用事实和真实的感情来增添谎言的可信度。可惜这个谎言有基本的破绽，如果利蒂希娅真的安全去了巴西，你绝对不会告诉我。我想她应该就躲在加州。"

"你错了。"

他抬起头与我四目相对，那种纯洁诚恳的程度只有演员才做得到。卧室里响起了电话铃声，打断了我们的瞪眼比赛。布莱萧向铃声移动，但我原本就站着，而且动作敏捷，所以抢先一步进门，在第三声铃响前接起了电话。

"你好。"

"亲爱的，是你吗？"是萝拉的声音，"罗伊，我好怕。她知道我们的事了，一分钟前她打电话来，说她要过来。"

"把门锁好，门锁拴好，然后最好报警。"

"你不是罗伊吧？"

罗伊在我身后。我回过头，正好来得及看见黄光一闪，他拿着黄铜拨火棒，朝我的头敲下来。

狄娄尼太太拿着湿毛巾正在打我的脸。我叫她住手。起身后我看见的第一样东西就是电话旁的皮相框。虽然视觉还有点模糊，但我觉得照片里那位黑眼睛的英俊老绅士和布莱萧太太客厅壁炉上挂的画像主角是同一个人。

"为什么要把布莱萧父亲的照片放在这里？"

"这是我的父亲，奥斯本参议员。"

狄娄尼太太以为我让拨火棒打昏了头，但其实那一下打偏了，我只昏倒几秒钟而已。我冲到停车场的时候，布莱萧的车才正开出去。

他的小车转了个弯，背着海往山上开，我跟着他开到山麓街，本应该在他离家还有一段距离的时候才能追到，但他省了我的事，突然紧急刹车，扭转车身，打横挡在路中央。他要挡的不是我，而是另一辆车从山上朝这边开来，朝这边逼近的那对头灯就像一双巨大而冷静的变态眼睛，放出强光，照亮了布莱萧。他好像在摸索安全带。我上一秒才认出车是布莱萧太太的劳斯莱斯，下一秒它就发出刺耳的刹车声，狠狠撞上了小车。

我把车停到路边，让它闪着警示灯，然后跑步上山，朝撞车处跑去。我的脚步声在撞击后的寂静中显得好响。劳斯莱斯的鼻子撞瘪了，鼻头撒娇似的埋在布莱萧车侧的凹洞里。布莱萧躺在驾驶座上，满脸都是从额头、鼻子和嘴角流下的鲜血。

我从没撞坏的那扇车门进去，解开他的安全带，他软绵绵地倒在我怀里，我把他移下车，让他躺在路上。他脸上一条条锯齿状的血痕好像面具上的裂痕，面具裂开以后，才能看见有生命的身体组织。但是他已经死了。他躺在黑硬如铁的树影中，没有脉搏，也没有呼吸。

布莱萧老太太从她那辆坚固安全的车子里下来，看起来毫发无伤。我记得当下想到的是，她是一股原始的力量，什么都杀不死她。

"是罗伊，是不是？他还好吗？"

"从某种角度来看，很好。他想退出，现在退出了。"

"什么意思？"

"恐怕你已经把他杀了。"

"可是我不想伤害他呀，我不会伤害自己的儿子，我怎么可能伤害我的亲生儿子。"

她悲痛的声音都分岔了，那是身为母亲的伤痛。这角色演太久，我想连她自己都快相信自己是他母亲了。乡间的月色笼罩着她，现实渐渐变得模糊。

她扑倒在尸体上，紧紧抱住他，好像她苍老的身躯能为他加温，让他复活，重燃对她的热情。她靠在他的耳边柔声哄他，说他是个顽皮的孩子，想要装病吓她。

"快起来！是妈妈呀！"她摇晃着他。

她曾跟我说过，夜晚不是她状况最好的时候，但她跟罗伊一样，擅长双重角色，而这场戏演得十分激动，有点像舞台剧。

"别闹他了，"我说，"也不用再来妈妈那套，现在情况已经够难看了。"

她有点鬼鬼祟祟地缓缓转过来抬头看我。

"妈妈那套？"

"罗伊·布莱萧不是你儿子，你们两个真会演戏，葛德温说不定会说些符合你们两人神经质的需求。但这些都结束了。"

她一气之下站起来逼近我，我闻到薰衣草香，也感觉到她给我的压力。

"我是他的母亲，有他的出生证明。"

"肯定有啊。你姐姐还拿你的死亡证明给我看呢，那张单子证明你1940年死于法国。你们钱这么多，想要什么文件都有。但是更改书面资料并不能改变事实，你杀害狄娄尼以后，罗伊在波士顿娶了你。后来他爱上康妮·麦基，你杀了她，罗伊和你一起生活了十年。天天担惊受怕，生怕一旦爱上别人，你又要大开杀戒，真不知道这算什么生活，到最后他还是大胆爱上了萝拉·萨瑟兰。他误导你，让你以为他对海伦有兴趣，于是你星期五晚上走小路上山杀了她，这些都是你无法改变的事实。"

我们之间出现一阵沉默，像月光的质地一样，淡而冷。那女人说："我只不过是在维护我的权益，罗伊至少欠我一个忠诚。

我给他钱和背景，送他去念哈佛，帮他实现了所有的梦想。"

我们同时看了看地上那个再也不会做梦的人。

"你准备好和我一起进城正式说明你这些年来如何维护自己的权利了吗？可怜的汤玛斯·麦基又回牢里去当你的替死鬼？"

她站直了身子说："不许这样说我，我不是罪犯。"

"你正要去找萝拉对吧？你打算对她怎样，老女人？"

她捂住嘴，我以为她不舒服，或是羞愧难当。不料她竟说："不许那样叫我，我不老。不要看我的脸，看我的眼睛，你看我的眼睛就知道我有多年轻。"

某方面来说，这话不假。我看不清楚她的眼睛，但我知道那双眼睛黑亮又有活力，对生活仍有贪念。她所幻想出来的那个穿假貂皮的利蒂希娅是她诡异的自我投射，平日里都藏了起来。

她把捂在嘴上的手移往下巴，说："我会给你钱。"

"罗伊拿了你的钱，看看他现在是什么下场。"

她猛然转身往车里走。我猜到了她的念头：再取一条命，多一条影子可吃。我比她更快跑到敞开的车门旁边。刚刚撞车时她的黑皮包被撞到了车内地上，我在皮包夹里找到了她打算用在罗伊新太太身上的那把枪。

"给我。"

她说话的姿态很威严，好像谁都怕她三分，也对，这女人不但是参议员的女儿，更是杀害两男两女的凶手。

"从今以后你再也拿不到枪了。"我说。

从今以后，利蒂希娅，你什么都没有了。